中国社会科学院创新工程学术出版资助项目

欧盟产业政策研究

A STUDY
ON THE INDUSTRIAL POLICY
OF THE EU

孙彦红／著

社会科学文献出版社
SOCIAL SCIENCES ACADEMIC PRESS (CHINA)

目　录

第一章　引言…………………………………………………… 001

　　第一节　选题背景…………………………………………… 001

　　第二节　国内外研究现状…………………………………… 004

　　第三节　研究目标、方法与结构…………………………… 007

第二章　概念辨析与研究对象界定…………………………… 010

　　第一节　有关产业政策定义的探讨………………………… 010

　　第二节　对欧盟产业政策的界定…………………………… 015

　　第三节　小结………………………………………………… 023

第三章　欧盟产业政策的发展历程与新动向………………… 025

　　第一节　欧盟产业政策的发展历程………………………… 025

　　第二节　欧盟产业政策新动向的背景分析………………… 033

　　第三节　小结………………………………………………… 042

第四章　欧盟产业政策的主要内容

　　　　　——实施方式与工具……………………………… 043

　　第一节　横向政策…………………………………………… 044

　　第二节　部门政策…………………………………………… 057

　　第三节　小结………………………………………………… 061

第五章　欧盟产业政策之案例研究一：信息通信技术产业⋯⋯⋯⋯⋯ 063

第一节　欧盟信息通信技术产业发展与竞争力状况分析⋯⋯ 065

第二节　欧盟信息通信技术产业政策的主要内容⋯⋯⋯⋯⋯ 070

第三节　小结⋯⋯⋯⋯⋯⋯⋯⋯⋯⋯⋯⋯⋯⋯⋯⋯⋯⋯⋯⋯ 080

第六章　欧盟产业政策之案例研究二：纺织服装业⋯⋯⋯⋯⋯⋯⋯⋯ 085

第一节　欧盟纺织服装业的特点及面临的挑战⋯⋯⋯⋯⋯⋯ 086

第二节　欧盟纺织服装业产业政策的发展和内容⋯⋯⋯⋯⋯ 092

第三节　小结⋯⋯⋯⋯⋯⋯⋯⋯⋯⋯⋯⋯⋯⋯⋯⋯⋯⋯⋯⋯ 101

第七章　欧盟产业政策之案例研究三：汽车业⋯⋯⋯⋯⋯⋯⋯⋯⋯⋯ 105

第一节　汽车业在欧盟经济中的地位及面临的挑战⋯⋯⋯⋯ 105

第二节　欧盟汽车业产业政策的主要内容⋯⋯⋯⋯⋯⋯⋯⋯ 110

第三节　小结⋯⋯⋯⋯⋯⋯⋯⋯⋯⋯⋯⋯⋯⋯⋯⋯⋯⋯⋯⋯ 120

第八章　欧盟产业政策的运行机制

　　　　——兼论欧盟与成员国产业政策之关系⋯⋯⋯⋯⋯⋯⋯ 122

第一节　欧盟产业政策的运行机制：

　　　　决策主体与多层互动⋯⋯⋯⋯⋯⋯⋯⋯⋯⋯⋯⋯ 123

第二节　欧盟与成员国产业政策的关系⋯⋯⋯⋯⋯⋯⋯⋯⋯ 133

第三节　小结⋯⋯⋯⋯⋯⋯⋯⋯⋯⋯⋯⋯⋯⋯⋯⋯⋯⋯⋯⋯ 140

第九章　欧盟产业政策的理论探讨⋯⋯⋯⋯⋯⋯⋯⋯⋯⋯⋯⋯⋯⋯⋯ 142

第一节　产业政策的经济学理论基础⋯⋯⋯⋯⋯⋯⋯⋯⋯⋯ 143

第二节　欧盟产业政策的理论基础

　　　　——一个理性分析的视角⋯⋯⋯⋯⋯⋯⋯⋯⋯⋯ 153

第三节　小结⋯⋯⋯⋯⋯⋯⋯⋯⋯⋯⋯⋯⋯⋯⋯⋯⋯⋯⋯⋯ 167

第十章 国际金融危机冲击下的欧盟产业政策 …………………… 169

第一节 金融危机冲击及欧盟的工业救助举措 …………… 170

第二节 短期救助与欧盟产业政策之关系

——以汽车业为例 …………………… 174

第三节 欧盟产业政策的新发展 …………………… 184

第十一章 总结与评价

——兼论对中国的影响与启示 …………………… 188

第一节 对欧盟产业政策的总结与评价 …………………… 188

第二节 欧盟产业政策对中国的影响与启示 ……………… 196

附 录 …………………… 204

参考文献 …………………… 212

后 记 …………………… 221

第一章 引言

第一节 选题背景

对于产业政策（industrial policy）的合理性，学术界长期存在着自由主义和政府干预主义的分野，甚至至今未能就产业政策的定义达成共识。然而，不可否认，在现实世界中，绝大多数国家——尤其是几乎所有的工业化国家——都曾有并正在实施着各式各样的产业政策。

纵观世界各国的产业政策实践，可以大致得出一个发展趋势。至 1980 年代初之前，产业政策大多意味着国家对经济的直接干预、政府对生产部门的不同程度的直接控制，以及旨在限制市场和调整生产组织结构的一系列政府行为。其中典型的政策措施包括价格控制、直接给予企业生产补贴、进口限制、出口补贴，甚至国有化等。1980 年代以来，产业政策的含义和实践方式逐渐发生了变化，直接干预式的政策措施逐渐式微，而立足于开放的市场经济，以鼓励竞争、推动创新等一系列间接干预措施来促进企业的创立和发展壮大从而提高产业竞争力越来越为各国所重视和青睐。[1] 这种转变虽然首先发生在工业化国家，但是并未局限于工业化国家，近年来这一趋势在发展中国家也愈益明显。

---

[1] 参见 Patrizio Bianchi and Sandrine Labory, *International Handbook on Industrial Policy*, Cheltenham，UK·Northampton，MA，USA：Edward Elgar，2006，Introduction。另外，经济合作与发展组织（OECD）在 1992 年的《OECD 国家产业政策年度回顾》中也特别提到，自从 1980 年代以来，产业政策"已经从援助衰退产业或通过'择优'（picking winners）来重点刺激某些产业的方式……逐渐转变至不直接干预市场运行，代之以努力让市场机制更好地发挥作用。……虽然与口头上的表态相比，政策实践往往会有些滞后。"参见 OECD, *Industrial Policy in OECD Countries—Annual Review 1992*，October 1992。

促成上述转变的因素众多，但是可以大致归结为两个主要方面。第一，二战后的经济政策实践催生了经济理论和观念的变迁。1970年代，美欧各国纷纷陷入"滞胀"困境，过去作为政策支柱的凯恩斯主义需求管理理论逐渐失灵，各国开始深刻反思战后至1970年代的经济政策，重新审视凯恩斯主义，再次探索如何掌握和运用国家干预的力度、形式和手段。总体而言，战后的国有化及其他一系列直接干预式的产业政策对于恢复和发展经济的确起到了不可替代的重要作用，然而，随着经济环境的变化，政府直接干预微观经济的效果已大不如前，造成的财政资源浪费更是令各国不堪重负。相比之下，间接干预方式逐渐被证明可以在为产业发展创造良好环境上发挥重要作用，同时还有利于减轻各国政府的财政压力。随着这种试图重新定位政府功能的经济理论和观念的变迁，各国产业政策的实践也相应地发生了变化。第二，1980年代中后期以来，技术进步（尤其是信息通信技术的迅速发展）和全球政治格局的巨变启动了并不断加速着经济全球化的步伐，各国越来越处于一个日益开放的国际竞争环境之中，这也给各国产业政策的理念和实施方式提出了新课题。一方面，为确保本国企业和产业在日益激烈的国际经济竞争中处于有利地位，各国政府不能过于自由放任，必须有所作为；另一方面，在国际贸易迅速增长、国际资本流动加速、各国经济联系日趋紧密的情况下，国家和地区经济政策的溢出效应愈益明显，相应的国际经济规则也日益全面具体，传统的直接干预式产业政策的可用空间已越来越狭窄。鉴于此，各国政府转而寻求基于开放竞争环境的更加有效的产业政策措施。

对于产业政策理念和实践的上述转变，产业经济学与产业政策领域的著名欧洲学者帕特里齐奥·比安基（Patrizio Bianchi）认为，如果说在1980年代初之前，"产业"经常被视为政府限制市场的媒介的话，那么今天的"产业"已毫无疑问地被看做一国财富增长和国际竞争力提升的源泉，而新经济环境下的新的产业政策则成为各国促进经济增长和提升国际竞争力的必不可少的手段。经济全球化的加速迫使世界各国的产业和企业不得不持续进行结构转型以适应新的竞争形势，相应的，新形势下的产业政策也正是以积极推动结构转型和提高产业竞争力为目的。就干预方式而言，与之前直接干预的旧产业政策不同，新形势下的产业政策的实施手段大体可归为两类：一是完善尊重市场竞争、规范市场竞争和提高竞争力方面的游戏规则，如反垄断政策、知识产权立法、国际贸易规则等；二是提高企业与个人参与市场竞争和适应结构转型的能力，包括研发政策、培训、加强企业与科研机构联系等。①

本书的研究对象——欧盟层面的产业政策（以下称欧盟产业政策）——正是在这一大背景下逐步形成和不断得以发展的。当然，除此之外，欧洲经济一体化不断向前推进及相继取得一系列重大成就也是决定欧盟产业政策形成并对其发展产生深刻影响的另一重要因素。总体而言，欧盟产业政策的理念和实施方式可谓新阶段产业政策特点的典型体现。从基本理念上看，它始终强调市场导向，强调为工业发展创造良好的环境，反对传统的部门干预，明显不同于1980年代初之前大多数西欧国家实行的旧产业政策。从实施方式上看，欧盟产业政策自启动以来长期以横向政策为主，近年来发展起来的部门政策也有新的内涵，并非重走过去部门干预的老路。本书试图对这一政策进行较为全面、细致而深入的剖析。

纵观战后欧洲经济一体化进程，欧盟超国家层面的产业政策最早可以追溯到在煤钢共同体（ECSC）的框架下对煤和钢铁业的干预，但是当时的相关产业政策更多的是出于政治目的的考虑，而不只是为了发展煤和钢铁业。长期以来，欧盟并没有发展出超国家层面的共同产业政策。换句话说，成员国并未将本国制定和执行产业政策的权力让渡给欧盟的超国家机构。一方面，从经济角度看，这是因为经济一体化的深入程度尚未使欧盟具备实施共同产业政策的基础；另一方面，欧盟的不断扩大使得成员国工业发展水平和结构的差异不断凸显，从而加大了制定和执行共同产业政策的难度。然而，实行共同产业政策的条件不成熟并不意味着无所作为。1990年，欧盟层面正式启动了作为成员国政策必要补充的产业政策，并且在进入21世纪之后明显加快了政策推进的步伐，加大了政策力度。虽然产业政策至今尚不属于欧盟共同政策（如共同农业政策、共同贸易政策等）的范畴——总体而言，它是欧盟层面的指导性、协调性和辅助性政策——但是，不难预见，随着欧洲一体化的不断深化、统一大市场建设的不断完善以及各成员国经济融合程度的持续加深，欧盟层面的产业政策将会发挥越来越重要的作用。

---

① Patrizio Bianchi and Sandrine Labory, "From 'Old' Industrial Policy to 'New' Industrial Development Policies", in Patrizio Bianchi and Sandrine Labory (eds.), *International Handbook on Industrial Policy*, 2006, pp. 3 – 4.

第二节　国内外研究现状

由于产业政策是欧盟的一个比较"年轻"的政策领域，尚未在国内引起足够关注，同时这一政策的内容、实施方式、政策工具和运行机制远非欧盟的各项共同政策那么成熟、规范，研究起来难度较大。因此，到目前为止，还鲜有国内学者对其进行专门、系统的论述。

实际上，欧洲学者对于欧盟产业政策的研究也远未成熟。回顾二战结束至今的历史，有三个时期欧洲对产业政策的概念和实践的重视程度较高，并相应地经历了三次关于产业政策的广泛且不乏激烈的讨论。对这三次讨论的梳理，有助于把握欧洲学者对欧盟层面产业政策研究的大致发展脉络与状况。①

第一次讨论是在二战刚刚结束时。当时，对于快速实现经济重建和加快产业复兴，西欧各国提出了两种明显存在分歧的主张：一派是坚持让市场充分发挥作用的自由主义主张（以德国的社会市场经济为代表）；另一派主张强化政府在经济发展中的作用（以法国和英国的大规模国有化为代表）。在此背景下，各国战后的产业政策措施初步形成。随着战后"三十年辉煌"的结束，西欧各国纷纷染上"滞胀"顽疾，这一波讨论也逐渐偃旗息鼓。这一阶段是欧共体的早期建设时间，共同体层面产业政策的必要性尚未得到认可，因此，相关的研究也还没有开展。

第二次讨论始于1970年代末1980年代初。经过此前1950年代和1960年代的持续高速增长和1970年代初石油危机推动的持续产业结构调整，日本作为世界第二经济大国和制造业强国的优势地位得以确立并逐步得到巩固。此时，作为公认的日本经济成功的秘诀，产业政策开始受到正身陷"滞胀"泥潭的美欧各国的广泛关注。在整个1980年代，欧洲学者开展了大量有关产业政策理论和实践的研究，这些研究为1990年代共同体层面产业政策的正式启动起到了重要的奠基和推动作用。但是，进入1990年代之后，尤其是在1990年代中后期，欧洲的经济政策重心集中到建设内部统一大市场和经济货币联盟上来，同时美国经历了"黄金十年"，而日本却经历了"失落的十年"，产业政策似乎逐渐从欧洲政策制定者的视线中消失了，其概

---

① 此处对三次关于产业政策的讨论的划分与论述部分地参考了 Elie Cohen, "Industrial Policy in France: The Old and the New", *Journal of Industry, Competition and Trade*, Vol. 7, 2007, pp. 213 - 214。

念甚至一度为诸多学者所不屑，相关研究虽未停滞，但受重视程度大幅下降。就欧盟层面的产业政策而言，在正式启动之后的几年里，虽然也有学者对其做过专门研究，[①] 但是，总体而言，这一时期该政策并未受到太多重视。

第三次讨论始于 21 世纪之初，至今仍在延续。技术进步的突飞猛进、经济全球化的加速、产业结构变革步伐的加快，以及欧洲经济一体化的扩大和深化共同构成了进入 21 世纪后欧洲经济面临的重大挑战。在此背景下，经济增长持续低迷，失业率居高不下，以及人们对"产业空心化"的普遍担忧，直接引发了欧盟范围内对产业政策的新一轮关注与讨论，相关的研究又多了起来。欧洲投资银行（EIB）2006 年年度论文集选择了"产业政策"作为主题，共收录了有关产业政策理论和实践的共 12 篇论文，分别由英国、法国、瑞典、芬兰、西班牙、韩国等国以及欧洲投资银行的学者和欧盟委员会的政策官员撰写。英国的《应用经济学国际评论》杂志（*International Review of Applied Economics*）也将"产业政策"作为 2006 年第 5 期的主题，共刊发了 5 篇相关的学术论文。产业政策在欧盟的受重视程度由此可见一斑。同时，为配合里斯本战略的实施，欧盟层面的产业政策重新受到了重视，针对该政策的新动向而开展的相关学术研究也相应地多了起来。

根据上述内容，欧洲学者对欧盟产业政策的研究远未成熟的原因并不难理解。实际上，在现有的大多数欧洲经济一体化的教科书和有关文献中，产业政策部分几乎都很薄弱，要么根本没有介绍，要么就是在评述竞争政策或科技研究政策时顺便提及，很少独辟章节做专门的深入分析。随着里斯本战略的提出及之后产业政策地位的相应提升，相关的研究文献才逐渐丰富起来。但是，与欧盟的其他经济政策相比，产业政策领域的学术论文和著作要少得多，全面系统的实证研究很欠缺，深入的理论研究更少，甚至在对这一政策的基本认识上仍存在不少分歧与模糊之处。[②] 通过梳理与归纳目前可获

---

① 这一时期的两部代表性文献是 Ph. Nicolaides（ed.），*Industrial Policy in the European Community：A Necessary Response to Economic Integration？* Martinus Nijhoff Publishers，Dordrecht/Boston/London，1993；Patrizio Bianchi，*Le Politiche Industriali Dell'Unione Europea*，Il Mulino，1995.

② 鉴于笔者外语能力的局限，上述对欧洲学者在欧盟产业政策领域研究状况的总结主要通过浏览和梳理相关的英文文献而得到，对以其他欧洲语言写就的论文或专著，笔者掌握的情况非常有限，故难以做出总结和判断。例如，1995 年出版的帕特里齐奥·比安基的意大利文版专著《欧盟的产业政策》就是欧洲学者在这一领域的早期研究之一。然而，笔者在研究中得出的总体印象是，为适应日益频繁的国际性学术交流的需要，近年来非英语国家的欧洲学者以英文写作并发表论文的情况逐渐增多，从而其部分研究成果也得以在更大的范围内传播。

得的以英文写就的代表性研究文献，可以发现，迄今欧洲学者对欧盟产业政策的研究主要集中于以下几个方面。

第一，对欧盟产业政策的界定。这方面的文献以丹麦学者米歇尔·达梅尔（Michael Darmer）于 2000 年发表的论文"欧盟产业政策的定义"为代表。该论文收于达梅尔与另一位荷兰学者劳伦斯·凯珀（Laurens Kuyper）共同编著的《工业与欧洲联盟》一书中，该书也是欧洲学者于 21 世纪发表的针对欧盟层面的产业政策的代表性研究成果之一。在这篇论文中，达梅尔在分析了产业政策的定义之后，将欧盟产业政策定义为"直接针对产业、旨在提高产业竞争力的政策"，并将之与"对产业有影响，但并不直接针对产业（或者说其优先目标不是产业）的政策"区分开来。同时，达梅尔也注意到，欧盟产业政策没有独立的政策工具，根据欧盟条约，其目标"应通过其依照本条约其他规定而采取的政策和行动"来实现。在分析条约内容和考察欧盟政策实践的基础上，他认为"其他政策和行动"主要涉及竞争政策、研究与技术开发政策以及结构基金等范畴，并就产业政策如何通过这些政策来实施做了简要评述。[①]

第二，对欧盟产业政策的内容、政策工具、实施方式的评述。这方面的代表性文献是 2006 年发表的两篇论文：克里斯托弗·艾伦（Christopher Allen）等人撰写的"欧盟委员会的新产业政策"和奥地利学者卡尔·艾根格（Karl Aiginger）等人撰写的"产业政策的矩阵方式"。[②] 艾伦等人的论文对近几年欧盟层面产业政策的新发展做了评述：首先分析了欧盟产业政策调整的背景，制造业和工业的发展现状，指出欧盟工业结构面对技术进步和经济全球化挑战时表现出的不适应；进而分析了欧盟产业政策以面向所有或大多数制造业部门的横向政策为主的特点，不再重蹈过去部门干预的覆辙；最后，重点分析了产业政策如何努力通过竞争政策和研发政策这两个横向政策得以实施，以及各项政策如何相互协调，共同促进欧盟的长期经济增长。艾根格等人的论文在梳理欧盟产业政策的演变时，注意到近几年部门产业政策

---

① Michael Darmer, "A Definition of EU Industrial Policy", in Michael Darmer and Laurens Kuyper (eds.), *Industry and the European Union: Analysing Policies for Business*, Cheltenham, UK · Northampton, MA, USA: Edward Elgar, 2000, pp. 3 – 24.

② Christopher Allen, Didier Herbert & Gert-Jan Koopman, "The European Commssion's New Industrial Policy", *EIB papers*, Volume11, No. 2, 2006, pp. 134 – 143; Karl Aiginger & Susanne Sieber, "The Matrix Approach to Industrial Policy", *International Review of Applied Economics*, Vol. 20, No. 5, December 2006, pp. 573 – 601.

的发展，并将当前欧盟产业政策采取的横向政策与部门政策相结合的实施方式称为"矩阵方式"（matrix approach）。[①]

第三，尝试将产业政策置于欧洲经济一体化的整体框架下进行研究。目前，从这一角度研究欧盟产业政策的有深度的文献可谓凤毛麟角，欧洲经济一体化领域的著名学者雅克·佩克曼斯（Jacques Pelkmans）2006 年的论文"欧洲的产业政策"是这方面的代表。佩克曼斯在文中指出，过去二十多年来，欧盟和成员国层面产业政策的性质和范围都发生了深刻变化。产业政策可利用的工具减少了，其背后的经济思想也发生了重大改变，尊重市场竞争机制的政策逻辑更受欢迎。这些变化既是国际大环境的变化所致，也在很大程度上由欧洲经济一体化的不断扩大和深化所决定。关于欧盟层面与成员国层面在产业政策上的权力分配情况，佩克曼斯指出，欧盟层面产业政策的干预空间较之成员国要小得多，虽然后者的干预空间已越来越多地受到来自欧盟层面的制约，但是至今仍是欧盟范围内产业政策的主角。[②]

第三节 研究目标、方法与结构

鉴于上述国内外研究现状，本书的目的在于以此前欧洲学者的研究成果为基础，并部分地借鉴其研究方法，努力对欧盟产业政策展开全面系统而深入的研究，主要包括其发展历程、基本理念、政策内容及工具、运行机制、相关的理论探讨、该政策在国际金融危机冲击下的新发展等，并试图简要探讨该政策对中国的影响与启示。

无论出于认识欧盟经济的目的，还是立足于中国改革开放与经济发展的实践，本研究都具有较强的现实意义。

第一，对欧盟产业政策的实证研究和理论探讨可以为认识欧盟整体经济

---

① 在第四章对欧盟产业政策的内容和政策工具的分析中，将对"矩阵方式"的说法做专门解释。

② Jacques Pelkmans, "European Industrial Policy", in Patrizio Bianchi and Sandrine Labory (eds.), *International Handbook on Industrial Policy*, 2006, pp. 45–78. 实际上，在其 2001 年出版的英文专著《欧洲一体化：方法与经济分析》（第二版）中，佩克曼斯就将"欧共体的产业政策"单辟一章进行了专门论述。相比之下，2006 年的论文在梳理与分析上更加系统，数据和内容更加新颖翔实，在与欧洲经济一体化整体框架的结合上也更进了一步。上述 2001 年专著已译成中文在国内出版，见〔荷〕雅克·佩克曼斯著《欧洲一体化：方法与经济分析》（第二版），吴弦、陈新译，北京，中国社会科学出版社，2006。

状况及发展趋势、把握欧盟经济政策的整体走向提供一个崭新且重要的视角。

第二，对欧盟产业政策内容和运行机制的深入研究，有助于从整体上把握欧盟层面的各项经济政策是如何在统一大市场建设中发挥作用的，有益于丰富对欧盟经济多层治理结构的理解。

第三，随着欧盟整体经济地位的日趋重要，其产业政策必然会对世界经济（包括投资、贸易等各方面）及中欧经贸关系产生一定的影响。鉴于欧盟是中国第一大贸易伙伴的事实，中国对这些影响应有充分的认识并做好积极的应对准备。本研究试图为此提供必要的背景分析。

第四，为了更好地适应经济全球化带来的更加开放的国际竞争环境，更有效地实现产业结构的持续优化升级，中国需要从世界各国的产业政策中获得启示。作为发达国家最集中、一体化程度最高的区域经济体，欧盟的经济发展阶段领先于中国，其产业政策的理念和实施方式对于中国产业政策的制定和执行无疑具有一定的借鉴意义。当然，毋庸讳言，任何他国的经验都只是他山之石，欧盟的经验也有其特殊性，中国的产业政策必须立足于对我们自己的国情进行合理借鉴。

就研究方法而言，本书主体部分的分析主要有以下两个特点。第一，以实证研究为主，并辅之以必要的理论探讨。鉴于国内外研究现状及本书的研究任务，旨在回答欧盟产业政策"是什么"的实证研究将占据大部分篇幅，而围绕"为什么"的问题展开的理论探讨既是对实证研究的必要补充，又是对后者的升华，力图通过两者共同描绘出欧盟产业政策的"整体形象"。第二，整体分析与案例研究相结合。在实证研究部分，梳理和分析欧盟产业政策的整体框架，包括其概念界定、发展历程、政策内容与工具、运行机制等，并选择信息通信技术产业、纺织服装业和汽车业进行较为细致的案例研究，以期实现对该政策既全面又不乏深入具体的理解。另外，在分析国际金融危机对欧盟工业的冲击及对欧盟产业政策的影响时，也采用了整体分析与行业案例研究（汽车业）相结合的方法。

本书共十一章。第二章至第八章是对欧盟产业政策的实证研究，旨在较为全面系统地回答欧盟产业政策"是什么"的问题。其中第二章是概念辨析与界定，拟在前人相关工作的基础上，结合研究的实际需要和欧盟的政策实践，给出欧盟产业政策的定义，从而为后文的研究工作做出必要的范围界定。第三、四章是对欧盟产业政策整体框架的实证研究，分别对该政策的发展历程、近几年的新动向，以及政策的实施方式和工具做详细、系统的归纳与分析。为了尽量将研究落到实处，更加全面深入地把握欧盟产业政策的整体框架，第五、六、七章分别选取信息通信技术产业（高技术产业的代表）、纺织服装业（传统产业的代表）和汽车业（优势产业的代表），对欧盟针对这三个部门的产业政策做较为细致的案例研究。第八章梳理与分析欧盟产业政策的运行机制，除梳理该政策自身的具体运行之外，还进一步分析了欧盟层面与成员国产业政策之间的关系，试图将欧盟产业政策的运行置于欧盟经济治理的更广阔视角中来考察，以期对该政策的地位及可能发挥的作用有更深入的把握。基于实证研究的结论，第九章关注的是"为什么"的问题，将结合产业政策理论的演变对欧盟产业政策进行理论探讨，探寻该政策的理念和实施方式的经济学理论基础，并立足于欧盟的经济现实分析该政策理念和实施方式的具体形成机制。第十章专门考察国际金融危机对欧盟产业政策的影响，旨在回答该政策的理念是否发生重要变化、其内容和实施方式有何最新进展等问题，以作为对前文实证研究和理论探讨的必要补充。第十一章是本书的总结，试图在归纳前文的基础上给出欧盟产业政策的一个"整体形象"，并就对该政策进行评估的有关问题进行探讨，然后从中欧经贸关系和中国制定产业政策的角度简要探讨该政策的影响与启示，提出有待日后进一步深入研究的相关问题。

第二章 概念辨析与研究对象界定

在对欧盟产业政策进行全面系统的研究之初，首先要对这一研究对象做出界定，也就是要先回答一个问题：什么是欧盟产业政策？它有什么样的内涵和外延？毫无疑问，对这一问题的回答，需要基于对"产业政策"这一复杂概念的讨论和辨析。本章拟借鉴前人的研究方法并以其成果为基础，首先对产业政策的定义进行简要探讨，然后结合欧盟产业政策的法律基础和政策实践，给出欧盟产业政策的定义，以便为后文各章全面深入的论述做出必要的范围界定。

第一节 有关产业政策定义的探讨

由于产业政策是活生生的实践，涉及的经济部门繁多，政策工具复杂多样，各国政策因经济发展阶段、自然与历史条件、国际环境以及政治经济形势差异等又有不同的特点，因此，要在理论上给出产业政策的一个确切的定义非常困难。对于产业政策的定义，也即什么是产业政策、产业政策包括哪些内容、产业政策的属性和功能是什么等问题，国内外学术界争论甚多，至今仍未达成一个具有广泛性的共识。即使是被公认为当今国际上最权威、最全面的经济学百科全书的《新帕尔格雷夫经济学大辞典》也并未收录"产业政策"的词条。翻阅大量相关的学术文献，可以发现诸多形形色色而又相互关联的产业政策定义，采用何种定义大多由研究者依据具体的研究需要而定。一般来说，进行产业政策实证研究的学者通常将已有的产业政策定义加以比较分析，而后选择适合自己研究需要的定义，或对某一已有定义做适当修订后再选用；而进行产业政策理论研究的学者则试图归纳总结各种定义，给出一个更加全面深入的具有一定理论综合性的定义。考虑到本书的研究对象是欧盟产业政策，主要任务在于对该政策的实证研究与剖析，同时出于篇幅所限，将不在给出产业政策定义这一高难度任务上倾注过多笔墨，此任务留待产业政策理论界学者的继续努力。这样，本节的探讨将主要限于对各类已有定义进行归纳比较，以期为后文界定欧盟产业政策提供必要的背景和基础。

附录2-1给出了笔者查阅相关文献搜集到的一些有代表性的产业政策定义。浏览这些定义可以发现，大多数定义为作者根据自己的研究角度不同而定，因此，对这些定义一一进行评介与辨析似乎无多大意义，也非本书的研究工作之必需。然而，出于对欧盟产业政策的内涵与外延进行界定的需要，下文仍将选择其中一些定义进行归纳与对比，拟从以下三个角度展开：一是从产业政策涵盖内容的角度出发，介绍产业政策的广义定义和狭义定义；二是从产业政策合理性的角度出发，将自由主义者和政府干预主义者给出的定义进行对比；三是介绍几个由专门从事欧洲经济一体化研究的学者给出的产业政策定义，为过渡到下一节对欧盟产业政策的界定做准备。①

第一，从产业政策涵盖内容的角度对纷繁复杂的定义进行归纳总结，可以发现，有两类"极端"的定义形成了鲜明对比。第一类可称为广义定义（或宽派定义），将产业政策定义为所有对提高整体经济或特定产业的生产率和竞争力有影响的政策。一个被反复引用的典型的广义定义来自美国学者查默斯·约翰逊（Chalmers Johnson）。他认为"产业政策是指导和协调那些对提高整体经济以及特定产业部门的生产率和竞争力具有杠杆作用的政府活动"。②这类定义可谓包罗万象，只要是对生产率和竞争力有影响的政策都被包含在内，甚至可以将社会福利政策、卫生体系等也涵盖其中。第二类可称为狭义定义（或窄派定义），仅指针对特定产业部门的支持与援助政策。这类定义的典型来自美国学者泰森和齐斯曼（Tyson & Zysman），他们认为，"产业政策……指针对特定产业部门的问题而主动或

---

① 初看起来，第一和第二个角度似乎在逻辑顺序上颠倒了，也就是应该先有关于产业政策存在是否合理的争论，然后才是产业政策应该涵盖什么内容的争论，但是，前文已经强调，产业政策已普遍存在于世界各国的实践中，对其合理性的争论实际上仅局限于理论探讨范畴，而对其涵盖内容的讨论要广泛得多，也更具有现实意义。另外，即使是在学术讨论中，这两个角度也经常交织在一起，难以区分逻辑上的先后。

② Chalmers Johnson, "The Idea of Industrial Policy", in Chalmers Johnson (ed.), *The Industrial Policy Debate*, ICS Press, 1984.

被动实施的政府政策"。① 对比这两类定义不难发现，第一类定义过于宽泛，在理论和实践上都难于把握；第二类定义又过于狭隘，排除了面向所有或大多数产业的横向产业政策，如具有普遍意义的研发支持政策等。就本书的研究工作而言，广义定义几乎无可行性，狭义定义的涵盖面又过小，二者皆不足取。然而，列举出这两类定义仍有一定的必要性：其一，从政策内容的范围上看，这两类定义给出了产业政策外延的"两极"，其他定义所划定的政策内容基本上介于这"两极"之间，研究者可依据具体的研究对象给出适当的定义，这是目前通行也似乎是唯一可行的做法；其二，从政策的内涵上看，这两类定义也有明显的区别，约翰逊的广义定义认为凡是影响产业的政策都是产业政策，而狭义定义则要求产业政策不仅要影响产业，还要明确针对产业，强调政策的指向性。这一区别可为界定欧盟产业政策提供有益的启示，后文将借鉴这一思路。

第二，从自由主义与政府干预主义分野的角度来分析另外几个重要的产业政策定义，也有助于对欧盟产业政策的界定。虽然上文列举的广义和狭义定义存在明显区别，但是两者却有重要的共同点，即都支持产业政策领域的政府干预，或者说都承认产业政策存在的合理性。然而，并不是所有经济学家对产业政策都持赞成态度，一些自由主义经济学家甚至从根本上对政府干预经济的合理性持怀疑和反对态度。美国学者克鲁格曼和奥伯斯特法尔德（P. R. Krugman & M. Obstfeld）是自由主义者的代表，他们将产业政策定义为"政府鼓励资源流向它认为对未来经济增长具有重要意义的特定部门的努力"。② 依据这一定义，产业政策意味着政府干预使得资源向特定产业部门转移，也就是以牺牲其他部门和消费者利益为代价来支持某特定产业部门的发展。他们认为，由于政府在"择优"（picking winners）上并不比市场经济中的私人部门更有优势，反而有扭曲市场的高风险，因此，这种产业政策的存在并不具备充分的理由。然而，包括格隆斯基（Geroski）和雅克曼（Jacquemin）等人在内的其他经济学家并不赞同克鲁格曼和奥伯斯特法尔德的观点，他们分

---

① Laura Tyson and John Zysman, "American Industry in International Competition", in John Zysman and Laura Tyson (eds.), *American Industry in International Competition: Government Policies and Corporate Strategies*, Cornell University Press, London, 1983.

② Paul R. Krugman and Maurice Obstfeld, *International Economics: Theory and Policy*, Glenview, IL, 1983. 亦可参见〔美〕保罗·克鲁格曼、茅瑞斯·奥伯斯特法尔德著《国际经济学》，北京，中国人民大学出版社，2002。

别从不同角度提出了支持产业政策存在的若干理由，主要包括市场失灵、比较优势变化和促进结构变革等方面，并给出了相应的产业政策定义。关于这几方面理由的具体内容，第九章的理论探讨部分将有述及，此处不再展开。对于这些理由，自由主义者也分别做了回应，仍然强调政府干预经济造成的扭曲大于收益的风险和危害。笔者认为，对于理论界长期存在的有关产业政策合理性的争论，需有三点认识：其一，纵然理论上存在争议，且自由主义者的观点似乎在理论层面上更加可靠，但是产业政策实践的普遍存在是不可否认的，现实中的企业总是受到政府部门决策的重要影响，同时，几乎所有工业化国家的政府都在（不同程度地）结合自身的产业结构特点和问题，努力营造最优的商业环境以促进产业绩效。其二，即使是在理论上，自由主义和政府干预主义对待产业政策的态度也并非完全没有调和余地。两者都属于大的市场经济学派的范畴，都支持以市场机制作为资源配置的核心与基础，只是在政府干预的方式和程度上存在分歧。另外，自由主义者虽然反对国家干预经济，但是并不支持经济无政府主义，而是认为政府角色应该局限于为市场经济运行营造稳定的环境（包括经济和法律环境），而非直接干预经济，从而让市场自行择优，并自动实现产业结构升级。对于政府的这一作用，干预主义者也是赞成的，只是认为政府作用应不止于此。换言之，两者在对产业政策的作用的认识上是存在交集的。其三，与第二点相关联，在实践中，自由主义和政府干预主义也并不总是非此即彼的对立的，各国的产业政策实际上都体现了两种思想不同程度的结合。当然，二者孰轻孰重，则往往因各国的历史传统和现实约束条件而各不相同，欧盟各成员国也是如此。①

---

① 虽然欧盟各成员国的产业政策存在一些相似之处，但是对于自由主义和政府干预主义，各国则明显表现出不同的倾向性。英国（1980 年代初以来）、荷兰和丹麦属于一组国家，这些国家的自由主义倾向最为明显，它们虽然不完全排斥政府干预，但是强调产业政策应该仅限于创造良好的自由市场环境的横向政策，以不干预个别产业和企业的运行为基本原则，最常见的政策手段是面向所有产业和企业的研发支持措施。而法国、意大利和西班牙则有较明显的政府干预经济的传统，以法国最为典型。在 1970 年代和 1980 年代上半期，法国认为工业体系现代化的主要责任应由政府承担，其政策措施主要有直接干预、部门计划和国有化等，虽然从 1980 年代中后期开始，这一情况发生了变化，企业逐渐成为经济活动的主体，政府的作用逐渐弱化，但是在法国，政府干预的色彩至今仍比大多数欧盟其他成员国明显得多。在德国，战后的社会市场经济模式强调有秩序的自由竞争，产业政策以创造有利于投资和生产的框架条件为主，强调竞争政策的重要性，其干预力度介于英、法两国之间。可参见 Michael Darmer, "A Definition of EU Industrial Policy", in Michael Darmer and Laurens Kuyper (eds.), *Industry and the European Union: Analysing Policies for Business*, 2000, pp. 10 – 11。

    第三，专门从事欧洲经济一体化研究的一些学者也给出了产业政策的定义，这些定义与欧盟产业政策密切相关，对界定欧盟产业政策具有一定的参考意义。布伊格斯和萨皮尔（Buigues & Sapir）将产业政策定义为"政府采取的一套措施以应对结构转型进程，后者往往伴随着比较优势的变化。它既包括针对衰退产业的措施，也包括具有未来导向性的政策"。① 从产业政策的内涵上看，这一定义强调政策的针对性，这与前文提及的泰森和齐斯曼的定义有相通之处，另外，它还强调产业政策的目的性或者说动机。同时，布伊格斯和萨皮尔将产业政策手段区分为预算手段和规制手段，这给笔者以启示，本书第四章在梳理欧盟产业政策的横向政策时即借鉴了这一方法。瓜尔（Gual）将产业政策定义为"政府的一套干预措施，通过对国内产品和生产要素的税收（或补贴）和规制，试图改变市场自由运行带来的国内资源配置格局"。当谈到欧盟层面的政策时，瓜尔认为"欧盟产业政策包括与完善内部大市场相关的一些政策，研究与开发政策和针对特定部门的政策"。② 雅克·佩克曼斯在其专著《欧洲一体化：方法与经济分析》中将产业政策定义为"关于刺激供给的政策。更准确地说，它包括政府的所有干预行为，这些干预旨在通过影响生产动机、进入或退出某一特定产品市场的动机来影响产业变化"。③ 虽然这一定义相当宽泛，但是，它从产业角度对欧盟政策加以分类的方法值得关注。在 2006 年的论文"欧洲的产业政策"中，佩克曼斯将上述归类进一步细化，其核心内容大致是依照与产业联系的紧密程度将欧盟既有政策划分为近似于同心圆的三个集合，最核心的部分为"产业政策集合"，范围最大的为"影响产业的政策集合"（policies affecting industry），范围介于两者之间的为"针对产业的政策集合"（policies for industry）。④ 近两年这一归类方法受到多位欧洲学者的重视，下一节对欧盟产业政策外延的分析也将部分地借鉴这一方法的核心思想。

---

① Pierre Buigues and André Sapir， "Community Industrial Policy"， in Ph. Nicolaides（ed.），*Industrial Policy in the European Community: A Necessary Response to Economic Integration?* Martinus Nijhoff Publishers， Dordrecht/Boston/London， 1993.

② Jordi Gual， "The Three Common Policies: An Economic Analysis"， in Pierre Buigues， Alexis Jacquemin and André Sapir（eds.），*European Policies on Competition， Trade and Industry: Conflict and Complementarities*， Edward Elgar Publishing Company， Vermont， 1995.

③ 〔荷〕雅克·佩克曼斯著《欧洲一体化：方法与经济分析》（第二版），吴弦、陈新译，北京，中国社会科学出版社，2006，第 362 页。

④ Jacques Pelkmans， "European Industrial Policy"， in Patrizio Bianchi and Sandrine Labory（eds.），*International Handbook on Industrial Policy*， 2006， pp. 45-78.

总结泰森和齐斯曼、布伊格斯和萨皮尔、佩克曼斯等学者给出的产业政策定义以及后两者与欧盟产业政策相关的论述，可以获得一个重要启示，那就是"针对性"和"目的性"是定义产业政策并划定其内容范围的两个关键性要素，这对于定义欧盟产业政策具有重要的参考价值。

另外，"产业政策"一词译自"industrial policy"，而"industry"一词所涵盖的行业在不同国家的语境中也不尽相同，因此，具体的行业覆盖面也是定义产业政策时经常遇到的问题。在法国，产业政策一般是指针对制造业的某些部门的政策；在欧洲和欧洲之外的其他国家，"industry"的含义一般比较宽泛，既可指制造业和工业，也可指服务业，甚至农业，产业政策的行业覆盖面也相应地要宽泛得多。[1] 然而，撇开对产业政策概念的探讨，当涉及具体某一国的产业政策时，其行业覆盖面显然是由政策制定者根据现实情况决定的，欧盟产业政策也是如此。

第二节　对欧盟产业政策的界定

在理论上给出产业政策的确切定义非常困难，而鉴于欧盟的组织和治理结构的复杂性，要给出欧盟层面产业政策的定义更加困难。正如雅克·佩克曼斯所言，"学术界对于'产业政策是什么'一直存在着认识上的混乱，而'欧盟产业政策究竟是什么'恐怕是唯一一个比前者更易引起认识混乱的问题了"。[2] 即便如此，为了尽量明确研究对象，本章必须努力对欧盟产业政策的内涵与外延做出界定，这样，后面的研究工作才会有的放矢。本节将在继承前人成果、借鉴前人方法的基础上进行此项工作。

迄今为止，欧盟本质上仍是多个主权国家组成的一体化组织。一方面，这一一体化组织的机构、运行机制、欧盟与成员国层面的政策权力分配结构相当复杂，这大大增加了界定欧盟层面产业政策的难度；另一方面，一体化组织的性质要求欧盟层面的任何政策权限都必须由相应的条约和法律授予，

---

① 例如，在美国，"产业"通常与"部门"同义，除制造业之外，还包含其他工业部门和服务业。参见 Elie Cohen, "Industrial Policy in France: the Old and the New", *Journal of Industry, Competition and Trade*, Vol. 7, 2007, p. 214; Karl Aiginger & Susanne Sieber, "The Matrix Approach to Industrial Policy", *International Review of Applied Economics*, Vol. 20, No. 5, December 2006, p. 597。

② Jacques Pelkmans, "European Industrial Policy", in Patrizio Bianchi and Sandrine Labory (eds.), *International Handbook on Industrial Policy*, 2006, p. 46.

也即要有相应的法律基础对其做出具体规定与限制，这使得从条约内容切入，同时结合政策实践对欧盟产业政策进行界定具备了一定的现实可行性。下文对欧盟产业政策的界定就将从其法律基础入手。

一 解读欧盟产业政策的法律基础

第一章已经提及，最早的欧盟层面的产业政策是在煤钢共同体框架下对煤和钢铁业的干预，这种超国家层面产业政策的法律基础实际上就是1951年签署的《巴黎条约》。在1957年签署的《罗马条约》中，也包含一些与促进工业发展相关的内容。但是，直到1992年签署的《马斯特里赫特条约》（后文简称《马约》），才正式将"增强共同体工业的竞争力"纳入共同体行动的范畴，并在第130条中对共同体产业政策作出专门的规定，授权共同体委员会具体执行产业政策，也即《阿姆斯特丹条约》（后文简称《阿约》）和《尼斯条约》签署后的欧盟条约第十六编第157条，2007年签署的《里斯本条约》（后文简称《里约》）又将其改为第十七编第173条（Title XVII：Industry，Article 173）。该条内容全文如下：①

1. 联盟和各成员国应保证有利于联盟工业竞争力的必要条件得以存在。

为此目的，联盟和各成员国应根据开放和竞争的市场原则采取行动，旨在

（1）加速工业调整以适应结构变化；

（2）为联盟内的企业，尤其是中小企业的创立和发展营造有利的环境；

（3）为企业间的合作营造有利的环境；

（4）更好地挖掘创新、研究与技术开发政策的工业潜力。

2. 各成员国一方面应保持同委员会的联系，一方面应互相磋商，并在必要时协调其行动，委员会可采取任何有益的主动行动以促进此类协调，尤其是旨在建立指导方针与指标体系、组织经验交流、为定期监

---

① *Consolidated Version of the Treaty on the Functioning of the European Union*，http：//www. consilium. europa. eu/treaty - of - lisbon. aspx? lang = en；部分内容可参见欧洲共同体官方出版局编《欧洲联盟法典·第二卷》，苏明忠译，北京，国际文化出版公司，2005，第53~54、401页。

测和评估做必要准备的主动行动。欧洲议会应保持完全知情。

3. 联盟应通过其依照本条约其他规定而采取的政策和行动，为实现第一款所指目标作出贡献。欧洲议会和理事会依照普通立法程序同经济社会委员会磋商后，可决定通过关于支持各成员国为实现第一款所指而采取的行动的特别措施，不包括对成员国法律与规制的任何协调。

本编不得成为联盟采取任何导致竞争扭曲的措施的基础，也不得成为联盟采取任何包含税收条款或关于雇佣劳动者权利和利益条款的措施的基础。

无疑，第173条使得欧盟层面（或者说欧盟委员会）获得了正式的产业政策权力，但是委员会权力的获得并不是基于成员国政策权力向超国家层面的转移，而是基于辅助性原则，作为成员国产业政策的必要补充而存在，同时也肩负着协调成员国产业政策的部分任务。下文将试图结合欧盟的政策实践，对第173条的规定做出更加详细的解读，旨在明确欧盟产业政策的目标、理念、政策工具（或手段）、决策程序和行业覆盖面等诸方面的内容，为界定欧盟产业政策的内涵和外延提供基础。

第一，关于欧盟产业政策的目标。第173条开宗明义地指出，其目标在于"保证有利于联盟工业竞争力的必要条件得以存在"。根据欧盟产业政策的实践，笔者认为，为了更好地理解这一目标，可以将之分解为两个层次。第一个层次是保持和提高欧盟工业的竞争力，可称为核心目标。第二个层次是为核心目标的实现创造条件，可称为操作目标，具体而言，包括该条款中提到四个大的方面：加速工业调整以适应结构变化；为企业（尤其是中小企业）的创立和发展营造有利环境；为企业间合作营造有利环境；挖掘创新、研究与技术开发政策的工业潜力。

第二，关于欧盟产业政策的基本理念。第173条几乎没有为政府直接干预或"择优"提供依据，而是明确提出，"联盟和各成员国应根据开放和竞争的市场原则采取行动"，"本编不得成为联盟采取任何导致竞争扭曲的措施的基础"。可见，总体而言，欧盟产业政策的理念是市场导向的，强调为提升工业竞争力创造良好的条件，反对传统的部门干预。实际上，自从1990年的第一份正式政策通报以来，所有的欧盟产业政策通报都延续并一再强调这一基本理念。这是欧盟产业政策不同于传统的直接干预式产业政策的明显特点。

第三，关于欧盟产业政策的政策工具问题。第 173 条虽明确了欧盟产业政策的目标，却没有对实现这些目标的政策工具作具体规定，而是明确指出，其目标"应通过其依照本条约其他规定而采取的政策和行动"来实现。这是产业政策有别于欧盟其他经济政策的一个重要特点。笔者认为，可以从两个角度看待这一问题：其一，实际上，这一情况并非欧盟产业政策所独有，世界各国的政策实践表明，产业政策几乎从来就没有一套专门的，或者说只服务于产业政策一个目标的政策工具，它总是依据不同目的而借助于形形色色的其他政策得以实施。① 这正是产业政策相对于其他经济政策的复杂性所在，也是学术界至今难以就其定义达成共识的重要原因之一。其二，第173 条对这一点作出特殊、明确的规定，与欧盟产业政策强调市场导向的基本理念不无关系，或者可以说是强调该理念的一种具体体现。强调需要借助于"其他政策和行动"在很大程度上也是为了限制欧盟产业政策的干预空间，避免重蹈 1970 年代和 1980 年代部门干预的覆辙。②

第四，关于支持成员国行动的特别措施的决策程序问题。第 173 条的第三款是《里斯本条约》修改后的内容，《马约》签署时该款内容为，"……理事会根据委员会的提案并同欧洲议会和经济社会委员会磋商后，以全体一致同意通过关于支持各成员国为实现第一款所指而采取的行动的特别措施……"。1997 年的《阿约》只是将工业条款由第 130 条改为第 157 条，并未对其内容做任何改动。《尼斯条约》继承了第 157 条，但是对支持成员国行动的特别措施的决策程序进行了改革，引入了"共同决策程序"（co-decision procedure）。《里约》签署后，虽然还是存在着多种决策程序，但是共同决策程序成为欧盟普通立法程序。这里需要说明的是，上述程序只适用于对欧盟层面能否以"特别措施"支持成员国的行动作出决定。对于欧盟"为实现第一款所指目标作出的贡献"，即除了支持某个成员国的措施之外的其他欧盟行动，该条款并未规定明确的决策程序。这是由于欧盟产业政策在实践中只能借助于"其他政策和行动"得以实施，而"其他政策和行动"依照条约又各自有确定的决策程序，因此，实际决策过程中的适用程序只能视所

---

① Timo Välilä，"No Policy is an Island—on the Interaction between Industrial and Other Policies"，*EIB papers*，Volume 11，No. 2，2006，pp. 9 - 10.

② 20 世纪七八十年代，虽然欧共体层面的产业政策尚未正式确立，但是当钢铁、纺织、造船等部门受到外部冲击而陷入困境时，共同体往往不得不在成员国的压力下前去"救火"。在第三章回顾欧盟产业政策的发展历程时，将对此做详细论述。

借助的具体政策而定。另外，值得注意的是，对于欧盟层面能否以"特别措施"支持成员国的行动，《马约》规定必须采取理事会全体一致同意的决策程序，实际上也是为了防止重走部门干预的老路，是与市场导向的基本理念相适应的。这一点将在第三章回顾欧盟产业政策的发展历程时做较细致的论述。

第五，关于欧盟产业政策的行业覆盖面问题。明确这一问题，对于后文的研究至关重要。第 173 条的标题为"Industry"，似乎既可译为"工业"，亦可译为"产业"，后者包含的行业要广泛得多。结合欧盟产业政策启动和发展的背景，以及具体的政策通报和政策实践可知，欧盟产业政策的覆盖面是工业部门，且特别强调针对制造业的政策。① 在此需要说明的是，欧盟在农业部门有共同农业政策。在服务业部门，虽然欧盟条约第三部分的第四编——人员、服务和资本的自由流动——之下专设了第三章"服务"（自第56 条至第 62 条），但是该章主要是针对建设内部大市场的四大自由之一的服务自由流动而设立的，并未赋予欧盟委员会以提高服务业竞争力为目标的政策权限。虽然欧盟产业政策的行业覆盖面是工业部门，但是出于以下两个方面的考虑，本书的题目和行文仍采用"欧盟产业政策"这一说法。其一，"产业政策"的说法在国内更为普遍，使用这一说法便于与国内学者交流。其二，也是更重要的，现代经济结构的复杂性使得工业与服务业之间的界限已不再那么泾渭分明，有些产业甚至已无法再简单地被划归为工业或者是服务业，而是两者的综合，信息通信技术（ICT）产业就是个典型例子。② 这样，致力于提高工业竞争力的政策似乎已无法完全脱离对服务业的考量。鉴于此，本文采用"欧盟产业政策"的说法，以便将该政策实际运行中涉及的一些与服务业相关的内容包含进来。③

二　界定欧盟产业政策的内涵与外延

欧盟条约第 173 条给出了欧盟产业政策的目标，并做出了通过"其他

---

① 例如，在《马约》确立了欧盟产业政策的法律基础之后，为配合该政策的制定和实施，欧盟委员会于 1994 年开始撰写《欧洲制造业竞争力年度报告》（*The Annual Reports on the Competitiveness of European Manufacturing*），这也是该政策以工业和制造业为对象的一个很好的说明。

② 第五章将专门对欧盟针对 ICT 产业的政策做案例研究。

③ 出于用语准确的考虑，笔者此前也曾用"欧盟工业政策"的说法发表过学术论文，其中的"欧盟工业政策"与本书的"欧盟产业政策"指同一事物。见孙彦红《欧盟工业政策：发展历程与新动向》，《欧洲研究》2007 年第 1 期。

政策和行动"加以实施的政策工具方面的限制，而对于哪些是可用于产业政策目的的"其他政策和行动"，条约并未具体说明，只是笼统地提出了应给予特别重视的四个领域：结构调整、企业创立与发展、企业合作、研究与技术开发。因此，要确定产业政策可借助于哪些政策和行动，就必须对欧盟的各项政策进行一一"筛查"。

上一节从多个角度探讨产业政策定义使我们获得了一个重要启示，那就是"针对性"和"目的性"是定义产业政策并划定其内容范围的两个关键性要素，这对于界定欧盟产业政策的内涵与外延具有重要的参考意义。毕竟，如果一项政策或措施是针对工业的，其目的又在于提高工业的竞争力，那么似乎没有理由不将其划归到产业政策的范围之内。值得注意的是，虽然"针对性"非常重要，但是其本身尚不足以作为认定产业政策的充分条件。例如，环境规制的绝大部分内容是针对工业的，准确地说，是增加了工业企业的生产成本，尤其是在短期至中期加重了工业企业的负担，但是显然不能将它划归至产业政策的范围内，因为其主要目的在于保护和改善环境而不是提高工业竞争力。[①] 可见，要判定一项政策或措施是否属于欧盟产业政策之范畴，必须从"针对性"和"目的性"两个角度同时考察。

至此，我们可以试着给出欧盟产业政策的定义，那就是："由欧盟委员会实行的，针对欧盟内的工业部门，且主要目的在于提高工业竞争力的各项政策之有机集合。"这一定义或许不够精准，有待进一步锤炼，但是，它是笔者目前能够想到的试图同时给出欧盟产业政策内涵与外延的一个较为合适的定义，其中的"针对工业部门"（针对性）和"主要目的"（目的性）是界定这一概念的内涵性要素，而"各项政策之有机集合"则暗含了这一概念的外延。这里之所以用"有机集合"，用意有二：其一，有了产业政策的目标作为统筹，各项"其他政策与行动"之间的关系已具备了一定程度的"有机"性，不再是完全独立、各自为政；其二，欧盟产业政策的理念及其发展阶段决定了它尚缺乏系统性，可借助的各项政策之间的协同和配合还很不够，因此，目前只能是个"集合"，而难以称作"结合"或"整合"。

———————————

① 当然，从长期来看，严格的环境规制会使欧盟工业企业在环保领域具有"先行一步"的竞争优势，目前这一优势已逐步显现出来，欧洲的环保产业（如废物循环利用等）和其他制造业部门的环保型产品均处于世界领先水平。但是，浏览欧盟条约第三部分第二十编对环境政策的规定可知，欧盟环境政策的目标是保护环境、保护公民健康、合理利用自然资源、促进解决地区和全球环境问题等，提高工业竞争力并不是其主要目标。

如上文所言，由于没有独立的政策工具，要框定欧盟产业政策外延的具体范围，只能采用实用主义的做法，即对欧盟既有政策进行"筛查"，从而确定可直接用于产业政策目的的"其他政策和行动"的范畴。这项工作的难度亦不小，所幸欧洲学者已经在分析条约内容和考察欧盟政策实践的基础上部分地开展了这项工作。本书第一章已经提及，根据丹麦学者达梅尔的研究，"其他政策和行动"主要涉及以下内容：竞争政策、研究与技术开发政策以及结构基金（主要是其中的欧洲地区发展基金和欧洲社会基金），也就是说，这些政策或行动的全部或部分内容可以成为欧盟产业政策的实施手段。浏览欧盟条约第三部分（"联盟政策与内部行动"）的内容，上述"其他政策和行动"涉及以下各编中的全部或部分内容：第七编，竞争规则、税收和法律趋近（TITLE VII— Common rules on competition, taxation and approximation of laws）；第十编，社会政策（TITLE X —Social policy）；第十一编，欧洲社会基金（TITLE XI —The Euroepan Social Fund）；第十二编，教育、职业培训、青年与运动；（TITLE XII —Education, vocational training, youth and sport）；第十八编，经济、社会与领土凝聚（TITLE XVIII— Economic, social and territorial cohesion）；第十九编，研究与技术开发、空间政策（TITLE XIX — Research and technological development and space）。以下逐一做简要说明。第七编的竞争规则包括适用于企业（包括防止扭曲共同市场的竞争、滥用市场支配地位以及对反托拉斯等）和适用于国家援助（反对成员国给予企业的补贴或援助以避免扭曲共同市场的竞争）的规则，显然，这些规则是针对产业的，其主要目的在于建立和保持良好的市场竞争秩序，从而能够直接提高产业的竞争力，这与欧盟产业政策的目的是一致的。[①] 在第十一编对欧洲社会基金（European Social Fund，ESF）目的的说明中，有"特别是通过职业培训和再培训的方式，促进（工人）适应工业结构和生产体系的变革"的内容。由于欧盟产业政策的操作目标之一也是要促进工业结构的变革，因此，欧洲社会基金可用于产业政策的目的。与第十一编类似，第十八编强调，欧洲地区发展基金（European Regional Development Fund，ERDF）的主要目的之一在于"帮助衰退工业地区的结构转型"。从支持的地域范围上看，欧洲社会基金面向整个欧盟，欧洲地区

---

① 另外，米歇尔将第七编的税收条款归结到与经济货币联盟相关的政策范畴，将法律趋近条款归结到与内部大市场建设相关的政策范畴中。

发展基金面向部分地区，且两者都可直接向企业提供援助，显然可成为欧盟产业政策所借助之手段。第十九编强调，"联盟应该确立加强科技基础的目标，建成一个研究人员、科学知识和技术自由流动的欧洲研究区，提高包括工业领域在内的科技竞争力"。当然，研究与技术开发政策同时也要"加强所有服务于本条约其他条款所必要的研究活动"，或者说其目标不止于提高工业竞争力，但是考虑到技术进步在现代经济发展中的不可替代的重要作用，研究与技术开发政策无疑是欧盟可借以实现产业政策目的的重要手段。①

除了达梅尔确定的政策和行动之外，笔者通过对近几年欧盟产业政策实践的研究，将另外两个政策领域也纳入进来：完善内部大市场的部分相关措施和共同贸易政策。前者涉及欧盟条约第三部分的第一编（TITLE I—The Internal Market）、第二编（TITLE II—Free movements of goods）、第四编（TITLE IV—Free movements of persons，services and capital）和第七编的法律趋近内容，后者涉及欧盟条约第五部分（"联盟对外行动"）的第二编（TITLE II— Common commercial policy）。虽然完善内部大市场的措施包含的内容非常广泛，但是其中消除非关税贸易壁垒、推动制定行业统一技术标准、政府采购市场的逐步开放等内容可直接用于产业政策的目的。共同贸易政策中支持欧盟工业开辟第三国市场、推动国际经济规则制定以及与贸易相关的知识产权保护等内容也可直接为产业政策所用。② 总体而言，这两个政策领域针对的是完善工业发展和竞争力提升所需的内外部市场环境，近年来

---

① 此处有关欧盟研究与技术开发政策目标的内容来自《里约》签署后欧盟条约，在《尼斯条约》签署后、《里约》签署前，欧盟条约第十八编中将研究与技术开发政策的首要目标确定为"加强共同体工业的科学和技术基础，促进欧洲工业更具有国际水平的竞争力"，针对工业的指向性更加明确。

② 达梅尔认为，完善内部大市场的措施和共同贸易政策是"对产业有重要影响的政策"，但是不宜划归到欧盟产业政策范围之内。对于前者，他的理由是内部大市场的措施涉及面太广；对于后者，他认为，贸易政策主要是通过保护竞争力弱的产业来实现的，而随着世界各国贸易的日益开放及国际贸易规则的日趋严密，贸易保护的空间已非常狭窄，不足以为产业政策所借重。笔者认为，虽然完善内部大市场的措施非常广泛，但是其中仍有一些非常重要以致不容忽略的可为产业政策所借助的措施，其中以推动制定行业统一技术标准最为典型；对于共同贸易政策而言，虽然欧盟可利用的针对竞争力较弱的产业的贸易保护手段已越来越有限，但是针对其竞争力较强的产业的贸易促进手段（包括促进第三国市场开放、知识产权保护、参与国际经济规则制定等）的重要性近年来不断提升，也是不可忽视的。至少可以认为，这两个政策领域的部分内容可以并且已经用于欧盟产业政策的目的，因此，也应被纳入欧盟产业政策的范围之内。

在提高欧盟工业竞争力方面也的确发挥了不容忽视的重要作用。

至此，欧盟产业政策的外延已大体确定，即确定了它可以借助的"其他政策和行动"的具体范畴：竞争政策、研究与技术开发政策、结构基金（主要是其中的欧洲地区发展基金和欧洲社会基金）、完善内部大市场的部分相关措施和共同贸易政策。后文对欧盟产业政策的更加全面详细的梳理与分析将以此为基础展开。

需要说明的是，除了上述可直接为产业政策所借助的政策和措施之外，欧盟还有一些政策对于提升工业竞争力和促进工业结构调整很重要，与产业政策的关系也很密切。这些政策主要包括：运输政策、欧洲经济货币联盟的政策、环境政策等。这些政策之所以重要，是因为它们关系工业发展所需的基础设施、宏观经济环境、可持续性等方面，但是其优先目标并不在于提高工业竞争力，因此划归在欧盟产业政策之内并不合适。这些政策不是本书的研究重点，但在必要时会做扼要说明。

第三节　小结

本章首先根据研究需要从三个角度对产业政策定义做了探讨，提炼出了判定产业政策的两个关键性要素："针对性"和"目的性"；进而详细解读了作为欧盟产业政策法律基础的欧盟条约第 173 条，获得了有关该政策的目标、理念、政策工具（或手段）、决策程序和行业覆盖面等诸方面的比较明确的基本认识；在此基础上，尝试着给出了欧盟产业政策的定义，即"由欧盟委员会实行的，针对欧盟内的工业部门，且主要目的在于提高工业竞争力的各项政策之有机集合。"这一定义大体上能够给出欧盟产业政策的内涵与外延。

欧盟条约规定产业政策须通过欧盟的"其他政策和行动"实现其目标，鉴于此，同时基于上述定义，笔者通过对欧盟既有政策做一一"筛查"的方式，确定了可用于产业政策目的的各项"其他政策和行动"：竞争政策、研究与技术开发政策、结构基金（主要是其中的欧洲地区发展基金和欧洲社会基金）、完善内部大市场的部分相关措施和共同贸易政策。这为后文对欧盟产业政策的全面细致论述界定了范围，奠定了基础。

最后，需要说明的是，欧盟条约对于产业政策须借助"其他政策和行动"的规定不仅增加了界定欧盟产业政策的难度，更重要的是，还使得这一政策的实践非常复杂。另外，工业活动与其他经济活动的相互联系是如此复杂，以致工业发展问题本来就不可能完全由专职负责工业的欧盟机构（如欧盟委员会企业与产业总司）和工业企业孤立地解决。因此，产业政策自身的决策机构和运行机制比欧盟的其他经济政策要复杂得多。同时，产业政策既定目标的实现还需要与对工业发展有重要影响的其他政策保持一定程度的配合。这样，欧盟产业政策的制定和实施就要求各政策机构之间的相互协调，难度之大可想而知。在以下各章的论述中，这些问题都会不断凸显出来，鉴于此，将在第八章对该政策的运行机制做详述。

第三章　欧盟产业政策的发展历程与新动向

欧盟产业政策的第一份正式通报于 1990 年公布，这可以视为该政策的开端。然而，为了更好地理解其基本理念和实施方式，有必要对该政策的出台背景和发展脉络做较为系统的梳理与分析。本章将分两个部分来进行这项工作。首先，梳理自欧洲经济一体化启动以来共同体层面产业政策的发展历程，并划分三个阶段，着重分析 1960 年代末以来共同体层面产业政策出台、发展及进入 21 世纪之后政策步伐加快的大致脉络。而后，着重分析进入 21 世纪之后共同体层面产业政策的新动向的背景。考虑到欧盟产业政策的行业覆盖面主要是制造业，第二部分的背景分析将关注世纪之交以来制造业在欧盟经济中的地位，以及在经济全球化加速、欧洲一体化扩大与深化的背景下，欧盟制造业的发展状况、各制造业部门的结构性特征及其面临的现实挑战。事实上，正是这些现状和挑战使欧盟认识到了加强超国家层面产业政策的必要性和重要性，也决定了近年来欧盟产业政策新动向的努力方向和主要内容。

第一节　欧盟产业政策的发展历程

前文已经提及，欧盟超国家层面的产业政策最早可以追溯到在煤钢共同体框架下对煤和钢铁业的干预，当时的产业政策主要是出于政治目的——保障战后欧洲和平局势的考虑。除此之外，煤钢共同体也有比较明确的经济目标，那就是保障共同体内煤和钢铁的供应。[1] 为实现这一目标，主要采取投资计划、生产配额、最低限价和贸易保护等政策方式，价格规制和补贴的措

---

① 1950 年代初，西欧各国普遍存在煤和钢铁供应短缺的现象，而煤和钢铁是战后重建经济的最重要原料，其生产能力也是当时工业化水平的重要标志。

施也偶尔使用，实际上是围绕部门计划而展开的一系列直接干预措施的集合。从干预强度上看，煤钢共同体刚刚启动时，直接干预的强度相当大，之后直接干预逐渐弱化，至 2002 年煤钢共同体结束，煤炭业和钢铁业被纳入欧洲经济共同体的总体框架下。这一过程也在一定程度上反映了欧盟产业政策整体思路的变化。总体而言，上述干预措施基本上实现了保障共同体内煤和钢铁供应的经济目标，但是也付出了代价，即延误了必要的结构变革，导致这两个产业长期依赖国家援助，政府影响一直难以消除。①

由于煤钢共同体框架下的上述干预手段主要是出于政治目的的考虑，而不只是为了发展煤和钢铁业采取的主动措施，同时，这些措施具有明显的部门独立性，并不是在正式、系统的欧盟产业政策的框架下采取的，因此并不属于本书的研究范畴。下文将不再考虑煤钢共同体的具体政策，而是追踪自 1960 年代末六国关税同盟建成至今，欧盟层面产业政策出台和发展的大致脉络。纵观该政策的发展历程，大致可划分为以下三个阶段。

一　早期尝试阶段：1960 年代末至 1980 年代中期

自从 1968 年六国关税同盟建成、工业品基本实现自由流动开始，协调各国工业生产和结构的任务就开始进入了欧共体委员会的视野。1969 年，时任欧共体委员会工业委员科隆纳（Colonna）在一次公开讲话中就提到，"随着市场的扩大……需要改变各国生产结构的割裂状态"，"一些产业需要共同体公共部门的干预和支持"。② 在 1970 年 3 月 18 日的一份备忘录中，欧共体委员会首次正式提出了在共同体层面协调各国工业发展的想法。随后两年的欧共体首脑会议和部长理事会都对与这一想法有关的具体问题进行了讨论，1973 年的部长理事会还就此达成了几项共识，并提出了共同体产业政策的初步指导方针。③ 但是，随后的石油危机和全球经济衰退使得欧共体协调工业发展的"雄心"不得不暂时搁置，其工作重点被迫转移到应对工业（主要是钢铁业、造船业和纺织业等）面临的困境以及由此导致的失业

①　Karl Aiginger & Susanne Sieber, "The Matrix Approach to Industrial Policy", *International Review of Applied Economics*, Vol. 20, No. 5, December 2006, p. 576.

②　Guido Colonna di Paliano, "Industrial Policy: Problems and Outlook", Bulletin EC, 2 - 1969, Office for Official Publications, Luxembourg.

③　指导方针聚焦于清除各成员国间的投资和贸易壁垒，参见 Coucil of the European Community, Resolution 17 December 1973, OJ 1973, C. 117。

等更为紧迫的问题上来。1981 年，在欧洲议会的敦促下，[①] 欧共体委员会公布了一份试图重新启动共同体产业政策的通报。[②] 在该通报中，委员会将共同体工业发展状况与主要贸易伙伴进行了对比分析，并建议将共同市场转变为"真正的欧洲工业统一体，且应给予委员会在公共干预领域的优先权"，但是由于成员国意见的分歧，部长理事会并未对此做出积极回应。1980 年代中期，欧洲钢铁业再次发生危机，造船业也随之出现严重问题，此时的工业部长理事会[③]主要关注这些现实危机，共同体产业政策又被搁置。这样，直至 1980 年代中期以前，欧共体委员会尝试启动共同体层面产业政策的努力都归于失败了。除去经济大环境的影响之外，失败的另一个重要原因在于未能得到成员国的有力支持。受当时主流经济思想和政策取向的影响，[④] 加之在煤钢共同体和共同农业政策领域的长期直接干预实践，当时委员会对产业政策的设想带有较强的干预色彩，而大多数成员国却认为，产业政策的权力应归成员国独享，不愿接受共同体层面在这一领域的任何干预。[⑤] 当然，这一现象并不只出现在产业政策领域，实际上，共同体层面获得任何一项政策权力都不是件容易的事。显然，这种态度使得共同体层面主动出台正式产业政策的空间非常狭窄。但是，当钢铁、纺织等部门受到国际竞争冲击时，共同体又不得不在成员国的压力下去"救火"，要么采取临时性贸易保护措施，要么批准成员国针对这些部门的紧急国家援助，因此，如果说在这一阶段欧共体有产业政策的话，那么称为"防御性产业政策"似乎更为贴切。[⑥]

---

① 1980 年和 1981 年欧洲经济处境艰难时，欧洲议会曾多次表示，对各成员国的产业政策缺乏合作、部长理事会迟迟未能就共同体层面的产业政策达成一致，以及欧共体委员会始终未提出相应的动议感到失望。参见 Laurens Kuyper，"A Policy for the Competitiveness of European Industry"，in Michael Darmer and Laurens Kuyper（eds.），*Industry and the European Union：Analysing Policies for Business*，2000，p. 28。

② European Commission，"The European Community's Industrial Strategy"，COM（81）639，Nov. 3，1981.

③ 欧共体工业部长理事会始于 1980 年，但是直至 1984 年 5 月，始终以非正式会议的形式召开，1984 年 10 月才召开第一次正式会议。

④ 虽然 1957 年的《罗马条约》已明确提出要建立共同市场，也即意味着要减少可能扭曲共同市场的政府干预，但是，直到 1980 年代之前，西欧大部分国家一直很重视政府干预在经济发展中的作用。

⑤ Laurens Kuyper，"A Policy for the Competitiveness of European Industry"，in Michael Darmer and Laurens Kuyper（eds.），*Industry and the European Union：Analysing Policies for Business*，2000，p. 29.

⑥ Laurens Kuyper，"A Policy for the Competitiveness of European Industry"，in Michael Darmer and Laurens Kuyper（eds.），*Industry and the European Union：Analysing Policies for Business*，2000，p. 29.

二 启动与缓慢发展阶段：1980 年代中后期至 20 世纪末

从 1980 年代中后期开始，上述状况逐渐发生了变化。首先，西欧各国对政府功能的认识逐步发生了转变。通过总结 1970 年代和 1980 年代初多次部门干预的实践经验，人们逐渐意识到，政府干预微观经济往往收效甚微，但是在创造良好的产业发展环境方面可以发挥重要作用。[①] 这种认识转变不仅使得出台共同体层面的产业政策成为可能，而且在很大程度上决定了其基本理念，即共同体政策恰恰可以发挥为工业发展创造良好环境的作用。其次，随着欧洲内部大市场的启动并逐步取得进展，以及国际经济竞争的日趋激烈，各成员国对于仅依靠自身政策调整工业结构和应对全球竞争已开始力不从心，从而逐渐能够接受共同体层面的产业政策作为指导和补充。在此背景下，欧共体委员会于 1990 年 10 月公布了一份政策通报，即"开放与竞争环境下的产业政策：共同体行动的指导方针"，[②] 该通报很快获得了工业部长理事会的支持。该通报是一份具有里程碑意义的文件，它被经济合作与发展组织（OECD）认为是 1990 年欧共体在政治上最为重要的政策动议，"不仅仅因为它是个新鲜事物（是欧共体层面出台的第一个产业政策的纲领性文件），还在于它反映了各成员国在产业政策观点上的趋同和一般原则上的潜在共识，虽然迄今它们国内实施的产业政策方式仍然差别甚大"。[③] 这份通报明确指出，过去的部门干预式的产业政策在促进结构变革上效果不好，工业部门的结构性问题应该通过横向措施来解决。进而，该通报明确了欧共体产业政策的三个指导性原则：第一，开放性（openness），即保证共同体内外部的开放的市场竞争秩序；第二，横向性（horizontal），强调为所有或多数工业部门的发展创造有利的环境，避免回到部门干预的老路上去；第三，辅助性（subsidiarity），共同体行动仅作为成员国政策的必要补充而存

---

① Laurens Kuyper, "A Policy for the Competitiveness of European Industry", in Michael Darmer and Laurens Kuyper （eds.）, *Industry and the European Union*：*Analysing Policies for Business*, 2000, pp. 29 – 30.

② European Commission, "Industrial Policy in an Open and Competitive Environment：Guidelines for a Community Approach", COM （90） 556, Oct. 16, 1990. 由于该通报是在"班格曼报告 I"［在时任共同体委员会副主席马丁·班格曼（Martin Bangemann）的领导下撰写］的基础上形成的，因此有时也被称为"班格曼通报"。

③ 转引自 Laurens Kuyper, "A Policy for the Competitiveness of European Industry", in Michael Darmer and Laurens Kuyper （eds.）, *Industry and the European Union*：*Analysing Policies for Business*, 2000, p. 30, 脚注 3。

在。这些指导性原则一直适用至今。

1992 年签署的《马约》巩固了 1990 年通报的成果，正式确立了共同体产业政策的法律基础，并授权共同体委员会具体执行产业政策。虽然已就该政策的指导性原则达成了共识，但是，在自由主义与政府干预两种态度的选择上，当时不少成员国仍倾向于后者。因此，为了切实保证产业政策的指导性原则不被破坏，防止重蹈部门干预的覆辙，《马约》特别规定，关于欧盟层面对成员国行动给予"特别措施"支持的提案，部长理事会需采取"全体一致同意"的决策程序。① 旨在推进欧盟机构和决策机制改革的《尼斯条约》大大扩展了"共同决策程序"的适用领域，其中也涵盖了上述关于支持成员国行动的"特别措施"的提案，其决策程序由部长理事会全体一致同意改为部长理事会以特定多数同意并与欧洲议会共同决策。由于对决策程序修改后的产业政策能否继续坚持其指导性原则，一些成员国仍存在较大疑虑，因此，《尼斯条约》在第 157 条中又加入了新的制约性内容，即共同体不得采取"任何含有税收条款或关于雇佣劳动者权利和利益条款的措施"，进一步缩小了潜在的直接干预的空间。实际上，这也是各成员国最终能够就在该领域引入"共同决策程序"达成一致的重要前提。②《里约》第 173 条保留了上述制约性内容，只是将"共同决策程序"确定为欧盟普通立法程序，同时将欧盟委员会在产业政策领域的协调功能加以细化。《马约》之后，欧盟委员会又公布了第二个重要的产业政策通报——"欧洲通往信息社会之路"，③ 该通报继续强调先前提到过的横向措施，但比《马约》更加明确地强调要促进竞争。随后欧盟委员会专门发起成立了竞争力顾问小组（Competitiveness Advisory Group），该小组自 1994 年起开始撰写

① Michael Darmer, "EU Industrial Policy in an Enlarged and Changing European Union", in Michael Darmer and Laurens Kuyper (eds.), *Industry and the European Union: Analysing Policies for Business*, 2000, p. 352.

② Emmanuelle Maincent and Lluis Navarro, "A Policy for Industrial Champions: From Picking Winners to Fostering Excellence and the Growth of Firms", *Industrial Policy and Economic Reforms Papers* No. 2, Enterprise and Industry Directorate-General, European Commission, April 2006, p. 23.

③ European Commission, "Europe's Way to the Information Society", COM (94) 347, 19 July 1994. 该通报是在"班格曼报告 II"的基础上形成的，后者由时任欧盟委员会副主席马丁·班格曼领导的信息社会高层小组撰写，题为"欧洲与全球信息社会"（Europe and the Global Information Society）。1994 年的"班格曼报告 II"和 1990 年的"班格曼报告 I"都对欧盟产业政策的早期形成与发展起到了关键性的推动作用。

并向欧盟委员会提交欧洲制造业竞争力年度报告，以作为制定产业政策的重要参考。[①]

自《马约》签署至20世纪末，欧盟产业政策已经具备了法律基础，也相继出台了几个政策通报，[②] 通过了一些相关的政策提案，这些行动都推动了该政策逐步向前发展。然而，应该看到，这段时期欧盟的政策重心集中于建设内部统一大市场和启动经济货币联盟，同时，随着各成员国产业结构逐步升级带来的工业比重不断下降、服务业比重上升，以及1990年代中期所谓"知识经济"的兴起，人们普遍认为工业在经济中的地位已大大下降，甚至已不再重要。这些因素导致针对工业（或制造业）的产业政策实际上并未成为欧盟经济政策的优先内容之一。

三 快速发展阶段：进入21世纪以来

20世纪末以来，欧盟工业自身的发展和经济的整体竞争力状况都对欧盟产业政策提出了新的挑战和要求。从工业自身的发展来看，就内部而言，随着内部大市场的逐步完善以及经济货币联盟的初步建成，欧洲经济一体化的不断深化提出了从整体上协调和促进工业发展的客观要求；就外部而言，全球化进程加速导致国际经济竞争日趋激烈，作为参与国际经济竞争的主体部门，欧洲工业（尤其是制造业）的结构也表现出诸多的不适应，面临着严峻挑战。从整体经济的角度看，自1990年代中期以来，欧盟的"竞争力问题"变得非常突出，主要表现为欧盟整体及德、法、意等主要成员国的劳动生产率增速一直处于下滑态势，且与美国之间存在明显差距。[③] 欧盟范围内的网络型产业自由化进程，以及国有部门的私有化和放松管制

---

① 自1997年起，制造业的竞争力状况评估被纳入《欧盟竞争力年度报告》之内。

② 这些政策通报主要包括：European Commission, "An Industrial Competitiveness Policy for the European Union", COM (94) 319, Sep. 14, 1994；European Commission, "Action Programme to Strengthen the Competitiveness of European Industry", COM (95) 87, 1995；European Commission, "Structural Change and Adjustment in European Manufacturing", COM (99) 465, 1999。

③ 在二战结束后的大约50年里，欧洲（以欧盟15国为代表）的劳动生产率增速一直高于美国。以时均GDP增长来衡量，1950～1973年，欧洲的劳动生产率平均增速为4.4%，而美国为2.7%；1973～1995年，欧洲的劳动生产率平均增速为2.6%，美国为1.4%。1996～2000年，虽然仍有7个成员国超过美国，但是整体而言，欧洲的劳动生产率增速仅为1.2%，而美国达到1.8%。以上根据OECD劳动生产率统计数据计算，参见 http://www.oecd.org/topicstatsportal/0, 3398, en_2825_30453906_1_1_1_1_1, 00.html。

（deregulation）等措施，也并未如预期那样推动经济的快速增长。在此背景下，欧盟于 2000 年提出了旨在推进经济社会改革、加速经济复兴的里斯本战略，该战略宣称在 2010 年之前将欧盟建设成为世界上最具竞争力、最具活力、具有持续增长能力的知识经济体。工业（尤其是制造业）是欧盟经济中最具外向性、最直接参与国际竞争的部门，欧盟经济整体竞争力的提升自然离不开制造业竞争力的巩固和提升。在这一背景下，欧盟产业政策再次走到前台，并在执行里斯本战略的过程中被赋予了重要地位。2002～2005 年，欧盟委员会每年公布一份关于产业政策的通报，分别为：2002 年的"扩大后的欧盟的产业政策"、2003 年的"欧洲竞争力的一些关键问题——通向综合性方法"、2004 年的"培育结构变革：扩大后欧盟的产业政策"，以及 2005 年的"执行里斯本议程：加强欧盟制造业竞争力的政策框架——通向更具综合性的产业政策"。① 这些通报先后得到了部长理事会和欧洲议会的支持。2007 年欧盟委员会又专门对 2005 年通报公布后的产业政策实施情况做了评估，并给出了下一步工作的重点和具体方案。②

　　2008 年下半年，发端于美国的次贷危机演变为席卷全球的金融风暴，其后更迅速发展成为战后影响范围最大、破坏力最强的国际金融危机。在此次金融危机的冲击下，欧盟实体经济迅速陷入衰退，工业部门首当其冲地遭受重创。为了使经济尽快步入复苏轨迹，同时也出于制定继里斯本战略之后的又一个十年发展战略的目的，欧盟于 2010 年提出了"欧洲 2020 战略"，提出要实现"智慧型增长"、"可持续性增长"和"包容性增长"。③ 为实现既定目标，该战略提出七大实施动议，其中第五大动议即为"可持续性增长"核心任务下的"全球化时代的产业政策"。在此背景下，欧盟委员会于 2010 年 10 月发布了一份最新的产业政策通报"全球化时代的综合性产业政

---

① European Commission, "Industrial Policy in an Enlarged Europe", COM（2002）714, 2002; European Commission, "Some Key Issues in Europe's Competitiveness—Towards an Integrated Approach", COM（2003）704, 2003; European Commission, "Fostering Structural Changes: An Industrial Policy for an Enlarged Europe", COM（2004）274, 2004; European Commission, "Implementing the Community Lisbon Programme: A Policy Framework to Strengthen EU Manufacturing—Towards a More Integrated Approach for Industrial Policy", COM（2005）474, 2005.

② European Commission, "Mid-term Review of Industrial Policy: A Contribution to the EU's Growth and Jobs Strategy", COM（2007）374, 2007.

③ European Commission, "Europe 2020—A Strategy for Smart, Sustainable and Inclusive Growth", COM（2010）2020, Brussels, March 2010.

策——将竞争力与可持续发展置于核心位置",① 随即获得了部长理事会和欧洲议会的支持。

总体而言,近十年来欧盟产业政策的力度明显加大,也取得了不少实质性进展,与里斯本战略的执行相结合使其政策内容更加务实也更具针对性,政策工具更加充实。与只强调横向政策的第二阶段相比,近几年的政策更加积极主动,基于横向政策发展出了富有新内涵的部门政策,初步形成了两者之间的有机结合,并且正在逐步走向系统化。

需要提及的是,上文对欧盟产业政策发展阶段的划分基本上是与政策理念的变化相适应的,但是,政策实践往往很难与理念完全合拍。在欧盟产业政策尚未正式启动的第一阶段,虽然以"防御式产业政策"为主,但是也有一些横向措施,例如,覆盖面较宽的投资补贴等。在第二阶段,欧盟已经明确提出市场导向的产业政策理念,横向性成为其指导性原则之一,横向政策也已成为欧盟产业政策的主要实施方式。但是,在实践中,传统的"防御式产业政策"并未完全消失,如何应对钢铁、纺织、造船和采矿等行业在结构调整中遇到的困难以及严重的失业问题,仍在欧盟层面的议事日程中占据重要地位。一方面,成员国面向这些行业的应急性国家援助经常能够获得欧盟委员会的批准;另一方面,欧盟委员会也时常专门针对这些行业存在的问题发布政策通报。另外,这一阶段欧盟委员会对生物技术、信息技术和机械工程等高科技产业的支持也带有一定的部门政策倾向。在进入 21 世纪以来的第三阶段,欧盟产业政策仍然坚持市场导向的理念,新的部门政策也是基于横向政策而发展出来的,不同于传统意义上的部门干预。然而,在2008 年下半年爆发的国际金融危机导致欧盟各主要成员国的实体经济纷纷陷入衰退后,为挽救个别濒于危机的制造业部门,尤其是汽车业,法、德、英、意等国政府纷纷出台的国家援助计划(采取贷款、贷款担保或消费补贴等形式)都获得了欧盟委员会的批准,而欧盟委员会自身也发布了相应的指导性政策通报。可见,虽然在纲领性文件中,欧盟产业政策理念的变化比较明显,但是,涉及具体措施和更加细致的行动的政策文件并不完全拘泥于既定理念,实用主义的成分显而易见。实际上,这种现象并非欧盟产业政策所独有,这也正是产业政策相对于其他经济政策而言的复杂性所在。对

---

① European Commission, "An Integrated Industrial Policy for the Globalisation Era—Putting Competitiveness and Sustainability at Centre Stage", COM (2010) 614, Brussels, Oct. 2010.

此，笔者认为，在国际金融危机导致的全球经济衰退背景下，尤其是考虑到急迫的就业问题，欧盟对个别制造业部门的挽救措施（主要是通过批准成员国的援助计划来进行的）是必要的。短期（也可能延长至中期）内，欧盟也可能会出台针对一些传统产业部门的贸易保护措施，但是这些措施具有临时性的特征，危机并未导致欧盟丧失对市场经济的信心，其产业政策的市场导向的基本理念也不致改变。鉴于这一问题的重要性，笔者将专门在第十章详细深入地分析与探讨国际金融危机对欧盟产业政策的影响。

由于欧盟产业政策的第一份正式通报公布于 1990 年，而欧盟层面正式的产业政策权力由 1992 年签署的《马约》所授予，因此，本书将于 1990 年正式启动，在《马约》以来的欧盟条约框架下制定和实施的正式的、积极的、逐步系统化的产业政策称为"欧盟产业政策"。虽然 1980 年代末之前实行的"防御式产业政策"和 2008~2009 年欧盟针对一些制造业部门的危机救助措施无疑也属于广义的产业政策的范畴，但是，笔者认为将其划归到更加宽泛的"欧盟的产业政策"中去更为合适。本书的研究对象是 1990 年以来的"欧盟产业政策"，并将进入 21 世纪以来该政策的新动向作为考察重点。

第二节 欧盟产业政策新动向的背景分析

为了更好地理解欧盟产业政策近年来的新动向，有必要对其背景做较细致的分析。前文已经说明，欧盟产业政策的主要覆盖面为制造业，因此，下文在分析该政策新动向的背景和原因时，将对世纪之交制造业在欧盟经济中的地位、发展现状、产业结构的基本特征，以及各类制造业部门在经济全球化和欧洲一体化条件下面临的现实挑战做逐一考察。

一 制造业在欧盟经济中的地位

随着二战结束以后各国产业结构的逐步变动、升级，工业增加值占欧盟各国国内生产总值（GDP）的比重逐年减少。根据 OECD 的统计，世纪之交，欧盟主要国家的工业增加值占 GDP 的比重已普遍低于 30%，其中制造业增加值比重更降至 20% 以下，[①] 而服务业增加值的比重则接近或超过 70%。图

---

① 按照国际标准产业分类，除制造业之外，工业部门还包括电、天然气和水供应行业，以及采矿业和建筑业。

3-1给出了1980年以来欧盟15国、日本、美国和东欧四国（捷克、匈牙利、斯洛文尼亚、斯洛伐克）制造业增加值占整体经济比重的变化情况。

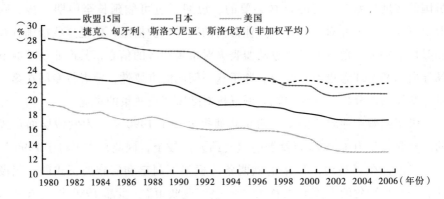

图3-1 制造业增加值占整体经济比重的国际比较（1980～2006年）

资料来源：Karl Aiginger & Susanne Sieber，"The Matrix Approach to Industrial Policy"，p. 575。其中纵轴数值为制造业名义增加值占名义GDP的比重。

虽然制造业比重的下降是现代经济发展和产业结构演变的一般规律，但是，产值比重的下降绝不意味着制造业已不再重要。实际上，制造业仍然在欧盟经济中发挥着不可替代的作用，远远超出其产值对GDP的贡献。下面笔者从几个方面简要概括制造业对于欧盟经济的重要性。[①]

第一，制造业自身仍不容忽视，它生产了欧盟经济总产出的约1/5，提供了约3500万个工作岗位。[②] 值得注意的是，1992年以来西欧各国工业和制造业增加值比重的减速逐步放缓，近几年已出现相对稳定的态势。观察图3-1也可以发现这一趋势：1992～2001年的10年间，欧盟15国制造业比重的下降速度明显慢于1992年之前的10年，自2002年以来这一比重更是渐趋平缓。

第二，制造业是欧盟技术创新、建设新知识经济和信息社会的关键性部门。里斯本战略的目标是将欧盟建设成为世界上最具竞争力、最具活力、具有持续增长能力的知识经济体，"欧洲2020战略"的三大核心目标之一是

---

① 参见 European Commission，"Implementing the Community Lisbon Programme：A Policy Framework to Strengthen EU Manufacturing—Towards a More Integrated Approach for Industrial Policy"，COM（2005）474，2005，p. 4；European Commission，"An Integrated Industrial Policy for the Globalisation Era—Putting Competitiveness and Sustainability at Centre Stage"，COM（2010）614，Brussels，Oct. 2010，pp. 3-4。

② 此处的制造业就业人数为2005年数据。

依靠技术创新与知识经济来实现"智慧型增长",而实现上述目标的最重要的手段之一就是加快新技术的研发和应用。目前,在欧盟私人部门的研发(R&D)总支出中,制造业私人研发所占比重超过了80%,后者还源源不断地为欧盟创造着高技能的就业岗位。这样,制造业也就成为欧盟开发与应用新技术和建设知识经济的主要推动部门。

第三,从产业组织形式上看,超过99%的欧盟制造业企业是中小企业(SMEs),约2/3的制造业就业在中小企业。考虑到中小企业对于欧盟经济增长和就业的重要性,制造业自然不容忽视。

第四,制造业在欧盟对外贸易中的地位至关重要。目前制造业产品占欧盟对外出口总额的比重约为3/4,直接决定着欧盟进口能源和其他基础性原材料的能力。从另一个角度看,制造业也是欧盟最直接面对国际经济竞争的部门。

第五,制造业与服务业唇齿相依,从而关系整个欧盟经济的繁荣。制造业既是服务业的重要供给来源(包括物质、技术和知识供给),也为服务业创造出了大量需求。现代服务业的最重要特征是以生产性服务为主,包括金融、信息与通信服务、现代物流、生产咨询服务等,这一特征使得服务业对制造业(或工业)的依赖性很强。表 3 - 1 给出了 1991～2002 年欧盟 GDP 中各部门比重的变动情况,据此不难发现,制造业份额的下降基本上可以为生产性服务业份额的上升所抵消,而由两者构成的"广义制造业"(或称"大制造业")的比重变化非常小。实际上,制造业与服务业比重此消彼长背后的主要推动力量,是制造业相对于服务业具有较高的生产率,这一方面促进了就业不断由制造业流向服务业,另一方面又使得工业品价格不断下降,

表 3 - 1　欧盟 GDP 的部门构成情况

单位:%

行业＼年份	1991	1992	1993	1994	1995	1996	1997	1998	1999	2000	2001	2002
农业和采矿业	3.7	3.5	3.4	3.4	3.4	3.4	3.2	3.0	2.9	3.0	2.9	2.8
制造业总体	22.3	21.5	20.5	20.6	20.7	20.3	20.3	20.2	19.7	19.5	19.0	18.6
建筑业、电、水、天然气	8.7	8.7	8.4	8.3	8.2	8.1	7.7	7.5	7.5	7.3	7.4	7.4
服务业总体	65.3	66.3	67.7	67.7	67.7	68.3	68.7	69.2	69.9	70.2	70.7	71.1
其中:生产性服务业	44.1	44.7	45.7	45.9	46.0	46.4	47.0	47.6	48.2	48.5	48.9	49.0
"广义制造业"	66.5	66.2	66.2	66.5	66.7	66.7	67.3	67.8	67.8	68.0	67.9	67.6

资料来源:Karl Aiginger & Susanne Sieber, "The Matrix Approach to Industrial Policy", p.575。表中的欧盟包括比利时、德国、丹麦、希腊、西班牙、芬兰、法国、意大利、荷兰、奥地利、瑞典和英国在内共 12 个成员国;其中"广义制造业"比重为制造业和生产性服务业的加总。

财富效应（收入效应）推动了人们对服务业需求的大幅增长。由此可见，制造业部门的高生产率是保证制造业和服务业共同健康发展的坚实基础。迈克尔·波特（Michael Porter）所做的大量经验研究也表明，一国在产业结构升级上获得的捷足先登的优势经常是由制造业和服务业携手创造的。[①]

第六，值得注意的是，近年来成员国政府和欧盟层面对待工业和制造业的主观态度也逐渐发生了转变。从成员国层面上看，在 2003 年春季的欧盟首脑会上，时任德国总理施罗德、法国总统希拉克和英国首相布莱尔曾联名给当时欧盟轮值主席国首脑希腊总理康斯坦蒂诺斯·西米蒂斯（Konstantinos Simitis）写信，强调在实施里斯本战略、建设知识经济的过程中，工业应该也将会继续扮演关键性的角色，并提出在国际竞争日趋激烈的形势下，欧盟在制定政策时应充分考虑到工业竞争力的需要。[②] 从欧盟层面上看，现任欧盟委员会副主席、企业与产业委员京特·费尔霍伊根（Günter Verheugen）在 2005 年的一次访谈中提到，直到上届欧盟委员会仍存在一些轻视工业的倾向，认为工业已是明日黄花，欧盟的竞争力完全依赖于服务业与研发。但是，现在欧盟已认识到这种观念是完全错误的。工业仍然在欧盟经济中发挥着不可替代的作用，远远超出其产值的贡献。工业与服务业之间的密切联系使得忽视工业基础将付出巨大的代价，包括导致劳动力市场乃至社会关系方面的非常严重的后果。一个强大、健康的工业部门对于充分挖掘欧盟的经济增长潜力，保持和提升欧盟在国际舞台上的经济和技术领先地位至关重要。[③] 尤其是 2008 年席卷全球的金融危机爆发以来，欧盟层面及西欧各国对工业与服务业、虚拟经济与实体经济的关系以及各自在经济发展中的地位有所反思，之前过于倚重服务业和虚拟经济的态度有了更加明显的转变。这种主观态度的变化成为 21 世纪以来欧盟产业政策迅速发展的直接推动力。

第七，对于特别重视其社会模式以及经济、社会、环境平衡可持续发展的欧盟而言，一个有活力、有竞争力的制造业能够为其解决诸多社会与环境

---

① 〔美〕迈克尔·波特著《国家竞争优势》，李明轩、邱如美译，北京，华夏出版社，2002，第 242 页。

② 该信可通过以下网址获得：http：//ec. europa. eu/enterprise/enterprise _ policy/industry/conference/letter_ sch_ ch_ bl_ en. pdf。

③ Interview with Günter Verheugen, vice-president and commissioner for enterprise and industry, http：//www. euractiv. com/en/innovation/interview – gunter – verheugen – vice – president – commissioner – enterprise – industry/article – 143183.

方面的挑战（如气候变化，健康与人口老龄化问题等）提供重要的资源乃至方案，这一点近几年也越来越为欧盟所强调。促进一个健康、安全、有保障的社会的良性发展，同时建设繁荣的社会市场经济的宏大目标，赋予了制造业更高层次的使命，使其对于欧盟经济社会的重要性得以进一步提升。[①]

二 近年来欧盟制造业面临的挑战

世纪之交以来，全球制造业正经历着一场以供应链和价值链重组为核心的大变革，对于世界各国来说都是机遇与挑战并存。就欧盟而言，除了技术进步突飞猛进和经济全球化进程加速这两个最重要的也是各国共同面对的因素之外，其制造业发展的内部环境也具有特殊性，那就是欧洲一体化的深入与扩大，尤其是 2004 年的第五次扩大。在此背景下，欧盟制造业呈现新的特点，也暴露出一些新问题。一方面，从统计数据上看，欧盟制造业总体表现良好。1995～2001 年，制造业的产值增长较快，表现最好的是电子元件、通信设备、无线电和电视接收设备等部门；2001～2007 年，产值增长仍较快，尤以办公设备和电子元件的产值增长最快，而通信设备、运输设备和化学等部门表现也比较突出。从国际贸易上看，欧盟制造业的对外贸易顺差额逐年增加，由 1989 年的 315 亿欧元（占当年欧盟 GDP 的 0.6%）升至 2001 年的 952 亿欧元（占当年 GDP 的 1.1%），再上升到 2007 年的 1300 亿欧元（占当年 GDP 的 1.05%）和 2010 年的 1752 亿欧元（占当年 GDP 的 1.4%），除了少数几个传统产业外，欧盟大多数制造业部门的贸易顺差都呈现逐年增加的趋势。[②] 但是，另一方面，欧盟制造业也表现出了明显的结构性弱点，这些弱点严重妨碍了欧盟积极主动地应对经济全球化。

第一，从衡量一国或地区产业国际竞争力的关键性指标——劳动生产率

---

① 参见 Euroepan Commission，"An Integrated Industrial Policy for the Globalisation Era—Putting Competitiveness and Sustainability at Centre Stage"，COM（2010）614，2010. p. 4。

② 此处的对外贸易顺差根据欧洲统计局（EUROSTAT）网站提供的数据计算，其中 1989 年和 2001 年为原欧盟 15 国数据，而 2007 年和 2008 年为欧盟 27 国数据。值得注意的是，在由金融危机导致的严重经济危机情势下，2008 年欧盟制造业的出口顺差与 2007 年相比仍有明显增长，尤其是机械类产品出口增长幅度较大。2009 年，欧盟制造业顺差为 1620 亿欧元，并未出现大幅下滑，2010 年又上升至 1735 亿欧元。笔者认为，由国际金融危机导致的欧盟出口增长受挫具有暂时性，从全球比较优势的变动趋势上看，欧盟制造业的对外贸易总体优势在短期内不会改变。

上看，二战后至 1990 年代中期，欧盟制造业的劳动生产率增速一直与美国大体持平，并在多个年份高于美国，生产率绝对水平与美国之间的差距呈现稳步缩小的态势。然而，自 1995 年以来，整个欧盟制造业的劳动生产率增速一直处于明显的下滑态势，且幅度明显大于整体经济劳动生产率增速的下滑，与美国的差距逐步拉大，观察图 3-2 可以发现这一趋势。制造业连同整体经济劳动生产率的快速增长曾是推动欧洲经济增长和结构转型的发动机，而且至今仍是保证欧盟工业产出增长和竞争力的根本所在。值得注意的是，制造业劳动生产率的下降并未出现在所有的工业化国家，除美国外，欧盟个别成员国的劳动生产率增速也未下降，且明显高于欧盟的平均水平。可见，这并不是工业化国家长期结构调整过程中的必然现象，并非不可避免。

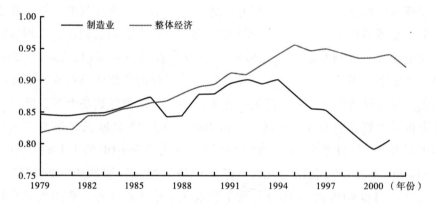

图 3-2　欧盟 15 国整体经济和制造业的劳动生产率水平变化趋势
（1979~2002 年，美国 =1）

资料来源：European Commission，"Some Key Issues in Europe's Competitiveness—Towards an Integrated Approach"，COM（2003）704，2003，Annex 3。其中劳动生产率变动以时均劳动生产率来衡量。

第二，从提高产业竞争力的根本推动力——研发创新上看，欧盟制造业的研发支出明显低于美国和日本。2005 年，欧盟 15 国的 R&D 支出占其GDP 的 1.9%，而美国和日本分别达到 2.6% 和 3.2%。[①] 从数额上看，欧盟

---

① 另外，虽然作为发展中国家的中国 R&D 支出仅占 GDP 的 1.3%，但是增速迅猛，这也使欧盟倍感压力。参见 European Commission，Annex to "Implementing the Community Lisbon Programme：A Policy Framework to Strengthen EU Manufacturing—Towards a More Integrated Approach for Industrial Policy"，SEC（2005）1217，p. 3。

R&D 支出约比美国少 1/3，其中 80% 的缺口是欧盟私人部门研发投资不足造成的。[①] 观察图 3-3 可以发现，欧盟工业部门私人 R&D 支出占行业增加值的比重不仅长期远低于美、日，也低于 OECD 国家的平均水平。欧盟在巴塞罗那首脑会上确定了到 2010 年实现 R&D 支出达到 GDP 的 3%（其中私人部门投资占 2/3）的目标，但是，这一指标并未按照计划稳步提高，私人部门 R&D 支出也没有明显增加。从行业上看，欧盟在高新技术产业的 R&D 支出也明显低于美国。最令欧盟感到担忧的是，近年来欧盟企业在美 R&D 投资远远超过美国企业在欧 R&D 投资，同时，美国在欧盟以外国家的 R&D 投资增速也快于对欧盟的投资，这表明欧盟吸引高新技术投资的能力较弱，投资环境亟待进一步改善。

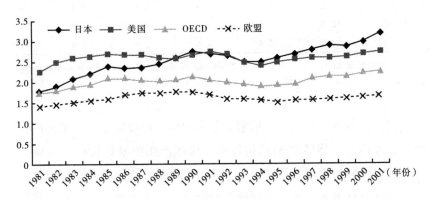

图 3-3 私人部门 R&D 支出占工业增加值比重的国际比较
(1981～2001 年)

资料来源：根据 European Commission, "Fostering Structural Changes: An Industrial Policy for an Enlarged Europe", COM (2004) 274, 2004, Figure 4a 制作。

第三，从高新技术产业来看，欧洲没能搭上信息技术和生物技术的头班列车，落在了美国和日本的后面。长期以来，欧盟的制造业一直在国际竞争中居于领先地位，这也是造成欧洲忽视了追逐新竞争优势的原因之一。当然，就欧盟自身而言，其高科技部门的生产率增速明显高于整体经济的平均水平，也高于其制造业的整体水平，但是，与美国相比仍有较大差距，且差距有逐渐扩大的趋势。信息通信技术（ICT）产业就是一个典型的例子。

---

① European Commission, "Working Together for Growth and Jobs: A New Start for the Lisbon Strategy", COM (2005) 24, 2005, p. 21.

（参见表 3 - 2）另外，从对外贸易上看，欧盟在高技术部门的表现也明显逊色，2007 年，高技术产品出口占欧盟对外出口总额的比重约为 18%，明显低于美国的 27% 和日本的 22%。[1]

表 3 - 2　整体经济、制造业、ICT 产业劳动生产率增速比较
（1979～2001 年，欧盟 15 国与美国）

单位：%

	1979～1990 年		1990～1995 年		1995～2001 年	
	欧盟	美国	欧盟	美国	欧盟	美国
整体经济	2.2	1.4	2.3	1.1	1.4	2.1
制造业	3.4	3.4	3.5	3.6	2.3	3.8
ICT 产业	7.2	8.7	5.9	8.1	7.5	10
·ICT 制造	12.5	16.6	8.4	16.1	11.9	23.7
·ICT 服务	4.4	2.4	4.8	2.4	5.9	1.8

资料来源：根据 European Commission，"Fostering Structural Changes：An Industrial Policy for an Enlarged Europe"，COM（2004）274，p. 43，Table 2 和 Table7 制作。

第四，就传统产业而言，欧盟面临着中国、印度等新兴经济体的强有力竞争，正经历着"痛苦"的结构转型。这些产业主要包括纺织与服装、皮革与制鞋、采矿与采石、原油提炼、碳与核燃料、钢铁业、造船业等。这些行业大多具有技术含量低和劳动密集的特点，由于发展中国家和新兴国家在这方面具有明显的比较优势，因此，欧盟的这些传统产业出现了生产转移（relocation）的趋势。在 21 世纪之初欧盟内部对"产业空心化"（de-industrialization）议论纷纷之时，欧盟委员会对欧盟国家的产业竞争力状况做了评估，结果表明，仅有几个传统产业部门出现了绝对"产业空心化"趋势，即就业人数、产量、利润率及出口额的绝对量都在持续下降（见表 3 - 3）。上述传统产业的生产转移固然促进了发展中国家贸易结构的升级，但也是欧盟进行产业结构调整的必经之路。欧盟已意识到，它难以在劳动密集型产品上与发展中国家竞争，发挥自身在科技与创新方面的优势才是具有前瞻性的明智选择，因此，开始逐步增加在传统产业上的 R&D 投入和创新

---

[1]　European Commission，"Accompanying document to the 'Mid-term Review of Industrial Policy：A Contribution to the EU's Growth and Jobs Strategy'［COM（2007）374］"，Commission Staff Working document，SEC2007（917），04 July 2007，p. 5.

活动，专注于设计和销售等服务环节，旨在以此提高生产率，获得更高的产品附加值。但是，传统产业结构调整必然会带来一定的社会成本，尤其是会加重已很敏感的失业问题，因此转型步履维艰。

表 3 - 3　欧盟部分传统产业的各项统计指标（1979 ~ 2001 年）

行　　业	增加值、就业和劳动生产率增速（1979 ~ 2001 年均增长率，%）			在制造业中的份额（%）		欧盟 15 国的贸易收支（10 亿欧元）	
	增加值（1995 年价格）	就业	劳动生产率	1979 年	2001 年	1989 年	2001 年
服装	- 0.2	- 3.4	3.2	2.2	1.6	- 9.1	- 29.1
造船	- 0.2	- 3.4	3.2	2.2	1.6	—	—
纺织	- 0.8	- 3.2	2.3	3.7	2.3	- 0.2	- 0.8
皮革与制鞋	- 1.1	- 3.3	2.2	1.4	0.9	0.9	- 3.0
原油提炼、碳与核燃料	- 3.6	- 2.0	- 1.7	2.8	0.9	- 7.5	- 6.7

资料来源：根据 European Commission，"Fostering Structural Changes：An Industrial Policy for an Enlarged Europe"，COM（2004）274，p. 41，Table 4 制作。

第五，目前欧盟在国际市场上最具优势的行业包括化学制品、机动车辆和机械工程等。这些也是欧盟的传统优势产业，且至今仍保持着较强的竞争力，是欧盟制造业贸易顺差的主要贡献部门（见表 3 - 4）。但是，由于这些行业具有中—高技术含量（medium-high technology）和中—低劳动技能（low-medium skill）的特点，随着中国、印度等新兴经济体的崛起，其发展阶段和要素禀赋特点决定了这些行业已经且将继续成为其产业结构升级的重点发展部门。这使欧盟产生了强烈的危机感。

表 3 - 4　欧盟优势产业的各项统计指标（1979 ~ 2001 年）

行　　业	增加值、就业和劳动生产率增速（1979 ~ 2001 年均增长率，%）			在制造业中的份额（%）		欧盟 15 国的贸易收支（10 亿欧元）	
	增加值（1995 年价格）	就业	劳动生产率	1979 年	2001 年	1989 年	2001 年
化学制品	3.4	- 1.3	4.7	4.7	7.5	14.0	53.5
机动车辆	1.6	- 0.7	2.3	4.5	4.8	16.7	43.3
机械工程	0.6	- 1.1	1.7	7.7	6.7	—	—

资料来源：根据 European Commission，"Fostering Structural Changes：An Industrial Policy for an Enlarged Europe"，COM（2004）274，p. 41，Table 3 制作。

第六，从欧洲一体化的内部进程来看，第五次扩大[①]对于欧盟工业而言，也是机遇与挑战并存。机遇在于扩大后统一市场的范围进一步扩展，各国工业发展的空间进一步扩大，新老成员国可以根据自身的比较优势，实现优势互补，整合各国的工业基础，从整体上提升欧盟工业的竞争力。然而，挑战也在于此。由于新老成员国在产业结构上差异明显，生产率水平差距巨大，如何由整体出发协调各国的工业发展，为之创造更稳定、更有效率的发展环境，成为欧盟有效协调各国的经济活动、促进新老成员国经济融合的必然要求。换言之，能否抓住扩大带来的机遇是欧盟产业政策面临的重要挑战。

第三节　小结

本章首先梳理了欧盟层面产业政策的发展历程，并划分三个阶段，着重分析了 1960 年代末以来共同体层面产业政策出台、发展及进入 21 世纪之后政策步伐加快的大致脉络。考虑到该政策的行业覆盖面主要是制造业，随后从制造业在欧盟经济中的地位和面临的挑战的角度，着重对进入 21 世纪之后该政策的新动向做了背景分析。

简言之，制造业仍然在欧盟经济中发挥着不可替代的重要作用，远远超出其产值对 GDP 的贡献。世纪之交以来，欧盟制造业虽然总体表现良好，但是也存在比较突出的结构上的弱点。近年来，欧盟制造业的生产率增速不断下降，与美国差距拉大。从产业结构上看，欧盟在面向未来的高技术产业上落后于美、日，传统产业面临着结构调整的艰难任务，优势部门也面对着来自新兴国家的越来越激烈的竞争，优势地位日益受到威胁。虽然欧盟并未出现普遍的绝对"产业空心化"，但是，如果低经济增长、低生产率增速、研发和创新不足的状况长期得不到改善，那么"产业空心化"的威胁就始终难以消除。另外，第五次扩大也向欧盟产业政策提出了新的挑战。

正是工业（尤其是制造业）对于欧盟经济增长和就业的重要意义，以及其近年来存在的结构性问题，凸显了产业政策的必要性和重要性，也在很大程度上决定了产业政策的努力方向。尤其是，当成员国的产业政策不足以充分应对挑战时，作为一种必要和重要的补充，欧盟层面的产业政策便逐渐地受到重视、得以加强。

---

① 欧盟在 2004 年 5 月 1 日吸收中东欧 10 国后，2007 年 1 月 1 日又接纳保加利亚和罗马尼亚，从而完成了第五次，也是规模最大的一次扩大。

第四章 欧盟产业政策的主要内容

——实施方式与工具

　　基于第二章对欧盟产业政策的界定和第三章对该政策发展历程的梳理以及近年来新动向的背景性分析，本章旨在详细考察该政策的主要内容，包括其实施方式和主要的政策工具。根据欧盟产业政策的实践，本章将主要从以下两个维度展开：一是适用于所有或多数制造业部门的横向政策（horizontal policy），二是适用于具体产业的部门政策（sectoral policy）。这种写法便于突出欧盟产业政策的实施方式与传统的直接干预式产业政策相比所体现出的新特点。

　　总体而言，欧盟产业政策的理念是市场导向的，强调为提升工业竞争力创造良好的条件，反对传统的部门干预。1990 年的第一份正式政策通报就确定了这一理念，并提出了开放性、横向性和辅助性的指导性原则，此后陆续出台的欧盟产业政策通报都延续并一再强调上述理念和原则。与其理念和指导性原则相适应，欧盟产业政策的实施方式以横向政策——有时也称跨部门政策（cross-sectoral policy）——为主，即面向所有或大多数制造业部门，致力于为其创造良好的发展环境。① 然而，横向政策并不意味着只能是宽泛的政策。由于欧盟产业政策的最终落脚点是为了促进各具体制造业部门竞争力的提升，因此，完全不针对各部门实际情况的横向政策往往难以取得良好的效果。② 有鉴于此，近几年部门政策也逐渐明晰起来。

---

① 为了便于理解，欧盟产业政策的相关文件在个别时候也采用"跨部门政策"（cross-sectoral policy）的说法，但是，在绝大多数场合使用的是"横向政策"（horizontal policy）的说法。考虑到这里的"横向政策"指的是面向所有或大多数制造业部门的政策，而在国内学术界的语境中，针对一个以上部门的政策即可称为"跨部门政策"，后者并不特指面向所有或大多数行业，两种说法在含义上似有一定出入，另外出于与欧盟产业政策"横向性"的指导性原则相呼应的考虑，本书采用"横向政策"而非"跨部门政策"的说法。

② Lluis Navarro, "Industrial Policy in the Economic Literature: Recent Theoretical Developments and Implications for EU Policy", Enterprise Papers No. 12, DG Enterprise and Industry, European Commission, 2003, p. 14.

第一节　横向政策

到目前为止，横向政策一直是欧盟产业政策实施方式的核心和主要内容，它主要包括为制造业发展及竞争力提升创造良好的竞争环境、支持研发与创新、支持制造业产品开辟和拓展国际市场、减少制造业结构转型带来的社会成本、提高劳动者技能以适应结构转型等内容。横向政策的政策工具大致可归纳为两个方面：制度手段与预算手段。

一　制度手段

制度手段，简单地说，就是欧盟产业政策可以借助哪些其他政策为提升制造业竞争力创造良好的制度性环境。到目前为止，它主要借助以下四个方面的政策来实现这一目标。

首先，借助竞争政策来保证有利于提高制造业竞争力的良好的竞争秩序。前文已强调，欧盟产业政策的基本理念明显不同于传统的直接干预式政策，后者通常采取价格规制、直接或间接补贴、贸易保护等方式来实施，这些措施都是有悖于市场竞争原则的。而自从第一个政策通报以来，欧盟产业政策始终强调不违背开放和竞争的市场原则，它与竞争政策之间并不是非此即彼的冲突关系。

竞争政策从维护欧盟范围内竞争性的市场结构出发，禁止企业订立限制竞争的协议，控制企业合并，不允许垄断企业或者占市场支配地位的企业滥用市场优势。另外，竞争政策还限制成员国给予产业和企业的国家援助。虽然竞争政策的行业覆盖范围要广泛得多，但是仅就制造业而言，竞争政策的目的在于维护有利于制造业发展的内部大市场的竞争秩序，从而提高制造业竞争力，这其实也是欧盟产业政策的目的所在。由于欧盟委员会在竞争政策上有排他的决定权（在欧盟条约和理事会决议的框架之下），因此，不断完善并贯彻竞争政策的立法与规则是欧盟可以借之实施产业政策的有力手段之一。值得注意的是，考虑到"市场失灵"的存在，以及出于"欧洲共同利益"和尽量减轻结构调整引起的严重社会后果等方面的考虑，欧盟根据实际情况确定了一些不适用于竞争政策的例外情况，例如，批准成员国在一些高新技术研发领域的国家援助，其中最典型的是基于"欧洲共同利益"条款（欧盟条约第107条）考虑而允许空中客车公司（Airbus）接受成员国国家援助。虽然近年来对这些例外是否从根本上违背了竞争政策的目的存在不少争议，但是，应该看到，它们与产业政策的目的并不矛盾。可以说，虽然欧盟产业政策与竞争政策的侧重点不同，但是二者在理念和目的上是基本一致的。[①] 总体而言，自《单一欧洲法案》签署之后旨在建设内部大市场的"1992 年计划"实行以来，欧盟层面在执行竞争政策上（尤其是对国家援助的监督）越来越严厉，尽管在 1992～1993 年钢铁和民航业衰退期间，这种强硬态度暂时有所缓和。[②] 2004 年，欧盟委员会在题为"为打造更具竞争力的欧洲而实施的积极的竞争政策"的通报中详细考察了竞争政策为提高欧盟工业竞争力所作的贡献，并分析了如何更好地将竞争政策与产业政策结合起来，在决策中找到二者的最佳平衡点。[③]

其次，完善支持研发与创新的制度环境，以提高欧盟制造业的国际竞争力。研发和创新活动对于保持和提高工业竞争力至关重要，而对于其中私人部门和公共部门所发挥的作用，欧盟产业政策通报中已有明确的定位，即私人部门是促进研发和创新的主角与关键。[④] 虽然近年来面临挑战，但是欧盟工业发展的科技基础仍很坚实，这也是私人部门进一步开发新产品和提高劳动力技能，从而在国际市场上不断获取新的竞争优势的基础。从制度环境上看，产业政策的主要任务是尽量完善投资环境以刺激私人研发投资，协调不同成员国之间的研发活动，并加强对创新成果的知识产权保护。[⑤] 在欧盟委员会提案"投资于研发——一个欧洲行动计划"[⑥] 的基础上，部长理事会于2003 年 9 月形成了一个"为提高欧盟经济增长和竞争力而投资于研究"的决议，此决议确定了支持共同体研发活动行动计划的三个优先方面，其中之

---

① 第九章（欧盟产业政策的理论探讨）第二节讨论欧盟产业政策决策者的权限约束时，将对欧盟产业政策与竞争政策的关系做更为详尽的分析。

② 参见〔荷〕雅克·佩克曼斯著《欧洲一体化：方法与经济分析》，吴弦、陈新译，北京，中国社会科学出版社，2006，第 373 页。

③ European Commission，"A Pro-active Competition Policy for a Competitive Europe"，COM（2004）293，20 April 2004.

④ 2002 年巴塞罗那欧盟首脑会确定了 2010 年之前实现 R&D 投入占 GDP 的 3%，其中私人部门支出占 2/3 的目标，2010 年启动的"欧洲 2020 战略"继续保留了这一目标。

⑤ European Commission，Annex to "Implementing the Community Lisbon Programme：A Policy Framework to Strengthen EU Manufacturing—Towards a More Integrated Approach for Industrial Policy"，SEC（2005）1215，p. 11.

⑥ European Commission，"Investing in Research：An Action Plan for Europe"，COM（2003）226，2003.

一就是完善支持研发与创新投资的制度环境。在制度环境包含的多项内容中，欧盟近几年最为强调也最有进展的是保护知识产权，另外，促进成员国研发合作、完善有利于为中小企业研发融资的资本市场、简化第三国科技人员入境和居留的审批程序等一系列措施也都提上了日程。由于篇幅所限，下文仅对该政策中保护知识产权的相关内容做一归纳。

在当今技术进步日新月异、经济全球化不断加速的条件下，保护知识产权对于保持和提升欧盟大多数制造业的竞争力具有至关重要的意义。从内部来看，欧盟要保持和提高对于研发和创新投资的吸引力，进而顺利推进制造业结构调整，就必须保证知识产权在欧盟范围内得到充分保护。就外部而言，在其他地区和国家（尤其是发展中国家）推进保护欧盟产品的知识产权有利于为欧盟制造业产品创造一个公平的竞争环境，保护欧盟企业的贸易利益，提高欧盟企业创新的积极性。欧盟委员会近几年的产业政策通报都表达了大力保护知识产权的决心，并陆续提出了几个行动议案。2005年的产业政策通报确定了在内部市场和对外贸易中亟待加强知识产权保护的制造业部门，包括制药业、生物技术、信息通信技术、机械工程、电子工程、汽车、造船、纺织、制革、制鞋、家具等。虽然已经取得了不少成绩，但是，欧盟在这方面的行动也并非一帆风顺，至今仍困难重重。这其中的一个重要原因在于欧盟内部政策运行机制和利益协调过程的复杂。例如，欧盟委员会在2000年即向理事会和议会递交了有关"共同体专利"（community patent）的提案，旨在为在欧盟范围内申请专利提供一个低成本的统一体系。虽然成员国也清楚这一体系对于促进创新和研发将大有益处，但是它们仍将本国利益放在首位，再加之复杂的语言翻译等技术问题，这一议案几经讨论和修改，至今尚未获批准。在目前的情况下，在欧盟各成员国申请专利的费用远远高于美国和日本，且只在申请国有效，因此，欧盟的许多企业（特别是中小企业）保护创新成果的成本非常高。① 鉴于这一问题的迫切性，欧盟委员会于2006年举办了与产业部门和其他利益团体的一次大型对话，共同讨论以往的成就与不足，并讨论如何建立适当的欧盟知识产权保护框架。

2005年10月，欧盟委员会公布了一份关于研究与创新的通报，确立了

---

① European Commission, Annex to "Implementing the Community Lisbon Programme: A Policy Framework to Strengthen EU Manufacturing—Towards a More Integrated Aproach for Industrial Policy", SEC (2005) 1215, p. 12.

共同体支持研究与创新的新的综合政策，其中包括一些与制造业部门高度相关的创议，从而为产业政策的实施提供了更多可利用的工具。[①] 在"欧洲2020 战略"框架下启动的七大动议之一"创新联盟"再次提出要创建"单一欧洲专利"和设立专门的"专利法庭"，并提出要加强欧盟与成员国层面的合作，以加快适应时代需要的技术开发与应用，尤其是促进"塑造欧洲工业未来的关键性技术"的研发与突破。[②] 由于研发领域存在着公认的"市场失灵"，除了创造制度环境外，公共部门对研发和创新活动的直接财政支持也是世界各国产业政策的普遍手段之一，欧盟自 1984 年开始执行的多个科技框架计划以及成员国政府支持的研发计划都是此方面的具体体现。下一节"预算手段"，将对欧盟科技框架计划与产业政策的关系做详细梳理与分析。

再次，利用完善内部大市场的相关制度法规促进各成员国制造业的协调发展。自 1993 年 1 月 1 日内部大市场启动至今，欧盟在"四大自由"的实现上取得了较大进展，但是距离真正的统一市场还有相当大的差距。成员国间贸易的非关税壁垒（主要是制度壁垒和技术壁垒）仍普遍存在，这既妨碍了制造业产品在欧盟范围内的自由流通，也不利于提升欧盟制造业在国际市场上的整体竞争力。因此，进一步完善内部大市场成为欧盟产业政策的必要手段。近几年的欧盟产业政策通报多次强调，一个简单高效且充满活力的内部统一市场，对于促进制造业结构调整和私人部门创新至关重要。

迄今为止，欧盟产业政策在与完善内部市场有关的内容中最重要也最有成果的努力是推动制定产品的技术规则和统一技术标准。在制定产品的技术规则（technical rules）方面，除了近几年通过产业政策通报的反复强调之外，欧盟委员会还提出了一些具体的行动计划。现在，欧盟范围内约有一半的产品在进入市场之前必须接受正式的检查，小至标签、包装的规格，以及是否预先将产品的潜在风险告知消费者，大至产品是否符合安全和环保规定等内容。[③] 另外，为了尽量消除成员国之间因技术标准各不相同而形成的实

① European Commission, "More Research and Innovation—Investing for Growth and Employment: A Common Approach", COM (2005) 488, 12 October 2005.

② European Commission, "Europe 2020—A Strategy for Smart, Sustainable and Inclusive Growth", COM (2010) 2020, Brussels, March 2010, pp. 12 – 13.

③ European Commission, "Fostering Structural Changes: An Industrial Policy for an Enlarged Europe", COM (2004) 274, 2004, p. 21.

际的非关税贸易壁垒，欧盟做出了巨大的努力，取得的成果也是有目共睹，典型的成功例子是制定了第二代移动通信技术的国际标准之一——全球移动通信系统（GSM）标准。①

与美国相比，欧盟国家的企业行政负担一直很重，这一方面是因为欧盟成员国内部的行政管理程序非常烦琐，另一方面在于欧洲内部大市场尚没有统一的企业管理规则。近年来欧盟产业政策通报多次强调了简化和协调欧盟内部有关产业与企业立法和规则的必要性。协调以至最后统一各国的立法和规则是统一大市场的内在要求，同时也会有利于大大简化企业在欧盟范围内经营的行政负担，真正获得统一市场带来的收益。欧盟委员会1996年就出台了"简化有关内部市场的立法"，② 之后为配合里斯本战略的实施，又于2002年出台了"简化和改善规制环境的行动计划"，③ 后者确立了简化与改善欧盟规制环境的行动框架，并确定了到2004年底将共同体层面立法减少25%的目标，以使统一市场的运转更有效率。2005年，为配合新的里斯本战略，欧盟委员会又出台通报"为增长和就业而创造更好的规制环境"，④ 决心进一步推动简化内部市场立法和规则的行动。

与内部大市场和产业政策都密切相关的另一重要领域是政府采购（public procurement）市场的开放。⑤ 这一领域的市场开放度一向很低，世纪之交时，政府采购占欧盟GDP总值的比重达15%，但是，欧盟范围内仅有2%的政府采购合同是与非本国企业签订的。⑥ 因此，促进成员国在这一领

---

① 但是，欧盟在这方面遇到的困难也不容忽视：就推动制定产品的技术规则而言，欧盟的初衷是促进统一大市场内的产品流通，而成员国却往往将这些规则作为抵制他国产品进入本国市场的依据；在统一技术标准方面，要统一或协调各成员国的工业技术标准既是困难的，有时也存在判断失误的高风险，数字电视领域的 HDTV 标准的制定就是典型的失败例子。参见 European Commission，"Fostering Structural Changes：An Industrial Policy for an Enlarged Europe"，COM（2004）274，2004，p. 21；〔荷〕雅克·佩克曼斯著《欧洲一体化：方法与经济分析》，吴弦、陈新译，北京，中国社会科学出版社，2006，第381~382页。

② European Commission，"Simplifier Legislation for the Internal Market"，COM（96）559，1996.

③ European Commission，"Action Plan—Simplifying and Improving the Regulatory Environment"，COM（2002）278，June 2002.

④ European Commission，"Better Regulation for Growth and Jobs"，COM（2005）175，2005.

⑤ 政府采购包括劳务雇佣、设备和产品采购、服务采购，由于当前欧盟产业政策的针对部门是制造业，因此，与之相关的政府采购主要是设备和产品采购。

⑥ Laurens Kuyper，"The Internal Market—Economic Heart of the Union"，in Michael Darmer and Laurens Kuyper（eds.），Industry and the European Union：Analysing Policies for Business，2000，p. 60.

域的逐步开放，形成欧盟层面的竞争局面，是提高相关产业竞争力的重要方面。欧盟于 1998 年发布的通报"欧盟内部的政府采购"即指出，欧盟内部有关政府采购的法律框架已经存在，但是并未得到很好的执行，各国的政府采购市场仍高度割裂，因而需要加强对已有立法的执行力度。① 当然，由于这一问题的政治敏感性（政府采购往往涉及国防部门）和各利益相关方之间的博弈，要大幅提高政府采购市场的开放度并非易事。

最后，借助贸易政策从制度上支持制造业开辟和拓展国际市场，并为其争取有利的国际竞争环境。在当前国际经济竞争日趋激烈的情况下，这一点显得尤为重要。由于贸易政策属于共同政策的范畴，欧盟委员会在这一领域的活动空间较大。② 在这方面，欧盟产业政策的主要目的在于尽量使第三国向欧盟工业品开放市场，以及为自身产品参与国际竞争争取更为有利的环境。

推动第三国的市场开放会扩大欧盟制造业的市场范围，这对于市场普遍相对狭小的欧洲国家而言，是促进制造业结构转型的重要途径，也是在"不进则退"的国际经济竞争中立足的重要保证。为实现上述目标，欧盟主要采取两种方式。第一，通过多边谈判和协议，主要是在世界贸易组织（WTO）框架下促进第三国开放市场。经过多轮 WTO 贸易谈判，关税水平已有大幅下降，但是至今世界各国的关税结构仍五花八门，这导致关税下调的效果大打折扣。另外，非关税壁垒更加不容忽视。各国产品技术标准和环保标准的差异造成在这方面达成多边协议的难度要大得多。在多哈回合谈判中，欧盟一直在推进达成旨在降低各国工业品关税的协议，以向更多的国家出口其工业品。但是，国际贸易谈判从来就需要对得失进行通盘考虑，仅就经济因素而言，产品市场开放要么是对等的，要么是互补的，考虑到欧盟农产品市场开放的难度，推动第三国开放工业品市场的难度可想而知。因此，多哈回合的谈判步履维艰，而欧盟正在不断努力推进其进程。第二，通过双边谈判与合作，推进特定国家向欧盟工业品开放市场。目前，欧盟已与美国、拉美、中国、日本和加拿大等最为重要的贸易伙伴开展了制度性合作，以此作为多边协议的重要补充。值得注意的是，在双边贸易与合作领域，欧

---

① European Commission, "Public Procurement in the European Union", COM (98) 143, 1998.

② 《里约》签署后，欧盟共同贸易政策的法律基础是欧盟条约第 206 条和第 207 条，之前为第 131 条和第 133 条，欧盟委员会长期在"133 委员会"的咨询下作为谈判和签约方代表成员国参与世界贸易组织（WTO）的活动。

盟尤其关注所谓"在欧盟市场上已取得成功的新兴国家",认为它们必须对等地履行自己的开放承诺,遵守国际贸易规则。[①] 欧盟密切关注着这些国家是否对欧盟产品实施了不正当的贸易保护措施,同时也强调,在这些国家对欧盟的出口违反国际贸易规则时,会"合法"地运用保护措施。实际上,近几年欧盟针对中国纺织品和鞋类产品等发起的反倾销措施正是利用其贸易政策来为这些行业的结构调整争取时间。但是,应看到,随着世界贸易自由化发展至今天的程度,欧盟运用贸易保护措施以缓解内部压力的空间已越来越小。根据雅克·佩克曼斯的分析,贸易保护是欧盟产业政策唯一的未完全放弃的传统干预手段,但是这并不符合产业政策的初衷,是迫于过大的内部社会和政治压力而采取的短期行为。从整体来看,这并不会改变欧盟产业政策的指导性原则;从长期来看,欧盟产业政策可借助的贸易保护手段已越来越少。实际上,除反倾销措施外,欧盟已很少出台新的贸易保护措施,而随着乌拉圭回合的技术改进和国有贸易国家的实际消失,反倾销措施的任意决定权也已明显萎缩。[②]

在推动第三国开放市场的同时,欧盟还致力于降低其制造业参与国际竞争的制度成本,为其争取更有利的国际竞争环境。这主要体现在积极参与国际工业技术标准的制定,以及将其内部统一市场规则和环境标准向外部世界的推广上。自从联合国欧洲经济委员会(UNECE)关于技术标准的1958年协议达成以来,欧盟一直在推动国际技术标准的协调上下工夫。包括欧洲标准化委员会(CEN)、欧洲电工标准化委员会(CENELEC)和欧洲电信标准协会(ETSI)在内的欧洲官方标准组织与相应的国际标准化组织(ISO)、国际电工委员会(IEC)、国际电信联盟(ITU)等机构保持着经常性的紧密联系,一方面有利于欧盟制定的行业技术标准与国际接轨,另一方面也加强了欧盟对国际技术标准制定的影响力,从而减少欧盟工业品进入第三国市场的技术标准限制。推进内部统一市场规则有利于各国以共同的规则为基础开展竞争,而将内部市场规则向外部世界推广无疑会为提高欧盟产品

---

① European Commission, "Fostering Structural Changes: An Industrial Policy for an Enlarged Europe", COM (2004) 274, 2004, p. 34.

② 参见〔荷〕雅克·佩克曼斯著《欧洲一体化:方法与经济分析》,吴弦、陈新译,北京,中国社会科学出版社,2006,第373、378页;以及 Jacques Pelkmans, "European Industrial Policy", in Patrizio Bianchi and Sandrine Labory (eds.), *International Handbook on Industrial Policy*, 2006, p. 64。

的竞争力提供便利。虽然在 WTO 框架下进行的向全球推广规则的努力至今并不顺利，① 但是欧盟在将其内部市场模式和规则推向邻国方面却成果显著。向罗马尼亚和保加利亚等原候选国、土耳其等候选国，以及也有入盟意愿的西巴尔干国家的规则推广已取得较大进展，而新的"更广阔的欧洲"政策则将地中海国家和更多东欧国家也纳入了协调市场规则尤其是工业品市场规则的范围之内。另外，欧盟在国际环境标准的谈判中发挥着重要影响，无论在规则制定还是环保实践上，都扮演着倡导者和领先者的角色。虽然环保方面的国际承诺会增加欧盟制造业企业的成本负担，尤其在其他竞争对手国家未做出承诺或不履行承诺的情况下更是如此。② 对此，欧盟一方面敦促他国做出承诺，并监督其履行承诺，另一方面也基于对工业竞争力的考虑，仔细地进行成本—收益分析，在必要时寻求经济与环境之间的适当平衡。但是，总体而言，欧盟仍坚持制造业发展的环境可持续性，并强调欧盟企业在环保上付出的短期成本将带来长期的竞争优势。实际上，欧盟环保产业以及其他制造业部门的环保型产品在国际市场上的优势已逐步显现出来。在2006 年 10 月公布的题为"全球化的欧洲：参与世界竞争——对欧盟增长和就业战略的贡献"的贸易政策通报中，欧盟委员会进一步强调要继续通过参与国际经济规则和标准的制定积极打开外部市场。③

2010 年 11 月，为配合"欧洲 2020 战略"的推行，欧盟委员会出台了一份最新的贸易政策通报，即"贸易、增长与全球事务——作为 2020 战略核心要素的贸易政策"。该通报提出，欧盟要继续推进 WTO 的多哈谈判议程，除了继续推进工业品和农产品的关税减让之外，努力的重心将转移至服务与投资的市场准入、政府采购领域的开放、知识产权保护协定的完善和知识产权执法、能源和原材料的供应、推行国际标准等规则与制度领域。④ 这项服务于经济增长的新贸易政策无疑将有助于达成提高欧盟工业的竞争力，进而服务于产业政策的目标。

---

① 参见〔比〕德克·德·比耶夫尔《欧盟的规制性贸易议程及其对世界贸易组织的实施诉求》，孙彦红译，《欧洲研究》2006 年第 6 期。

② 在这方面非常令欧盟担忧的是正经历着快速工业化的国家（中国、印度、巴西、阿根廷等），以及长期不情愿加入国际环境条约的美国。

③ European Commission, "Global Europe: Competing in the World—A Contribution to the EU's Growth and Jobs Strategy", COM (2006) 567 final, October 2006.

④ European Commission, "Trade, Growth, and World Affairs—Trade Policy as a Core Component of the EU's 2020 Strategy", COM (2010) 612, 2010.

二 预算手段

欧盟产业政策并未完全放弃预算手段（或者说财政手段），只是对这些手段的目的和使用范围有更严格的限定，即只在存在市场失灵和有助于降低产业结构转型带来的社会成本时才给予支持。目前，欧盟产业政策的预算支出主要有两个方面：一是对制造业研发活动的资金给予支持，主要通过科技框架计划（Framework Programmes）来实现；二是通过结构基金（the Structural Funds）减少转型带来的社会成本，推动产业积极地适应转型。就科技研发投入而言，由于存在"市场失灵"，在完全由市场决定投资流向的情况下，企业的资本规模、投资规模和承担风险的能力都有限，要达到欧盟确定的 R&D 投入占 GDP 比重3%的目标，充分发挥科技进步对工业竞争力的促进作用存在较大困难，因此，作为私人部门研发投入的必要补充，公共部门的研发支出也相应地发挥着作用，其中也包括欧盟层面的公共支出。就产业结构转型和升级带来的结构性失业等后果而言，单纯依靠社会自身来吸收这些成本无法保证社会稳定，产业结构升级也就难以顺利地推进，因此，为减少这方面的社会冲击、推动劳动者积极地适应转型而投入一定的资金也是必要的。下文将分别对这两个方面进行归纳与分析。

第一，通过科技框架计划为制造业提高竞争力和结构升级提供支持。就科技框架计划与产业政策的关系来看，《阿约》和《尼斯条约》签署后的欧盟条约第 163 条（研究与技术发展）明确规定，"共同体的目标是加强欧洲工业的科学和技术基础，促进欧洲工业更具有国际水平的竞争力，并促进依照本条约其他各章而进行的一切必要的研发活动"。[①]《里约》将该条款改为第 179 条（研究与技术开发、空间政策），并对具体内容作了部分修改与调整，但是提高工业竞争力的指向仍很明确，提出"联盟应该确立加强科技基础的目标，建成一个研究人员、科学知识和技术自由流动的欧洲研究区，提高包括工业领域在内的科技竞争力"。由于《马约》生效之后，欧盟层面的全部研究、技术开发与推广活动都被纳入到科技框架计划之内，科技框架

---

① *Consolidated Version of the Treaty Establishing the European Community*，http：//eur - lex. europa. eu/en/treaties/dat/12002E/htm/C_ 2002325EN. 003301. html#anArt158. 可参见欧洲共同体官方出版局编《欧洲联盟法典·第二卷》，苏明忠译，北京，国际文化出版公司，2005，第 56 页。

计划也就成为欧盟产业政策最有力的财政工具之一。自 1984 年第一个科技框架计划问世以来，至今已出台了七个框架计划，它们为欧盟的科技发展建立了一个框架结构，为每一时期的科研方向提供重要的指导，影响力正在不断提高。由图 4 - 1 列出的七个框架计划的预算对比可以看出，欧盟对科研投入的重视程度一直在提高，第七框架计划更是将资金投入大幅增至 500 亿欧元。

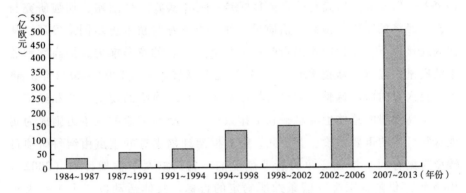

图 4 - 1　欧盟七个科技框架计划预算一览

资料来源：根据欧盟官方网站数据制作。

自第一个科技框架计划（1984 ~ 1987 年）至第五个框架计划（1998 ~ 2002 年），大约有一半的资金直接投入了工业部门。[①] 第六和第七框架计划大幅度增加了预算总额，并配合里斯本战略的实施强调研究要更加紧密结合欧洲的工业，以提高其国际竞争力。第一个框架计划主要涉及能源领域，同时也把信息和通信技术、工业部门现代化、生物工艺学这三个对于提高共同体工业竞争力有重要意义的领域作为重点。第二个框架计划（1987 ~ 1991 年）继续把上述有助于提高工业竞争力的领域置于优先地位，特别是在以下三个领域确定了具体的行动项目：信息技术和电子技术领域的 ESPRIT 项目[②]、材料领域的 EURAM 项目[③]，以及工业技术领域的 BRITE

① Robert-Jan H. M. Smits, "EU Research for Industrial Competitiveness", in Michael Darmer and Laurens Kuyper (eds.), *Industry and the European Union: Analysing Policies for Business*, 2000, p. 263.

② ESPRIT 项目全称为 European Strategic Programme for Research and Development in Information Technology，即欧洲信息技术研究与开发战略项目。

③ EURAM 项目全称为 European Research in Advanced Materials，即欧洲高新材料研究项目。

项目①。第三个框架计划（1991～1994年）的主要目的仍是提高共同体工业的国际竞争力，研究目标集中在三个方面的六个领域：（1）扩散性技术，包括信息和通信、工业和材料技术；（2）自然资源的管理，包括环境、生命科学技术、能源；（3）智力资源的管理，包括人员投入和流动，并将重点放在研究成果推广、生命科学技术及培训和交流上。《马约》的正式生效放宽了欧盟研究与技术开发政策的范围，为此，第四个框架计划（1994～1998年）所确定的具体目标是：同时实施总体战略，加强研究与开发对经济的影响，提高生活质量，使人类资源与技术进步同步发展，从而为迎接以下三个挑战作出贡献：提高欧洲工业的竞争能力，提高欧洲的生活质量，促进对新技术的应用。② 第五个框架计划（1998～2002年）将重点投入方向做了调整，主要目的在于应对欧盟面临的现实社会和经济问题，提高欧盟的总体生活水平和工作条件，而提高工业的竞争力则成为实现这些目的的重要手段。鉴于此，第五框架计划支持的重点由纯科研项目转型为更有利于增强竞争力行业就业的项目。第六个框架计划（2002～2006年）仍紧紧围绕欧盟条约所确定的目标，具体活动以三个主题为核心：集中和整合共同体的研究力量；构建欧洲研究区；加强欧洲研究区的基础。围绕这三个主题，第六框架确定了七项优先研究领域：生命科学、关于健康的基因组学和生物技术；信息社会技术；纳米技术和纳米科学、以知识为基础的多功能材料，以及新的生产工艺和设施；航空和航天；食品质量和安全；可持续发展、全球变化和生态系统；知识社会的公民和管理。配合新里斯本战略的需要，第七个框架计划（2007～2013年）更加强调要促进欧洲的经济增长和加强竞争力，提出知识是欧洲最大的资源，同时也比过去更强调研究要与欧洲工业紧密结合，帮助其开展国际竞争，并且在一些领域争取世界领导地位。第七框架计划一改之前六个框架计划依照行业划分研发项目的做法，而是从更加综合的角度确立了四大类项目，分别为合作（cooperation）、研究能力（capacities）、原始创新（ideas）和人力资源（people），同时将健康，食品、农业和生物技术，信息和通信技术，纳米科学和纳米技术，材料和新产品技术，能源，环境（包括气候变

---

① BRITE 项目全称为 Basic Research in Industrial Technology for Europe，即欧洲工业技术基础研究项目。

② 关于欧盟第一个至第四个科技框架计划的总结，参见杨逢珉、张永安编著《欧洲联盟经济学》，上海，华东理工大学出版社，1999，第212～213页。

化）等研究领域置于这些大项目之中，旨在追求研发活动的协同效应。总结七个框架计划的预算额和重点研究领域的变化，可以发现几个特点：首先，对于科技创新之于工业竞争力的促进作用，欧盟的重视程度越来越高；其次，欧盟既注重高科技产业自身的研发活动，也重视技术创新对整个工业和经济的溢出效应，重视利用技术创新推动工业的整体结构升级；最后，支持工业研发活动的着眼点由聚焦于提升工业自身的竞争力逐步扩展至关注整体经济的发展和竞争力，体现了产业政策与欧盟整体经济发展战略的契合。

第二，通过结构基金尽量降低制造业结构转型引起的社会成本，推动其积极地适应转型。在结构基金中，与工业和企业密切相关、可用于产业政策目的的是欧洲地区发展基金和欧洲社会基金。2007 年之前，这两者的预算之和占结构基金预算的比重超过 80%；2007～2013 年，这两者则占据了全部的结构基金预算。①

欧洲地区发展基金的目的，是通过参与落后地区的开发和结构调整以及促进工业衰退地区的变革，帮助消除地区发展的不平衡状态。该基金主要聚焦于竞争、创新、创造就业和实现经济增长，它主要对实现充分就业的生产性投资、基础设施建设（包括跨欧洲的交通、通信和能源网络建设）、技术创新以及为企业提供服务等领域提供资金支持。2002～2006 年，欧洲地区发展基金的预算额为 1000 亿欧元；2007～2013 年，预算额大幅增至 2020 亿欧元。从产业政策的角度看，它有以下三个支持重点：第一，在不发达地区，援助的重点涉及基础设施（尤其是有助于挖掘落后地区经济发展潜力的基础设施）建设，如通信和电信事业的现代化、水和能源供应、研究与开发、职业培训等方面的项目；第二，在受工业衰退影响的地区，特别支持那些能创造就业机会、改进工作与生活条件、职业培训、研究与发展以及增进院校、科研机构与企业联系的项目；第三，生产性投资，主要是针对能够创造和保持可持续性的工作岗位的企业给予直接支持。欧洲社会基金的宗旨是与失业做斗争、开发人力资

---

① 2007 年之前，结构基金由四种基金构成：欧洲地区发展基金、欧洲社会基金、欧洲农业指导与保证基金（the European Agriculture Guidance and Guarantee Fund，EAGGF）中的指导部分和欧洲渔业指导金融工具（the Financial Instrument for Fisheries Guidance，FIFG）。2007～2013 年，结构基金只由欧洲地区发展基金和欧洲社会基金两部分构成，农业和渔业基金不再包含在内。

源和促进劳动力市场的社会融合，以此来提高就业水平，实现可持续发展和经济社会的融合。2002～2006 年，欧洲社会基金的预算额为 700 亿欧元；2007～2013 年，预算额为 760 亿欧元。它主要在以下领域提供援助：第一，开发富有活力的劳动力市场，以此来预防失业、避免长期失业、使长期失业者重新就业、支持年轻人融入劳动力市场、鼓励短期离职的劳动者重新开始工作等；第二，促进和改善职业培训和教育，推行终身教育；第三，培育有技能的、具有适应能力的劳动力队伍；第四，在创新和研发领域，社会基金还专门支持针对研究生、技术人员和企业经理的培训项目。欧盟制造业要较为平稳地、成功地推进结构转型，就必须尽量降低转型引起的高失业等社会后果，同时还要通过培训和教育等方式推动传统制造业的劳动者更加积极地适应转型。除了针对传统产业的转型之外，提高欧盟劳动力的整体素质和技能也是加强整个制造业的知识基础，从而提高其国际竞争力的重要途径。这些目标都可以借助社会基金部分地得以实现。

上述两种预算手段体现了欧盟产业政策的两个重要方面：一是推动技术创新和应用，二是推动传统产业的转型升级。本书第五、六、七章对信息通信技术产业、纺织服装业和汽车业进行案例研究时，将会有关于这两个方面的更加详尽的论述。

需要强调的是，上述两种预算手段涵盖了欧盟层面对工业的全部资金支持。像成员国经常提供的那种国家援助，迄今为止（包括 1990 年产业政策正式启动之前）欧盟层面尚未提供过，而成员国的国家援助也要受到欧盟委员会在竞争政策框架下的监督。前文提及的空中客车公司是个重要的例外，由于认为其符合"欧洲共同利益"，由理事会决议免除了竞争政策对其的监督。而且空中客车接受的是成员国而非欧盟层面的补贴（由欧盟空间研究和开发项目提供的为数很有限的补贴除外）。① 因此，相对于工业在技术创新和结构转型中需要的巨额资金投入来说，科技框架计划和结构基金的支持只是对成员国、地区、企业资金投入的一个补充，绝非取而代之，从而也不能期待它们会对工业产业结构产生重大影响。然而，对于从欧盟整体的高度上引导工业产业结构朝着积极的方向调整，以及带动成

---

① 参见〔荷〕雅克·佩克曼斯著《欧洲一体化：方法与经济分析》，吴弦、陈新译，北京，中国社会科学出版社，2006，第 378～379 页。

员国、地区与企业的更多相关投资而言，这些预算手段不仅是必要的，也是重要的。

第二节 部门政策

一 部门政策的含义与逻辑基点

根据第三章对欧盟产业政策发展历程的梳理不难发现，其中的部门政策在含义、内容和受重视程度上都发生了较大变化：由最初对煤和钢铁业的直接强力干预，发展到1970年代对一些传统产业部门的直接干预，自1990年代初开始横向政策占据了绝对主导地位，部门政策的重要性下降，而进入21世纪之后，欧盟产业政策的部门指向越来越明显，几乎每份政策通报都有强调横向政策要与部门特点相结合的内容，部门政策再次受到重视。2005年通报在部门政策上更加明确和细化，使得产业政策更加务实，也更具可行性。

需要强调的是，近几年发展起来的部门政策已不同于传统产业政策对具体部门的直接干预，它富有新的内涵。确切地说，它是横向政策在各个具体部门的优先应用，也即在考虑各具体部门的特点和需求之后，确定哪些横向政策是该部门所急需的，换句话说，就是着眼于为各具体部门的发展及结构调整创造其急需的外部环境。同时，欧盟还力求避免不同部门的政策之间的割裂，强调支持一个部门不能以牺牲其他部门的利益和发展为代价。

从政策实践上看，近几年来富有新内涵的部门政策得以逐步形成并受到重视，其逻辑基点在于1990年代实行的以横向政策为绝对主导的产业政策越来越难以适应制造业发展的现实需要，使得欧盟层面对产业政策实施方式的认识发生了转变：一方面，对待部门政策的态度由1990年代的排斥转变为如今的高度重视；另一方面，对部门政策有了新的理解和定位。从长期来看，欧盟虽然认为有必要根据各部门的具体特点量身订制并不断调整产业政策，但是并不认同传统的部门干预方式，认为后者往往难以符合事前的良好愿望和周密计划，从而经常不是推动而是抵制结构转型，即便能暂时减轻转型的痛苦，但是坐失结构升级的良机会带来更长期和更大的困难。对于这一认识转变和部门政策的发展过程，通过2002年、

2004 年和 2005 年产业政策通报中的相关内容可以有个大致的了解，以下为摘选的部分内容：

2002 年通报："产业政策在性质上是横向的，旨在保障有利于工业竞争力的框架条件。它的工具，也是企业政策的工具，旨在提供一个好的框架条件，从而使得企业家和商业部门能够执行投资计划，挖掘创新想法，并抓住机遇"。"然而，（产业政策）需要考虑各个部门的特殊需要和特点。因此，需要因部门而异，适用不同的政策。例如，对于很多产品，如制药、化学、汽车等，由于内在特点和用途的差异应采取不同的具体规制措施"。

2004 年通报："欧盟必须继续发展产业政策的部门维度。这意味着，要分析横向政策工具对于各部门的适用性，评估其相关性，如果必要的话，还要做出适当的调整。本通报给出了在过去几个月中已经启动的部门动议，并提出针对汽车和机械工程行业的几个新动议"。

2005 年通报："委员会已经做出产业政策横向性的承诺，将避免重回选择性干预政策……为使产业政策更加有效，需要考虑各个部门的具体情况。各项（横向）政策需要以一种基于各部门具体特点的'量身订制'式的方式结合起来……以形成更加恰当、综合、落到实处的政策措施"。

二 部门政策的内容

可以说，与横向政策相比，欧盟产业政策的部门政策仍处于初级阶段。虽然自 2002 年以来部门政策就开始逐步形成，但是，直到 2005 年的政策通报才基本上确定了部门政策的具体形式和针对各制造业部门的政策重点。2005 年通报对欧盟 27 个部门（26 个制造业部门加上建筑业）的竞争力状况和存在的问题进行了详细分析，并逐一确定了对于各部门而言具有优先意义的横向政策。该通报依照产品类型、生产特点、面临的挑战等标准，将这些部门分成了四大类：食品与生命科学工业、机械与系统工业、时尚与设计工业、基础与中间产品工业。附录 4 - 1 详细列举了欧盟针对各具体部门的政策重点。以下逐一做简要归纳。

食品与生命科学工业（包括食品、饮料、烟草、化妆品、制药、生物技术和医疗设备等）占欧盟制造业增加值的 1/5，其产值增速处于中高水平。这一大类部门最紧迫的政策需求主要是加强知识基础和优化规制（better regulation）两个方面。作为对创新性要求很高的部门，它们在加强知识基础方面的优先努力方向是促进研发活动、保护知识产权以及为具有高创新性的中小企业融资提供便利。同时，这些部门的发展还有赖于不断更新规制以跟上技术进步的步伐，并保证健康与安全。另外，促进这些部门的国际贸易规则趋同也是欧盟的一个重要目标。而针对个别部门的挑战主要包括进一步推进开放竞争的制药业统一市场，以及推进与食品饮料业、制药业和化妆品业相关的环保与国际市场准入问题。

机械与系统工业（包括信息与通信技术、机械工程、电子工程、机动车辆、航空、国防及造船业）占欧盟制造业增加值的 1/3，产值增速也处于中高水平，其 R&D 投入水平为制造业中最高。这些部门面临的政策挑战主要在于创新、知识产权保护以及不断提高劳动者技能。对于这些部门的内部大市场建设来说，尤其需要不断协调和更新各成员国的技术标准。就信息通信技术、电子与机械工程和机动车辆等部门而言，与扩大出口相关的国际市场准入也是个关键问题。对于运输器生产部门，欧盟认为还存在着一系列环保方面的问题，特别强调要继续提高汽车、飞机和轮船的环保性能。

时尚与设计工业（包括纺织、皮革制品、制鞋和家具制造等）只占欧盟制造业增加值的 8%，但是近年来其产值增长一直很低甚至为负增长，同时这些部门的 R&D 投入也相对较低。对于这些部门而言，能否成功推进产业结构转型最为关键。欧盟认为，不断促进创新、有效保护知识产权以及提高劳动者技能是提高产品质量和实现产品多样化的重要手段，而更积极地开拓第三国市场也是针对这些行业的重点内容。

基础与中间产品工业（包括非能源提炼、非铁金属、水泥和石灰、制陶、玻璃、木与木制品、纸浆与纸产品、印刷与出版、钢铁、化学制品、橡胶与塑料、建筑业）占欧盟制造业增加值的约 2/5。由于这些部门主要为其他制造业部门供应原料和中间产品，其创新也就相应地成为其他部门创新的重要源泉。总体上看，除化学制品和橡胶业增长强劲之外，近年来其他部门的产值增长大多处于中低水平。由于大多具有高能耗的特点，这些部门面对的来自能源和环境方面的政策挑战较为突出。具体到个别部门，针对化学制品的"REACH 条例"的酝酿一直为多个相关行业所关注，其最终通过并付诸实施也在欧盟内外部引起了重要反响，① 针对建筑业的立法简化问题也存在不少争议。而对于制陶、印刷和钢铁业而言，产业结构转型尤为重要。

结合上文叙述与附录 4－1 的内容，可以总结出欧盟针对制造业的部门政策的三个突出特点。首先，虽然当前欧盟针对不同部门的政策侧重点各有不同，但是其共同的支撑点在于提高整个制造业的知识与技术含量。不论是与美、日相比处于劣势的高新技术行业（如制药、生物技术、信息通信技术、航空等）、当前具备强劲竞争力的资本技术密集型行业（如医疗设备、机械工程、电气工程、机动车辆、化学制品等），还是面对新兴国家激烈竞争的传统产业（如造船、纺织服装、皮革、制鞋、家具、印刷与出版、钢铁业等），欧盟的目标都是通过增加产品的知识与技术含量来提高国际竞争力，其具体努力方向主要包括三个方面：促进研发与创新活动、保护知识产权、提高劳动者技能。欧盟产业政策的这一支撑点与里斯本战略将欧洲建设成为最具竞争力的知识经济体的目标是一致的。其次，对于大多数优势产业和传统产业，当前欧盟的另一个政策重点是为其高质量和高附加值产品争取第三国市场的准入权，通过扩大出口来保证和提高这些行业的竞争力。最后，对于大多数传统产业而言，欧盟的首要任务是推动其结构转型和升级，一方面通过提高知识技术含量和促进创新来避开与新兴经济体之间的低成本竞争，另一方面通过结构基金等财政方式尽量降低转型引起的社会成本。

综上所述，目前欧盟产业政策已经大体上形成了一个横向政策与部门政策有机结合的整体实施框架。作为总结，用图 4－2 大致表示欧盟产业政策的实施方式与政策工具的简明框架。②

---

① REACH 条例全称为 "Regulation Concerning the Registration, Evaluation, Authorization and Restriction of Chemicals"，即 "化学品注册、评估、许可和限制条例"，该条例的提案于 2001 年提出，由于牵涉行业众多、利益相关方复杂等原因，直到 2006 年 12 月才获得理事会批准，2007 年 6 月 1 日正式付诸实施。

② 另外，注意到欧盟产业政策的部门政策来自横向政策的应用这一特点，奥地利经济研究所著名学者卡尔·艾根格等人认为，从实施方式上看，这是一种新型的产业政策，并称为 "矩阵式产业政策"（matrix approach industrial policy）。观察附录 4－1 不难发现其命名原因，即以制造业各部门为 "行"，以各项横向政策措施为 "列" 的矩阵。"矩阵" 这一叫法本身虽然没有太多实质性的意义，但是的确比较形象，有助于更好地理解近几年欧盟产业政策的实施方式和特点。参见 Karl Aiginger & Susanne Sieber, "Towards a Renewed Industrial Policy in Europe", as Chapter 1 for the Background Report of the Competitiveness of European Manufacturing 2005, European Commission, DG Enterprise and Industry, 2005; Karl Aiginger & Susanne Sieber, "The Matrix Approach to Industrial Policy", *International Review of Applied Economics*, Vol. 20, No. 5, December 2006, pp. 573–601。

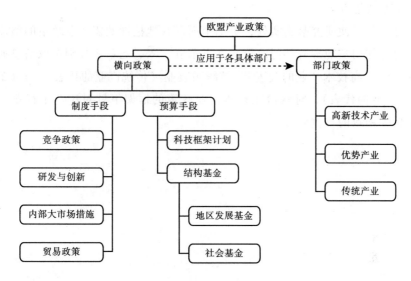

图 4 - 2　欧盟产业政策内容及政策工具简图

第三节　小结

本章从横向政策和部门政策两个维度对欧盟产业政策的实施方式和政策工具做了较为详尽的梳理与分析。市场导向的基本理念，以及开放性、横向性和辅助性的指导性原则，决定了自 1990 年启动至今，欧盟产业政策一直以横向政策（或称跨部门政策）为主；进入 21 世纪以来，根据制造业发展和提升竞争力的现实需要，富有新内涵的部门政策得以形成和发展。近几年，欧盟层面对产业政策实施方式的认识发生了转变：一方面，对待部门政策的态度由 1990 年代的排斥转变为高度重视；另一方面，对部门政策有了新的理解和定位。可以说，迄今为止，欧盟产业政策在实施方式上大体形成了横向政策和部门政策有机结合的整体框架，实施方式更加务实，也更具可行性。

另外，根据本章的论述还可得出一个基本认识，那就是伴随着内外部经济环境的变化，欧盟产业政策的实施方式一直处于不断摸索与学习的过程当中，近年来发展出的横向政策与部门政策相结合的方式也是多年来摸索的成果。这种新的实施方式能否真正落到实处，切实发挥效力，仍有待进一步观察。回顾该政策的发展历程，不难预见，其具体的实施方式仍会根据现实需要而不断改进和调整。

为了尽量使研究落到实处，更加全面深入地把握欧盟产业政策的整体框架，也更加切实地理解部门政策，本书第五、六、七章将分别选取信息通信技术产业（高技术产业的代表）、纺织服装业（传统产业的代表）和汽车业（优势产业的代表），对欧盟在整体产业政策的框架下针对这三个行业的政策做较为细致的案例研究。

第五章 欧盟产业政策之案例研究一：信息通信技术产业

根据 OECD 的定义，信息与通信技术（Information and Communications Technology，ICT）产业指的是以电子方式获取、传输、显示数据和信息的制造业与服务业的总和。[①] 由于 ICT 属于高新技术，同时又是具有高度溢出效应的"泛用技术"（general purpose technology），因此，对于当今世界大多数经济体而言，ICT 产业都具有至少两个方面的重要意义：第一，作为一个高新技术部门，该产业本身对一国经济增长和生产率提升的直接推动作用至关重要；第二，通过 ICT 在其他各产业和公共服务领域的应用，该产业还扮演着提升经济整体竞争力的发动机的角色。换言之，ICT 产业既是引导一国产业结构未来发展方向的先导性产业，又是能够带动整体国民经济进步的基础性产业。从国际经济的角度看，ICT 的迅速发展及应用直接推动并加快着经济全球化和人类由工业社会向信息社会迈进的步伐，而随着后两者不断取得新进展，ICT 产业已不容置疑地成为国家竞争力的基础和核心要素。在瑞士洛桑管理学院 2010 年发布的《世界竞争力年鉴 2010》中，技术基础设施竞争力的排名共选取了 21 项相关指标，其中直接来源于 ICT 产业的指标就有 13 项，占了近 2/3。[②]

[①] OECD 对信息通信技术产业的这一定义是基于国际标准产业分类第三修订版（ISIC Rev. 3），它考虑到现实经济中 ICT 制造与 ICT 服务的紧密联系，突破了传统的制造业与服务业二分法。总体而言，这一定义有助于全面描述一国 ICT 产业发展及进行国际比较。附录 5-1 给出了依照此定义的 ICT 产业所包括的具体产品和服务，由于新的 ICT 产品和服务的不断出现，该产业的具体内容也处于不断扩展的过程中。参见 OECD, *Measuring the Information Economy*, 2002, p. 81。

[②] 来源于 ICT 产业的参评指标包括"电信投资占 GDP 比重"、"每千居民固定电话总线数"、"固定电话国际话费"、"每千居民移动电话用户数"、"移动电话费用"、"通信技术满足企业需要的程度"、"使用中的计算机数目（占世界比重）"、"每千人计算机数"、"每千人互联网用户数"、"互联网使用费"、"每千居民宽带用户数"、"宽带使用费"、"信息技术技能"等共 13 项。参见 IMD, *World Competitiveness Yearbook 2010*。

对于欧盟而言，ICT 产业的重要性又有其特殊背景。本书第三章已提及，自 1990 年代中期以来，欧盟的"竞争力问题"日益突出，主要表现为欧盟整体及德、法、意等主要成员国的劳动生产率增速一直处于下滑态势，且与美国之间存在明显差距。正是在这一背景下，欧盟于 2000 年提出了里斯本战略。但是，要实现里斯本战略的目标并非易事，尤其是快速提高劳动生产率的努力多年未取得明显成效。2001～2005 年，欧盟的劳动生产率平均增速为 1.1%，而美国则高达 2.4%。鉴于这种状况及国际竞争形势愈加严峻的现实，欧盟于 2005 年启动新的里斯本战略，聚焦于"增长与就业"，竞争力导向更加明确。2006 年与 2007 年，欧盟的劳动生产率增速再次超过美国，① 虽然有专家认为这是里斯本战略取得的初步成效，但是仍有不少学者认为这主要是经济周期的影响所致，因为欧盟劳动生产率提升的根本障碍仍未扫除，其增长前景仍堪忧。这里所谓的"根本障碍"是指，欧盟的技术进步及新技术应用相对落后，造成全要素生产率增长乏力，从而导致其整体生产率增速慢于美国。② 考虑到人口老龄化从而长期就业率不容乐观的事实，技术对欧盟经济可持续增长的长期影响的确不容忽视。作为当代高新技术产业群中最活跃、渗透力最强的部门，ICT 产业对于欧盟经济的竞争力和发展前景尤为关键，这一点几乎在所有的相关研究中都被反复强调。

除了为欧盟设定了有关生产率增长和就业等方面的具体目标外，更为重要的是，里斯本战略还提出了欧盟由工业社会向信息社会转型的长期战略目标。从产业结构变迁的角度看，信息社会与工业社会有着不同的特征。在工业经济时代，产业结构变迁主要是通过"部门替代"来实现的；而在信息社会中，产业结构变迁不再是线性的部门替代关系，而是多元的，是以产业融合基础上的信息产业化和产业信息化为特征的变迁过程，也就是 ICT 的扩散过程。③ 鉴于此，在向信息社会的转型过程中，最为关键的高技术产业之一就是 ICT 产业。欧盟必须立足于 ICT 产业，提升其竞争力，并以此为基础推动 ICT 向整体经济的扩散，而如何提高 ICT 产业的竞争力正是欧盟 ICT 产业政策需要回答的问题。出于上述理由，就重要性而言，当前 ICT 产业政策

---

① 2006 年和 2007 年，美国的劳动生产率增速分别为 1.0% 和 1.1%，而欧盟 15 国为 1.6% 和 1.3%。

② 参见 Bart van Ark，"Performance 2008: Productivity, Employment, and Growth in the World's Economies"，Research Report of the Conference Board，January 2008。

③ 参见朱金周著《电信转型：通向信息服务业的产业政策》，北京邮电大学出版社，2008，第 58 页。

可谓居于欧盟产业政策的部门政策之首。

基于此，本章拟选择 ICT 产业对欧盟产业政策进行案例研究，试图通过这一侧面更加深入具体地把握欧盟产业政策的背景、理念、实施方式和政策工具。值得注意的是，虽然目前欧盟 ICT 产业政策的大量权限和政策工具仍在成员国手中，但是，以下三个方面的原因决定了欧盟层面的政策已相当重要，应受到更多重视。第一，从现状来看，由于欧盟层面对 ICT 产业竞争力的关注较早，大量针对该产业的直接支持措施的倡议、领导或协调工作都已通过一些大型项目转移到了欧盟层面。目前成员国支持 ICT 产业发展的许多行动是通过执行欧盟的项目来实施的，研发支持尤其如此。第二，从前景上看，ICT 产业的绝大部分活动都具有高度国际化的特征，其竞争力问题也相应地包含了大量国际化因素，仅凭成员国层面的政策已经并且将越来越难以适应该产业发展的需要，欧盟层面政策的重要性无疑将不断提升。第三，从欧盟内部大市场和信息社会建设的角度看，了解欧盟层面的 ICT 产业政策对于把握欧盟 ICT 产业的整体走向及其对经济社会的影响是必要的。

另外，需要说明的是，根据本章开篇给出的定义，ICT 产业本身是制造业与服务业二者的混合体。虽然 ICT 制造和 ICT 服务从形态上可以大致区分开，但是，鉴于二者在现实经济中的紧密联系，试图从功能上尤其是从产业政策的制定和执行上将二者严格地区分开几乎不可能。实际上，虽然欧盟产业政策的行业覆盖面主要是制造业，也强调 ICT 制造业对于提高该产业整体劳动生产率的重要性，但是在涉及 ICT 产业相关措施的制定和执行时，一直是将该产业作为一个整体来看待的。可见，要进行相关的政策研究，也不能教条地局限于 ICT 制造业。依照欧盟的政策实践，同时也为了更全面地把握欧盟 ICT 产业的竞争力状况并进行国际比较，本章也将立足于 ICT 产业的整体来开展研究。

本章结构安排如下：第一节归纳近年来欧盟 ICT 产业发展及竞争力状况，分析其面临的挑战；第二节首先梳理欧盟 ICT 产业政策的大致发展脉络，而后对其主要内容和政策工具进行详细归纳、分析与评价；第三节对欧盟 ICT 产业政策的性质、效果、特色及发展趋势做出简单的总结与展望。

第一节　欧盟信息通信技术产业发展与竞争力状况分析

虽然进入 21 世纪以来欧盟 ICT 产业的发展并非一帆风顺，尤其是经历了 2001 年互联网泡沫破灭的打击，但是这并未改变该产业的整体发展趋势及其在欧盟经济中的重要地位。① 根据欧洲统计局（Eurostat）的新近数据，2009 年，欧盟 27 国 ICT 产业增加值占欧盟 GDP 总值的比重为 6% ~ 8%（依统计口径而定），就业人数相应地占欧盟总就业的 4% ~ 6%。另外，近年来 ICT 产业的技术进步可谓突飞猛进，劳动和资本使用效率明显高于许多其他部门，而由此带来的价格持续下降又大大刺激了人们对相关产品与服务的需求，从而其产出增长和生产率提升速度显著高于欧盟经济的整体水平。

经过最近二十多年的发展，如今 ICT 产业已成为最具国际化特征的部门之一，国际贸易量的大幅增加、投资和研发活动的高度国际化等都是其具体表现。因此，要考察欧盟 ICT 产业的真实竞争力状况，还必须将其置于国际分工与竞争的背景之下，至少应关注以下两个问题：一是欧盟 ICT 产业在国际分工中所处的地位，其优势和劣势何在；二是 ICT 产业对欧盟劳动生产率增长的贡献与其他发达国家相比如何。②

首先，我们来看欧盟 ICT 产业在国际分工中的地位。从全球 ICT 市场来看，目前美国、日本、欧盟三个经济体的 ICT 产业占世界 ICT 产业总供给规模的 70%，其中欧盟占 20%，日本占 20%，美国的份额高达 30%。③ 考虑到各自的经济总量，欧盟 ICT 产业的相对规模明显低于美国和日本，与其统一市场的经济规模是不相称的。④

从国际贸易的角度看，如果运用全行业贸易数据计算显示性比较优势（RCA）指数对各国的 ICT 制造业进行比较可以发现，虽然芬兰、荷兰、爱尔兰和匈牙利等少数几个成员国的竞争力较强，但是欧盟整体的 ICT 制造业竞

---

① 1990 年代中期，欧盟各成员国 ICT 产业增长迅猛，由于企业持续大规模扩大生产能力，一些国家甚至达到了两位数的增长；2001 年互联网泡沫破灭后 ICT 产业增速大幅放缓，一些西欧国家甚至出现负增长；但是，经过两年多的调整，从 2004 年开始该产业又重新回归到增长轨道，虽然增速较 2001 年之前低得多，但仍明显高于整体经济增速。

② 除此之外，ICT 投资与 ICT 应用的经济增长效应也是考察 ICT 重要性的两个常见的角度，但是由于它们已超出了 ICT 产业本身且篇幅有限，此处对其不做探讨。但是，到目前为止大多数相关的实证研究都得出了类似的结论，那就是欧盟 ICT 投资与 ICT 应用对经济增长的促进作用明显低于美国。

③ European Commission, "Fostering the Competitiveness of Europe's ICT Industry", EU ICT Task Force Report, Nov. 2006, p. 3.

④ 2006 年欧盟 27 国的 GDP 为 146098 亿美元，占世界 GDP 的 30.3%，而美国占 27.3%（131947 亿美元），日本占 9.1%（43665 亿美元）。参见 IMF, *World Economic Outlook Database*, October 2007.

争力远落后于东亚和南亚国家，也不及美国和日本。[①]　相比之下，欧盟的 ICT 服务业具有较明显的比较优势。2004 年，欧盟 ICT 产业的贸易逆差为 460 亿欧元，其中 ICT 制造业逆差 550 亿欧元，而 ICT 服务业顺差 90 亿欧元。[②]　但是，由于 ICT 产业包括的产品和服务种类繁多，各子部门及各生产环节在技术含量上并不均质，因此还需要对其贸易做进一步细分。就产品贸易而言，欧盟出口的多为电子仪器、科学设备等高质量产品，而进口多为计算机、电子元件、收音机、电视机和其他电子消费品，后者标准化程度更高、价格竞争也更激烈。虽然近年来欧盟 ICT 产品的出口价格经历了较大幅度的提高，但是贸易逆差并未随之大幅增加，这说明以质取胜的欧盟 ICT 制造业在国际竞争中还是比较成功的。而欧盟的 ICT 服务贸易也呈现出与产品贸易类似的结构。可见，虽然欧盟 ICT 产业在整体上呈现贸易逆差，但是贸易条件较好，其优势体现在高质量、高知识密集度的产品和服务上，这种贸易结构对提高欧盟的生产率是有利的。

从跨国投资与生产的角度看，生产流程的日益模式化使得全球价值链可依照各国各地的比较优势进行分割，而当前决定 ICT 产品或生产环节所在地的关键因素有两个：知识密集度和规模经济。知识密集度低、规模经济性强的产品或生产环节优先选择成本低的国家或地区；而知识密集度高、规模经济性较弱的产品或生产环节更加注重生产地的劳动力素质和规制环境。近年来欧盟 ICT 产业的资本流出和流入都非常活跃。资本流出最多的是办公与计算机设备、收音机与电视机，以及通信设备领域，其次是通信服务领域。欧盟 ICT 产业资本流出的动因主要是将生产转移至低成本国家或寻求更广阔的市场；而资本流入的主要动因则是利用欧洲知识密集的优势。另外，由于美国 ICT 制造业比例高、市场环境更有活力等原因，欧盟 ICT 产业对美国的生产性投资明显多于美国对欧的同类投资。

从跨国研发活动的角度看，一般而言，跨国研发活动主要有两个动因：一是市场方面的，即为国外的市场所吸引；二是知识和环境方面的，即东道

---

①　所谓显示性比较优势（RCA）指数，简单地说是指一个国家某种商品的出口值占该国所有出口商品总值的份额，与世界该类商品的出口值占世界所有商品出口总值的份额的比例。2004 年，欧盟 ICT 制造业的 RCA 指数为 0.55，美国为 0.85，日本为 1.05，中国为 1.5，韩国为 1.7，中国台湾为 1.9，新加坡为 2.7，菲律宾为 2.95。参见 European Commission, *European Competitiveness Report 2006*, Chapter 7, DG Enterprise and Industry, 2006, p. 137。

②　H. Meijers, B. Dachs, et al., "Internationalisation of European ICT Activities", Study commissioned by European Commission, Directorate-General Joint Research Centre, Institute for Prospective Technological Studies, Seville, 2006, p. 142.

国具有更高级的知识或其制度环境对开展研发活动更有利。目前欧盟 ICT 产业的绝大部分研发活动仍在欧盟内部进行，且欧盟企业大多仍认为母国是研发活动的最佳地点。[①] 在欧盟 ICT 企业的跨国研发中，大部分是在美国和日本进行的，主要是出于后者研发环境更好或者某类相关知识更有优势的考虑；而选择在中国、印度、东欧开展的研发活动则主要是出于开拓市场、与生产性投资相配合的目的。相对而言，转移到发达国家（尤其是美国）的研发活动尤其令欧盟感到担忧。

其次，我们再来分析 ICT 产业对欧盟劳动生产率增长的贡献。图 5 - 1 给出了 ICT 产业对整体经济劳动生产率增长的绝对贡献的国际比较，时间跨度为 1995 ~ 2003 年。观察可知，美国该指标为 0.8%，日本为 1.1%，而欧盟 15 国的整体指标为 0.4%，仅为美国的一半。虽然爱尔兰、芬兰等国的该指标均高于美国，爱尔兰甚至超过了 2.5%，但是其他成员国——尤其是德国、法国、英国、意大利四大国[②]——的该指标都很低，导致欧盟整体指标要低得多。从相对贡献来看，虽然欧盟劳动生产率增长中来自 ICT 产业的贡献占到 25%，但是，同期美国的这一比例高达 38%，欧盟明显落后。

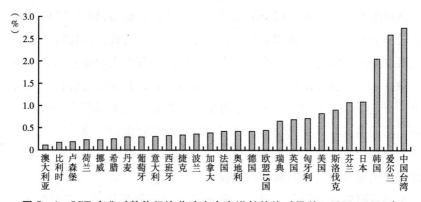

图 5 - 1　ICT 产业对整体经济劳动生产率增长的绝对贡献，1995 ~ 2003 年

资料来源：Groningen Growth and Development Centre，60-Industry Database，October 2005，转引自 European Commission，"Effects of ICT Production on Aggregate Labour Productivity Growth"，DG Enterprise and Industry，staff papers，Brussels，13 July 2006。

---

① European Commission，*European Competitiveness Report 2006*，Chapter 7，DG Enterprise and Industry，2006，p. 140.

② 2003 年，德国、法国、英国和意大利的 ICT 产业占欧盟 25 国 ICT 产业总产值的比重约为 73%，占欧盟 15 国的比重更大。参见 European Commission，*European Competitiveness Report 2006*，Chapter 7，DG Enterprise and Industry，p. 151。

某一行业对总体劳动生产率增长的贡献取决于两个要素，一是该行业在整体经济中的比重，二是其劳动生产率增速。该行业占整体经济的比重越大，劳动生产率增速越高，对总体劳动生产率增长的贡献就越大。由于欧盟多数成员国在这两个指标上都低于美国，其 ICT 产业对总体生产率增长的贡献也明显低得多。

图 5-2 给出了 ICT 产业增加值占 GDP 比重的国际比较，时间跨度仍为 1995~2003 年。欧盟 15 国的 ICT 产业占 GDP 比重约为 5%，低于同期美国的 7%，也略低于日本。此外，欧盟 ICT 产业在结构上与美、日也存在较大差异，主要是其 ICT 制造业的比例明显偏低。观察图 5-2，可以得出 ICT 产业总增加值中制造业与服务业的相对比例。欧盟 15 国的 ICT 制造业占 20%，ICT 服务业占 80%；美国 ICT 制造业占 35%；日本 ICT 制造业占到 1/2 强。由于大量的研发创新活动都发生在 ICT 制造业，其参与国际竞争的程度也远高于 ICT 服务业，因此，各国 ICT 制造业的生产率增长都远快于 ICT 服务业，一直是带动整个产业生产率增长的源泉。因此，可以说，欧盟 ICT 产业中制造业规模及比重偏低是该行业对生产率增长的贡献相对较低的一个重要原因。

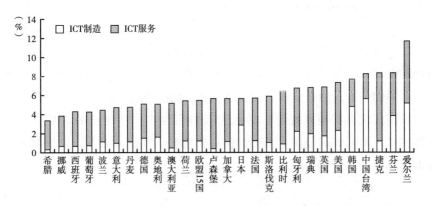

图 5-2　ICT 产业增加值占 GDP 比重的国际比较，1995~2003 年

资料来源：Groningen Growth and Development Centre，60-Industry Database，October 2005，转引自 European Commission，"Effects of ICT Production on Aggregate Labour Productivity Growth"，DG Enterprise and Industry，staff papers，Brussels，13 July 2006。

另外，表 5-1 给出了 ICT 制造业与服务业劳动生产率增长的国际比较，时间跨度仍为 1995~2003 年。观察该表有几个发现：第一，各国的 ICT 制造业劳动生产率增长都远快于 ICT 服务业；第二，欧盟 15 国 ICT 制造业的劳动生产率增长虽达到 18%，明显快于整体经济，但是与美国（24.8%）和日本（30.6%）相比仍明显落后，更是低于韩国（39.1%）和中国台湾（42.7%）等新兴经济体；第三，欧盟 15 国 ICT 服务业的劳动生产率增速虽低于日本，但是并不低于（甚至还略高于）美国，然而，由于 ICT 服务业的劳动生产率增长相对于 ICT 制造业要慢得多，仍难以弥补后者存在的缺口。由此可见，由于欧盟 ICT 制造业的相对规模和生产率增长都低于美、日，虽然其 ICT 服务业的相对规模较大且生产率增速并不低，仍无法扭转 ICT 产业对生产率增长的贡献偏低的整体态势。

表 5 - 1　ICT 制造业与服务业劳动生产率增长的国际比较，1995 ~ 2003 年

单位：%

国家/地区	ICT 制造业	ICT 服务业	国家/地区	ICT 制造业	ICT 服务业
欧盟 15 国	18.0	5.1	韩　国	39.1	7.6
美　国	24.8	4.9	中国台湾	42.7	15.8
日　本	30.6	6.2			

资料来源：Groningen Growth and Development Centre, 60-Industry Database, October 2005, 转引自 European Commission, "Effects of ICT Production on Aggregate Labour Productivity Growth", DG Enterprise and Industry, staff papers, Brussels, 13 July 2006。

综上所述，与发展中国家和新兴经济体相比，欧盟 ICT 产业处于全球价值链的上端，通过国际贸易、跨国投资和研发活动获得的利益较多，促进了其生产率的提升。但是，就发达国家之间而言，欧盟 ICT 产业的相对规模、吸引投资（尤其是研发投资）的能力及对劳动生产率增长的贡献都明显低于美、日，不利于其经济竞争力的保持和提升。在此背景下，欧盟 ICT 产业政策近年来不断得到加强。

第二节　欧盟信息通信技术产业政策的主要内容

欧盟 ICT 产业政策的目标是不断提升该产业的竞争力，这在 1984 年起实施的 ESPRIT 项目中就有明确体现。如果将 ESPRIT 项目视为其开端的话，那么，欧盟 ICT 产业政策明显早于 1990 年欧盟产业政策的正式启动，说明欧盟层面对于 ICT 产业的关注和重视较早。1994 年的班格曼报告 II 指出，为了在已现端倪的全球信息社会中占据重要一席，欧盟的当务之急是

为建设信息社会采取行动，该报告不仅对欧盟产业政策的早期发展起到了关键性作用，也成为欧盟 ICT 产业政策的基础性文件。至 1990 年代末之前，无论是对 ICT 产业的研发支持，电信业的自由化改革，还是 ICT 产业的标准化建设，欧盟 ICT 产业政策都将精力集中于对该产业的供给方施加影响。进入 21 世纪之后，新的 ICT 技术（尤其是互联网技术）的出现和迅速扩散提出了新的政策需求，同时里斯本战略也提出建设信息社会的目标，欧盟 ICT 产业政策开始关注需求方，注重促进 ICT 产品与服务的应用，通过刺激需求来提高该产业的竞争力。2000 年启动的两期电子欧洲行动计划都是需求政策的典型体现。2005 年新里斯本战略出台之后，欧盟启动了 i2010 计划，全称为"i2010：面向增长与就业的信息社会"。① 该计划试图改变之前 ICT 产业各领域政策各自为政的状态，努力从更加综合的角度为该产业制定整体发展战略。随后公布的 2005 年产业政策通报又对新形势下 ICT 部门政策的重点给出了指导。根据该通报的具体安排，欧盟委员会于 2006 年 6 月成立了 ICT 竞争力与应用特别工作组（ICT Task Force），其宗旨在于为 ICT 产业发展营造更有利的环境并促进 ICT 技术的应用。② 近几年欧盟的 ICT 产业政策基本上是在 i2010 计划和 2005 年产业政策通报的框架下推行的。

为了使其轮廓更加清晰，下文将从供给政策和需求政策两个方面来归纳与分析欧盟 ICT 产业政策的主要内容。

一　供给政策

直到 1990 年代末，欧盟 ICT 产业政策基本上是围绕供给方展开的。虽然近几年需求政策也逐渐受到重视，但是供给政策的重要地位并未改变，还取得了不少重大进展。归结起来，供给政策的最重要内容集中在以下三方面。

第一，对 ICT 产业的研发活动给予支持。由于 ICT 的高技术和扩散性特

---

① European Commission, "i2010—A European Information Society for Growth and Jobs", COM (2005) 229, June 2005.

② 这一工作组由 25 位来自 ICT 产业和其他相关机构（工会、商会、消费者、投资者和专家学者）的高级代表组成，目的在于与欧盟针对 ICT 的其他行动计划相互配合，共同促进 ICT 产业竞争力的提高。工作组的具体任务包括：确定不利于提高 ICT 产业竞争力及其应用的阻碍因素；推动 ICT 产业和成员国对这些阻碍因素的认识；尽可能地给出相应的政策建议。

征，世界各国的 ICT 产业政策几乎都将研发支持放在了首要地位。欧盟 ICT 产业政策最初就是由以支持研发和创新为核心内容的 ESPRIT 项目开始的。追溯起来，1980 年代欧盟在开发和利用高新技术方面就已明显落后于美国和日本：一方面，在研发投入上偏低；另一方面，也是更重要的，各成员国科技发展政策和活动各行其是，缺少协调，导致一些领域存在严重的重复研究现象，无法发挥整体优势。ICT 产业的情况也是如此。鉴于这一状况，欧盟支持 ICT 研发的政策从一开始就明确了两个方向：第一，为 ICT 研发提供财力支持；第二，努力推动成员国（包括政府和企业）之间在技术开发上的交流与合作。ESPRIT 项目就明确规定，申请资助的项目必须由来自至少两个成员国的企业、大学或研究机构联合承担，申请资金额上限可达到该项目总预算的 50%。

从 1980 年代中期至今，欧盟对 ICT 技术创新的支持基本上是通过一系列大型研发项目来实施的，主要包括 ESPRIT 项目、RACE 项目[①]、ACTS 项目[②]、Telematics 应用项目[③]，以及 IST 项目[④]等，而这些项目又都处于欧盟科技框架计划的统筹之下。[⑤] 表 5 - 2 给出了第一至第七科技框架计划对 ICT 研发项目的支持概况，据此有以下几个发现。其一，从第一框架计划投入 7.5 亿欧元至今，ICT 研发占同期框架计划预算的比例一直相当高。虽然这一比例并未呈现上升的趋势，但是从绝对额上看，ICT 研发始终是框架计划的最重要支持对象，尤其是第七框架计划下的投入大幅增至 97 亿欧元，比第一框架计划增加了 10 多倍。更重要的是，这些研发投入还通过联合资助（co-finance）方式带动了大量私人 ICT 研发投资，同时也促进了成员国之间的技术交流与合作。其二，自第五框架计划开始，欧盟将之前分立的多个 ICT 研发项目进行了整合，这主要是为了适应 ICT 技术发展的融合趋势，更加注重 ICT 产业内各领域在技术创新上的协同与互补。

---

① RACE 项目全称为 Research and Development in Advanced Communications Technologies in Europe，即欧洲高级通信技术研究与开发项目。

② ACTS 项目全称为 Advanced Communications Technologies and Services，即高级通信技术与服务项目。

③ Telematics 应用项目全称为 Telematics Application Programme，即远程信息通信应用项目。

④ IST 项目全称为 Information Society Technologies Programme，即信息社会技术项目。

⑤ ESPRIT 项目于 1982 年获得批准，第一期项目于 1984 年正式启动，当时并未编入科技框架计划；1987 年，ESPRIT 项目与刚刚启动的 RACE 项目同时被编入第二科技框架计划，正式进入到框架计划当中。其他 ICT 研发项目都是在框架计划之下开展的。

其三，ICT 研发项目由最初主要关注 ICT 本身逐渐向注重技术的应用性转型，并强调提高研发体系的效率，更加强调 ICT 技术创新对于提高欧盟经济整体竞争力的作用和适应建设信息社会的需要，体现了 ICT 研发与欧盟经济社会总体发展战略的契合。

表 5－2　欧盟 ICT 研发项目及预算一览表

欧盟科技框架计划			ICT 研发项目		
序号	年份跨度	总预算（亿欧元）	项目名称	总预算（亿欧元）	预算额占框架计划比例（%）
1	1984～1987	37.5	ESPRIT	7.5	20
2	1987～1991	53.96	ESPRIT，RACE	21.5	39.8
3	1990～1994	57	ESPRIT，RACE	22.2	38.9
4	1994～1998	132.15	ESPRIT，ACTS，Telematics	36.7	27.8
5	1998～2002	150	IST	36.0	24
6	2002～2006	178.83	IST	36.3	20.3
7	2007～2013	505.21	ICT element of the Cooperation and Capacities programme	97.0	19.2

资料来源：根据欧盟官方网站数据整理。其中在第七框架计划确立的四大类项目（合作、研究能力、原始创新、人力资源）中，ICT 研发投入主要来自"合作"与"研究能力"两大类项目。

除了对 ICT 研发给予财政支持外，欧盟还利用技术平台等协调方式定期将该产业各利益相关者召集起来，讨论在开发新技术与新设备方面遇到的难题。目前在 ICT 产业的不同领域共发起了 9 个技术平台，欧盟委员会正在呼吁加强各技术平台之间的联系，以便更好地发挥协同效应。[①]

第二，对电信业的自由化改革与统一规制。电信（Telecommunications）在欧盟 ICT 产业中占有重要地位，2006 年其营业额达 2890 亿欧元，占 ICT 产业总营业额的 44.5%。从国际竞争力上看，欧洲的电信设备制造与服务都处于世界领先地位，集中了爱立信、诺基亚、西门子、阿尔卡特等世界著名电信设备制造商和沃达丰、英国电信、德国电信、法国电信、意大利电信、西班牙电信等多家业务量居世界前列的电信运营商。这在很大程度上得益于最近二十年来该领域的自由化改革和统一规制进程。

由于具有网络性和规模经济的特征，电信业在诞生后的相当长时期内被

① 有关技术平台的目的和运行机制的具体情况，将在第八章做详细归纳。

认为是自然垄断行业，在很多国家实行国有垄断经营。但是，1980 年代初以来，电信技术迅速发展，新服务不断衍生，电信网络和服务范围大大拓展，自然垄断的特征逐渐淡化，而统一大市场建设的启动也要求各成员国相互开放电信市场，在此情况下，欧盟开始了电信业自由化改革。1987 年，欧盟委员会公布了"通向有活力的欧洲经济——电信服务与设备共同市场发展绿皮书"，其宗旨是要逐步放开欧洲电信市场，建立与竞争环境相适应的新体制框架，这被公认为是影响国际电信改革进程的最重要事件之一。①依照绿皮书精神及随后通过的终端设备指令和服务指令，1988 年欧盟最先放开了电信终端设备市场的竞争，随后又放开了部分电信业务市场；截至 1993 年全球信息化浪潮兴起之际，电信增值业务和数据通信已在大多数欧盟成员国之间放开竞争。之后在 1994 年班格曼报告 II 的推动下，欧盟又陆续修订了终端设备指令和服务指令，将竞争引入卫星、有线和移动通信等领域。1998 年 1 月 1 日，作为 WTO《基础电信协议》的倡导者之一，欧盟完全放开了包括语音电话和电信基础设施在内的电信业竞争，除对个别网络小或欠发达的国家设定 2 ~ 5 年的过渡期外，要求各成员国都要对其他欧盟伙伴开放电信市场。在此背景下，为了更好地保证电信统一市场的发展、将自由化进程扩展至整个电子通信业（eCommunications），2002 年欧盟颁布了以"关于电子通信网络和业务的共同行政管理框架的指令"（简称"框架指令"）为主体的共五个指令②，从而建立了较完备的电子通信业规制框架。这一规制框架一直沿用至今。③

总体而言，过去二十年欧盟的电信自由化改革及规制政策取得了明显的成绩：首先，竞争有力地推动了投资与创新，使得该领域在国际竞争中保持了优势地位。同时，电信技术进步和竞争加剧的溢出效应还明显地促进了整

---

① European Commission, "Towards a Dynamic European Economy—Green Paper on the Development of the Common Market for Telecommunications Services and Equipment", COM (87) 290, 1987. 该绿皮书的主要内容包括：在网络基础设施运营上，明确划分垄断与竞争的界限，将垄断业务的范围缩小至语音电话，放开其他业务的竞争；对竞争业务提出明确和透明的入网要求，以促进网络的开放性；在欧盟内部放开终端设备市场的竞争；等等。

② 除了"框架指令"（Framework Directive, 2002/21/EC）外，还包括"接入指令"（Access Directive, 2002/19/EC）、"授权指令"（Authorisation Directive, 2002/20/EC）、"普遍服务指令"（Universal Service Directive, 2002/22/EC）和"电子隐私指令"（e-Privacy Directive, 2002/58/EC）。

③ 欧盟电信业改革的概述可参考欧盟官方网站，http://ec. europa. eu/information_ society/ policy/ecomm/history/index_ en. htm。

个 ICT 产业（包括制造和服务）国际竞争力的提高。其次，由垄断向竞争格局的转变保护了欧洲消费者的利益。竞争推动了电信产品和服务价格大幅下降，这在过去的十年里尤为明显。2006 年欧盟 15 国的电信服务名义资费比 1996 年下降了 27%，剔除价格因素后的真实资费下降达 40%。① 值得一提的是，针对一直居高不下的跨境移动电话漫游费，欧盟于 2007 年 6 月颁布了"漫游指令"，为欧盟内部漫游拨打和接听电话设定了资费上限，至 2008 年 6 月，欧盟境内的手机漫游费最高降幅达 60%，目前该指令的实施已扩展至手机短信漫游费和上网漫游费。电信资费的大幅下降不仅使普通消费者受益，也直接降低了欧盟境内企业的经营成本。

　　然而，目前欧盟电信市场仍存在诸多发展障碍：其一，一些领域仍存在竞争瓶颈，尤其是在宽带网络和服务市场。其二，因 27 个成员国的规制体系缺乏一致性，欧盟电信企业的跨境经营和泛欧业务一直难以全面展开。其三，欧盟对无线频谱的管理不够完善，导致其利用效率不高，对于挖掘电信业的竞争潜力很不利。其四，对于不断涌现的新服务，如网络电话（VOIP）和网络电视等，现有规制框架存在盲区。针对上述问题，依据 i2010 计划中"完善欧洲单一信息空间"目标的要求，欧盟委员会于 2007 年 11 月提出了一份新的电信规制改革草案，主要包括在必要时对大型主导运营商实施"功能拆分"、成立单一规制机构"欧洲电信市场管理局"、赋予消费者更多权利、推动频谱交易自由化等重要举措。② 由于改革牵涉的利益方纷繁复杂，公布后遭遇的阻力较大。经过近两年的讨论与磋商，该草案经部分修改后于 2009 年 11 月最终获得理事会和欧洲议会的批准。之后，超国家的"欧洲电信监管机构"（Body of European Regulators for Electronic Communications，BEREC）于 2010 年 1 月正式成立，取代了之前松散的各国监管机构联盟，其他各项促进竞争、保护消费者权益的改革措施也开始逐步在成员国加以落实。无论从欧盟电信业自身发展还是内部大市场建设的角度看，这次改革都将成为一个重要的里程碑。

　　第三，ICT 产业标准化（standardization）建设，也即制定 ICT 领域的统

---

① European Commission, "Impact Assessment—accompanying document to COM（2007）697, COM（2007）698, COM（2007）699, SEC（2007）1473", Commission Staff Working Document, SEC（2007）1472, p. 12.

② 欧盟此次电信规制改革的具体内容可参考欧盟官方网站：http：//eur - lex. europa. eu/ JOHtml. do? uri = OJ：L：2009：337：SOM：EN：HTML。

一技术标准。就内部而言，由于 ICT 产业所涵盖的电信技术等具有网络性的特征，同时不计其数的 ICT 产品与服务之间存在着互通性（interoperability）和兼容性（compatibility）的需求，因此，标准化对于完善该产业内部市场必不可少。从外部来看，标准化建设有利于欧盟参与 ICT 国际技术标准的制定，从而改善对外贸易和投资环境。简言之，标准化既是欧盟建设 ICT 产业内部大市场的关键举措，又是提高其国际竞争力的重要手段。

目前，欧盟标准化建设的法律基础是共同体指令 98/34/EC，其中也包括了对 ICT 领域标准化的规定。该指令的最重要内容是正式确认了三家标准组织——欧洲标准化委员会（CEN）、欧洲电工标准化委员会（CENELEC）和欧洲电信标准协会（ETSI）为欧洲官方标准组织，将制定欧洲产品和技术标准的权力正式授予它们。ICT 行业的大多数技术标准由欧洲电信标准协会制定，同时由于 ICT 产品和服务繁多复杂，与其他两个组织也存在不同程度的联系。在实际运作中，上述三个标准化组织是依照 1980 年代中期起开始应用于欧洲标准化领域的"新方法"工作的。"新方法"不同于由共同体负责颁布详细统一技术标准的"旧方法"，而是由欧盟官方标准化组织负责规定广义产品领域的"最主要技术标准"，产品只要符合"最主要技术标准"就可以在欧盟自由流通。这一方法具有较好的灵活性，也有利于刺激企业参与标准的制定。另外，成员国的标准制定机构一般都是上述三个标准化组织的成员，因此在推动政府将标准落实到本国法律上也很积极。上述诸因素使得欧盟 ICT 标准化政策得以取得较大进展。

具体而言，欧盟 ICT 标准化实践是市场导向型的，由产业根据自身对市场需求的判断提出具体标准，并接受市场的检验。通常来说，大多数技术标准在由标准化组织正式确认之前就已应用并得到较好的市场反响，成为事实上的标准。欧盟委员会在此过程中主要扮演倡议者和协调者的角色，如支持举办相关的开放式论坛，为企业提供交流平台，使其更好地认识客户需求、更积极地参与国际技术标准的制定。[1] 迄今为止，欧盟 ICT 标准化取得的最大成绩是制定了全球移动通信系统（GSM）标准。1980 年代末，具有论坛性质的欧洲邮政电信管理公会（CEPT）经讨论，决定开发一个移动电话的共同技术标准，并命名为 GSM 标准。作为该标准的主要开发者之一，诺基

---

[1] Oscar Schouw, "European Policy and Specific Sectors", in Michael Darmer and Laurens Kuyper (eds.), *Industry and the European Union: Analysing Policies for Business*, 2000, p. 333.

亚公司于 1991 年首先取得了成功，第一个 GSM 电话就是通过诺基亚手机及其通信网络连通的，这为诺基亚日后成为世界 GSM 网络供应商中的领军企业奠定了坚实的基础。到 1999 年，诺基亚公司就已向 39 个国家的 87 家移动运营商提供 GSM 技术，成为世界 ICT 领域的领军企业之一；同时，GSM标准不仅成为欧洲标准，也与 CDMA1x 并列成为事实上的第二代移动通信技术的国际标准，被 130 多个国家的 200 多个运营商采用。[①] 这不仅有力推动了欧洲移动通信市场的统一进程，也提升和巩固了欧洲在该领域的国际竞争力。近几年，基于 GSM 标准的欧洲第三代移动通信技术（3G）标准UMTS 已占据了相当大的世界市场份额，其中开发最早、最完善的首选空中接口 WCDMA 已为欧洲、亚洲和美洲的 3G 运营商广泛选用。毫无疑问，欧盟电信技术标准已对世界电信业发展产生了深刻的影响。

欧盟反复强调，若要不断提升其 ICT 产业的国际竞争力，就必须在标准化领域处于领先地位。因此，欧洲正在密切关注移动通信技术的未来发展趋势，并积极主动地参与国际标准的制定。近几年来，ICT 技术进步的速度及内部大市场的不断深化都向传统的标准化机制及其效率提出了挑战，为应对这一状况，自 2006 年起，欧盟委员会每年都制定 ICT 标准化的年度工作计划。2007 年，欧盟委员会又对 ICT 标准化政策的现状与不足做了重新评估，旨在为新的政策修改方案做准备。[②]

二 需求政策

在两期电子欧洲计划中，欧盟 ICT 产业政策明显加强了需求刺激，而i2010 计划更加突出了需求政策的重要性。

电子欧洲计划始于 2000 年，是作为实施里斯本战略的一个重要部分提出的，全称为"电子欧洲：面向所有人的信息社会"，共分为两期，2000～2002 年为第一期（e-Europe 2002），2003～2005 年为第二期（e-Europe2005）。该计划是对里斯本战略提出的建设信息社会目标的回应，从 ICT 产业政策的角度来看，则是试图通过促进 ICT 应用的方式，从刺激需求的角度促进该产业的创新能力和竞争力。

---

① Oscar Schouw, "European Policy and Specific Sectors", in Michael Darmer and Laurens Kuyper (eds.), *Industry and the European Union: Analysing Policies for Business*, 2000, p. 333.

② European Commission, "Final Report of the Study on the Specific Policy Needs for ICT Standardisation", ENTR/05/59, 2007.

电子欧洲 2002 计划提出时确定了三大目标：第一，提供更低廉、更快速、安全的互联网接入；第二，投资于人与技能，加强欧洲公民对信息社会的参与；第三，促进互联网应用。在此框架下，共设定了 64 个子目标及相应的配套计划，可谓雄心勃勃。到 2002 年底，该计划的第一个目标基本实现，90% 以上的企业和学校实现了互联网接入，50% 以上的欧洲人成为互联网的经常用户，家庭互联网接入率由 2000 年的 18% 增至 43%。① 这为 ICT 应用的进一步推进创造了必要的基础设施条件。然而，其间互联网泡沫破灭给 ICT 产业带来的巨大打击使得该计划的实施也不可避免地受到了影响。第二、三个目标都未能很好实现，也未如预期那样明显带动投资和经济增长。即便如此，该计划仍是欧盟正式表明重视 ICT 需求的开端，它提出的电子商务（e-Commerce）、在线政务（Government online）、在线医疗（Health online）、电子包容（e-Inclusion）以及更安全的互联网等计划都继续成为电子欧洲 2005 计划的重点内容。

电子欧洲 2005 计划是 2002 计划的后续。基于电子欧洲 2002 计划的执行情况，欧盟认识到需求的缺乏无法带来预期的 ICT 产业创新及进一步的应用，也就很难缩小欧盟在生产率增速上与美国的差距。鉴于网络基础设施投资与新服务投资之间的高度相互依赖性，② 同时两者都主要依赖私人部门的事实，电子欧洲 2005 计划集中于从刺激需求入手，以期在两者之间建立起良性互动。相比之下，这一计划更加突出重点，行动范围有所缩小，主要分为两类：第一，刺激在线服务和内容的提供；第二，促进宽带网络的铺设，保证信息基础设施的安全。其中第一类是典型的需求刺激政策。对此，欧盟主要采取了以下两方面的行动：一是促进在线公共服务的提供，重点是电子政务、电子教育服务和电子医疗服务；二是努力为电子经营（e-Business）的发展营造有活力的环境。在上述在线公共服务中，电子政务一直在欧盟和成员国的信息社会政策中处于核心位置，取得的成绩也最明显。欧盟层面的措施主要是对成员国和地区层面给予补充，包括通过相关项目促进各国行政管理机构之间交换信息、支持各机构之间工作流程的对接和标准化，以及泛

---

① European Commission, "eEurope 2002 Final Report", COM (2003) 66, Feb. 2003, pp. 4 – 6.

② 一般而言，开发新的在线服务需要私人部门的大量投资，但是这会遇到一个两难问题：一方面，由于服务创新需要借助网络为载体，从而私人投资是否向开发更多的高级服务倾斜取决于网络的普及率；另一方面，投资于网络基础设施是否有利可图又依赖于新服务的多寡。

欧服务的提供等。电子教育计划的目的在于使更多的教育能通过网络来进行，措施包括支持设备的提供、教师培训、教育研究以及电子教育内容和服务的开发等。面临人口老龄化的挑战以及医学的进步，欧盟的医疗预算在不断膨胀，在这种情况下，国家层面、地区层面乃至私人诊所都需要通过 ICT 技术来尽量降低行政费用、提供远程医疗服务、避免重复检查等。在电子医疗方面，通过之前的 Telematic 项目和 IST 项目的研发，欧洲已具备了相关的技术基础，而电子医疗卡、医疗信息网络建设以及在线诊疗等成为电子欧洲 2005 计划的重点内容。电子经营不仅包括电子商务，还包括有效地利用数字技术重组商业流程，这都涉及对 ICT 的高效广泛应用。由于电子经营的主体是私人部门，因此，欧盟的政策重点在于为其营造一个有利的环境。自 1997 年有关电子商务的通报公布以来，欧盟在电子经营环境方面已经发展出了一套比较全面的政策，电子欧洲 2005 计划中的措施包括进一步确认和清除企业进行电子经营的妨碍因素、支持中小企业采用电子经营、通过公私合作的方式培训欧洲公民的电子技能、推动成员国间电子经营解决方案（包括交易、安全、签名、采购和支付等）的互通，建立一个泛欧的在线争端解决机制以确保消费者的信心等。①

如果说电子欧洲计划开始注重促进 ICT 产业的需求方，且将之作为努力重心的话，那么 i2010 计划则标志着欧盟 ICT 产业政策正式开始走向整合，更加注重各项政策工具之间的配合与协同。i2010 计划确立了三大支柱：第一是创建欧洲单一信息空间，推进开放竞争的信息社会和媒体内部大市场建设；第二是加强 ICT 研究与创新，以促进经济增长，创造更多更好的就业；第三是建设一个具有包容性的欧洲信息社会，在可持续发展的理念下不断完善公共服务和提高人们生活质量。② 总体而言，第一、第二支柱主要是供给政策，而第三支柱是典型的需求政策。在第三支柱下，欧盟的行动包括进一步强化完善电子公共服务的措施、切实执行电子包容计划、鼓励利用 ICT 提高人们生活质量等。电子包容计划的目的是让最广大范围的欧洲公民参与到信息社会中，享受到科技与社会进步的成果，而不是被排斥在外，如帮助落后地区居民和残疾人使用互联网并为其提供特殊服务等。在

---

① European Commission, "eEurope 2005: An Information Society for All, Action Plan", COM (2002) 263, June 2002.

② European Commission, "i2010—A European Information Society for Growth and Jobs", COM (2005) 229, June, 2005, p. 4.

i2010 计划中，电子包容计划的重要性得到大幅提升。同时，保证网络用户的安全也是欧盟政策的重点，目前欧盟已颁布了一系列规范在线经营和保护消费者权益的指令，并出版了一本解释数字环境中用户权利与义务的指南。在利用 ICT 提高生活质量方面，欧盟提出了三个最重要的关注点：一是要适应老龄化社会的特殊需求；二是开发智能型汽车（更加智能、安全和清洁的汽车）；三是通过 ICT 来传播欧洲的多样文化。另外，i2010 计划的第二支柱中提出要通过政府采购加大对 ICT 创新的支持，也体现了刺激需求的用意。考虑到目前各成员国政府采购市场的高度割裂，这一计划主要是在成员国层面开展，在欧盟层面形成开放竞争的政府采购市场难度较大。

综上所述，可将欧盟 ICT 产业政策中刺激需求的措施归纳为以下几个方面。第一，通过促进相关基础设施的铺设，为 ICT 需求政策的实施创造必要前提。一方面，为刺激私人部门进行基础设施投资，欧盟进行了一系列促进竞争的规制性改革；另一方面，对于私人投资回报较低的边远地区，则主要通过地区基金和欧洲投资银行融资等渠道来进行公共投资。第二，通过不断完善电子公共服务的方式，推动公民对网络服务的需求，同时通过政府采购间接促进 ICT 的技术创新。第三，为企业电子经营的发展创造良好的环境，推动中小企业积极进行电子经营。第四，通过培训等方式提高劳动者的 ICT 应用技能。第五，通过一系列指令来规定用户使用 ICT 产品与服务的权利和利益，提高网络使用的安全性与消费者信心。

对于上述各项需求刺激措施，欧盟委员会的作用主要体现于两个层面：第一，利用欧盟层面的立法提案权和财政预算，对成员国的政策起到指导、协调和补充的作用；第二，对于成员国和地区层面实行的大部分具体措施，主要通过"标准化"（benchmarking）方法，通过确定共同目标、制定战略、确定最佳实践以及同行评议等具体办法来促进其在政策执行上的交流、竞争和共同进步。

第三节　小结

本章选择了既是当代高新技术产业的代表性部门，同时又对欧盟经济的竞争力和发展前景尤为关键的 ICT 产业，对欧盟产业政策做了案例研究。前两节详细考察了欧盟 ICT 产业的发展状况、竞争力、欧盟层面针对该产业的供给政策和需求政策等，从而基本上完成了对欧盟 ICT 产业政策研究的主体任务。鉴于 ICT 产业的技术复杂性及对欧盟经济社会的特殊意义，要对欧盟的 ICT 产业政策做出适当的评价与展望并不容易。以下试图总结前文，努力给出有关该政策的性质、效果、特色及发展趋势的几点基本结论与认识。

第一，从实施时间和地位上看，ICT 产业政策明显走在了欧盟产业政策的前面，这一方面是指 ICT 产业政策在实施时间上明显早于 1990 年欧盟产业政策的正式启动，另一方面，也是更重要的，ICT 产业政策不仅在地位上居于欧盟产业政策的部门政策之首，而且在很大程度上明确了后者的前进方向，推动了其前进速度。这既说明了欧盟层面对 ICT 产业本身的高度重视，也体现了欧盟将 ICT 产业政策与其经济社会的整体发展战略相结合的考虑。另外，根据前文的归纳与分析，从政策目标上看，欧盟 ICT 产业政策旨在提高该产业的竞争力，这可看做欧盟产业政策整体目标在 ICT 产业上的具体体现；从实施方式上看，欧盟的 ICT 产业政策明显不同于传统的直接干预式产业政策，不论是供给政策还是需求政策，都在第四章归纳的欧盟产业政策各项政策工具的范围之内，大体上可以看做横向产业政策在 ICT 部门的应用。总而言之，欧盟针对 ICT 部门的产业政策是在其整体产业政策的框架下推行的。

第二，从近年来 ICT 产业部分领域的国际竞争力来看，在电信、嵌入式计算、微电子和纳米电子、微系统、智能集成系统等领域，欧盟具有明显的技术优势，相关的科学研究在整体上也处于世界前列。[①] 由于欧盟 ICT 产业政策与成员国政策并行存在，且相对于后者发挥着补充和协调的作用，因此，上述成绩究竟在多大程度上可归功于欧盟层面的政策很难给出确切的判断。然而，至少可以认为，欧盟 ICT 产业政策在某些领域的确取得了一些切实的成效：其一，虽然欧盟的 ICT 研发投入相对落后，但是有限的投入和相应的协调功能仍取得了一些成绩；其二，电信市场的自由化、规制改革、标准化以及相应的需求政策也的确为该领域带来了活力，提升了竞争力。但是，与其主要竞争对手美国相比，欧盟在 ICT 产业其他领域的表现却有些不尽如人意。尤其是在处于 ICT 产业基础乃至核心地位的计算机和软件领域，

---

① ISTAG（Information Society Technologies Advisory Group）， "Shaping Europe's Future through ICT"，March 2006，p. 16.

美国在技术创新和国际市场份额等方面始终占据绝对领先地位，近几年美国相对于欧洲的这一优势甚至出现扩大的势头。另外，虽然近几年的 ICT 需求政策取得了较大进展，但是目前欧洲企业和居民对于 ICT 的接受度和对相关新技术的应用速度仍明显落后于美国。① 上述状况使得欧盟 ICT 产业的整体竞争力与美国相比仍处于落后地位，同时，该产业对总体劳动生产率增长的贡献明显偏低的态势也难以在短期内改变。②

第三，欧盟 ICT 产业整体竞争力及其对生产率增长贡献相对欠佳，至少可从以下几方面寻找原因。其一，与主要竞争对手相比，欧盟 ICT 产业发展的最大劣势恐怕还是缺乏统一的内部市场。虽然欧盟在推进内部统一市场方面已迈出了关键性的步伐，如取消关税、引入欧元等，但是至今成员国市场之间的割裂状况并未从根本上改变。对于 ICT 产业而言，虽然也采取了不少措施促进市场的统一，并取得了一些明显进展，但是至今欧盟内部的规制统一程度与民族国家仍存在相当大的差距。这使得 ICT 企业在泛欧经营时不得不面对不同类型、层次的规制壁垒，运营成本居高不下，抑制了投资积极性。其二，欧盟 ICT 研发投入不足，长期低于美、日等主要竞争对手。从绝对额上看，欧盟的 ICT 研发投入比美国低约 40%，也低于日本；就 ICT 研发投入占 GDP 的比重而言，欧盟也明显落后于美、日。③ 虽然欧盟在第七科技框架计划中已将 ICT 研发投入大幅增至 97 亿欧元，但是仍很难改变这一落后局面，因为 ICT 研发投入增加的关键在于私人部门，而欧盟私人部门 ICT 研发投入与美、日相比一直明显偏低且增长缓慢。实际上，这一状况在很大程度上也与内部市场的割裂有关，市场割裂在抑制了企业创新积极性的同时，又造成大量研发资源的浪费和低效配置。④ 考虑到 ICT 产业既是先导性产业，又是最重要的基础性产业，欧盟 ICT 研发投入的这一落后状况的确不容乐观。其三，欧盟的市场活力不足，尤其是生产要素市场（以劳动力

---

① European Commission, "Fostering the Competitiveness of Europe's ICT Industry", EU ICT Task Force Report, Nov, 2006, p. 3.

② 值得注意的是，即便是在欧盟长期占据国际领先地位的电信设备领域，近几年的竞争格局似乎也发生了一些不利于欧盟的变化，尤其是在竞争日益激烈的智能手机领域，自 1998 年即成为全球最大手机制造商的诺基亚公司正在逐步丧失优势。

③ ISTAG (Information Society Technologies Advisory Group), "Shaping Europe's Future through ICT", March 2006, p. 16.

④ Euroepan Commission, "Creating an Innovative Europe", Report of the Independent Expert Group on R&D and Innovation chaired by Mr. Esko Aho, Jan. 2006, p. 5.

市场为代表）规制过重，抑制了企业的 ICT 投资和必要的配套投资。[①] 其四，欧盟与成员国乃至地区层面的政策之间协调不足，导致 ICT 产业政策效应难以充分发挥也是一个不容忽视的因素。实际上，这些因素并不限于 ICT 产业，也是欧盟经济整体面临的挑战。

第四，除了实施方式和政策工具的特点之外，欧盟 ICT 产业政策另有一个重要的值得关注与思考的特色之处，那就是强调 ICT 产业发展须尊重欧洲基本价值观与欧洲经济社会模式，注重该产业发展的经济和社会可持续性。虽然对于欧盟内部是否存在统一的经济社会模式始终存在争议，但是各不同的子模式[②]之间在一点上确有共识，那就是经济效率与社会公正、竞争力与社会包容之间并不是非此即彼的冲突关系，相反，它们是可以共存的。因此，欧洲经济社会模式一直特别重视社会公正与社会包容的价值。近年来，欧盟越来越意识到 ICT 技术进步对其基本价值观和经济社会模式提出的挑战，从而开始重视该产业发展中的价值观因素。[③] 这方面的典型政策是旨在反对社会排斥的电子包容计划。此外，欧盟还倡导公共和私人部门在 ICT 技术创新中更多地考虑反映欧洲价值观的因素，特别重视保护消费者隐私和权益、提高生活质量、解决重要社会难题等内容，并强调这类技术创新将成为欧洲 ICT 产业未来国际竞争力的重要源泉。另外，2005 年产业政策通报确定的 ICT 部门政策还突出了与保护环境有关的内容，主要涉及 ICT 制造部门的废物处理等。虽然欧盟试图将 ICT 产业发展打上其经济社会模式的烙印尚需更多切实的努力，但是，提出这些理念已具有一定的率先意义，也使其 ICT 产业政策具有了典型的"欧盟特色"。

---

① 这里的配套投资包括组织结构变革、工作流程重组、开展员工教育培训等。大量经验研究表明，ICT 投资若要取得促进生产率增长的预期效果，须有相应的配套投资，有学者将企业 ICT 投资本身带来的成本降低和效率提高称为"硬节约"（hard savings），而将其配套投资带来的成本下降和效率提高称为"软节约"（soft savings），而认为导致欧盟在配套投资上表现欠佳的重要原因是缺乏有活力的市场环境。参见 Bart van Ark and Robert Inklaar, "Catching up of Getting Stuck? Europe's Troubles to Exploit ICT's Productivity Potential", No. GD – 79 of GGDC Research Memorandum, Groningen Growth and Development Centre, University of Groningen, Sep. 2005; Dirk Pilat, "The Economic Impacts of ICT—A European Perspective", paper prepared for conference on IT Innonvation, Hitotsubashi, 13 – 14 Dec. 2004。

② 如欧洲大陆模式、北欧模式、南欧模式以及盎格鲁 – 撒克逊模式等。

③ ISTAG（Information Society Technologies Advisory Group）, "Shaping Europe's Future through ICT", March 2006, p. 4.

第五，总结欧盟 ICT 产业政策的发展演变可以发现：2005 年之前，该政策大体上可归结为较为温和且分散的一系列规制性和刺激性措施；2005 年新里斯本战略启动之后，该政策开始正式走向整合，更加注重各项政策工具之间的协同与配合。在 i2010 计划和 2005 年产业政策通报的统筹之下，第七科技框架计划大幅增加了 ICT 研发投入，在通过了一份甚至被称为"激进"的电信规制改革方案的同时，又对 ICT 标准化政策做了重新评估，同时需求刺激政策也向更加全面、深入的方向发展，可谓"多管齐下"。

总之，近几年欧盟 ICT 产业政策正在由分散走向整合，由专注于供给方转向供求兼顾，由温和转向力度加大，这一转变能否在未来取得实效，将是欧盟能否保持与提升经济竞争力、成功向信息社会转型的关键所在。

第六章 欧盟产业政策之案例研究二：纺织服装业

　　除了高新技术产业之外，所谓的"传统产业"近年来也备受人们关注，相应的产业政策在欧盟产业政策体系中也占据了重要地位。为了更加全面地把握欧盟产业政策，本章将选取传统产业中的代表性部门——纺织服装业（Textiles and Clothing Industry），就欧盟旨在推动其结构转型、提升其竞争力的政策进行专门分析。

　　虽然学术界对于产业政策合理性的争议始终存在，但是，鉴于现实经济中产业政策实践的普遍性，这一领域的更多争论是在承认产业政策存在的前提下，对它应持何种理念、应采取何种实施方式和何种具体措施等展开的讨论。事实上，由于各国的政策实践纷繁复杂，学术界在这些问题上更是难觅共识。当涉及所谓"传统产业"时，上述争论似乎更加激烈。由于近年来发达国家的传统产业大都经历着深刻的结构变革，增长前景暗淡的同时伴随着就业岗位的大量流失，尤其是在遭遇内外部经济冲击时，结构变革往往会引起较剧烈的震荡，也更容易转化为较强的社会压力乃至政治压力，因此，发达国家针对这类产业的政策常常会带有较强的直接干预色彩。由于传统的直接干预式产业政策往往采取部门补贴和贸易保护等扭曲市场资源配置的措施，其效果及伴生的负面效应在学术界已广受诟病。根据前文的论述，欧盟产业政策遵循市场导向的基本理念，基本上放弃了传统的对具体部门的直接干预，强调为工业发展和提升竞争力创造良好的环境。对于大多数传统产业而言，欧盟产业政策的首要任务是推动其结构转型和升级。鉴于此，选择一个传统产业作为案例，分析欧盟如何在政策上推动其结构转型与升级，无疑有助于更深刻地理解欧盟产业政策的基本理念和实施方式的特点。纺织服装业就是传统产业的典型代表之一。

　　从中欧贸易结构与前景上看，选择纺织服装业对欧盟产业政策做进一步的剖析也具有一定的现实意义。2005 年 1 月 1 日起，实行了三十多年、带有强烈贸易保护色彩的《多种纤维协定》（Multi-Fibre Agreement，MFA）走到了尽头，世界纺织和服装产品贸易正式纳入 WTO 的规则之中，取消了配额制，进口国也不能再对出口国实施歧视性待遇。对于欧盟纺织服装业而言，这无疑意味着更加激烈的外部竞争。鉴于中国既是世界第一大纺织服装产品出口国，又是欧盟纺织服装产品的第一大进口来源地，随后出现的中欧纺织品贸易争端并不难理解。至于 2005 年 6 月中欧就 2007 年底之前双边纺织品贸易达成的协议，从中国的角度看，更多的是出于维护中欧贸易关系全局的战略性考虑，从欧盟的角度看，则主要是为其纺织服装企业争取喘息之机，为正在进行的产业结构调整与升级争取时间。在此情况下，中国要做到"知己知彼"，对中欧纺织服装贸易的发展前景有个更加全面、客观的认识，就有必要更加深入地了解欧盟纺织服装业的发展状况和欧盟旨在推动该产业结构升级的政策。

就短期和中期而言，在欧盟产业内部受经济全球化冲击最大、面临的结构转型挑战最急迫的必然是包括纺织服装业在内的劳动密集型的产业部门或相关产业环节，而这些又往往是中国在国际市场上具有一定竞争力的产业。鉴于这些产业的结构转型和对外贸易自由度的提高会给欧盟带来较大的社会乃至政治压力，不难预见，在未来的一段时期内，中欧贸易越发展，在这些产业上的贸易摩擦也会越多。近几年中欧之间在鞋类和钢铁等产品上的贸易摩擦就是典型的例子。从这个意义上说，对欧盟针对纺织服装业的产业政策进行梳理和分析，对于我们认识中欧贸易在其他传统产业的表现及应对相关问题也会有一定的借鉴意义。

本章的结构安排大致如下：第一节分析近年来欧盟针对纺织服装业的产业政策的背景，首先归纳近年来欧盟纺织服装业发展的特点，进而分析其面临的内外部挑战；第二节首先梳理 1990 年代中期以来欧盟针对纺织服装业的产业政策的大致发展脉络，而后对其主要内容进行详细归纳与分析；第三节对欧盟纺织服装业产业政策的性质、特点及发展趋势做出简要总结与评价。

第一节 欧盟纺织服装业的特点及面临的挑战

回顾历史，纺织服装业①是西欧各国的传统优势产业之一。在 20 世纪

---

① 纺织服装业的统计学定义见附录 6 – 1。

的绝大部分时间里，无论是在纺织服装的生产和贸易上，还是在技术和工艺的创新上，欧洲都居于世界领先地位。但是近二十年来，这一状况逐渐发生了变化，先是劳动密集型的服装加工业大规模地转移到了低工资国家，而近年来一些发展中国家在纺织业的大部分生产环节上也表现出了明显的成本优势。1990～2000年的十年间，欧盟纺织服装业流失了约100万个工作岗位。2005年初进口配额取消所带来的更加激烈的外部竞争，对于欧盟纺织服装业而言更是雪上加霜。如今欧盟纺织服装业在国际市场上的整体优势已不复存在，这从近年来其贸易逆差连年递增不难得知。2007年，欧盟纺织服装业进口额789亿欧元，出口额360亿欧元，贸易逆差达429亿欧元，与2002年的262亿欧元的逆差相比，增幅超过了60%。

一　欧盟纺织服装业的几个特点

第一，虽然如今不再称得上是优势产业，但是纺织服装业对于欧盟经济的重要性仍不容忽视。根据Eurostat的数据，2002年，欧盟15国纺织服装业增加值约占其制造业总增加值的4%，就业人数占欧盟制造业的7%；2007年，欧盟27国纺织服装业增加值占其制造业总增加值的比重为3.3%，占制造业就业的比重增至7.5%，就业人数为247.5万人。[①] 可见，从产值尤其是就业的角度看，纺织服装业在欧盟经济中仍占据一定的地位。另外，对于2002～2007年的数据变化，可以从两个方面加以解释：其一，欧盟老成员国纺织服装业的产量和就业人数都在持续下降，但是就业人数减少的速度明显慢于产量的减少；其二，虽然第五次扩大吸纳的新成员国的总体经济规模都很小，但是与老成员国相比，它们在产值尤其是在就业上对纺织服装业的依赖程度要高得多。这一现状使得欧盟不会简单地任由其纺织服装业在经济全球化的冲击下自生自灭，而是会积极地推动产业结构调整与升级。

第二，近年来欧盟纺织服装业出现了"产业空心化"趋势。第三章提及，在21世纪之初，欧盟委员会对欧盟国家的产业竞争力状况做了评估，结果表明，仅有少数几个产业出现了绝对的"空心化"趋势，即就业人数、产量、利润率及出口额的绝对数量出现持续下降，其中就包括纺织服装业。[②] 总体而

---

① Ulf Johansson, "The Main Features of the EU Manufacturing Industry", Eurostat Statistics in Focus, 37/2008.

② 出现"产业空心化"的部门还包括皮革、鞋、采矿及矿石、碳与核燃料等，参见第三章表3–3中列举的欧盟各传统产业的相关指标。

言，纺织服装业劳动生产率的绝对水平远低于欧盟制造业的整体水平，如果用人均生产的增加值衡量，纺织业仅为欧盟制造业整体水平的1/2，服装业更低，仅为1/3。[①] 虽然其劳动生产率仍在不断提高，但是结合图6-1对其做具体分析后会发现，该产业的整体发展前景不容乐观：首先，纺织业的生产具有资本密集型的特征，但是其劳动生产率的增速较低，也低于欧盟制造业的整体水平；其次，服装生产的劳动生产率增速较高，在2000年之后增速甚至一度超过了欧盟制造业的整体水平，但是由于具有劳动密集型的特征，其生产率提高主要由近年来就业的迅速萎缩所致。

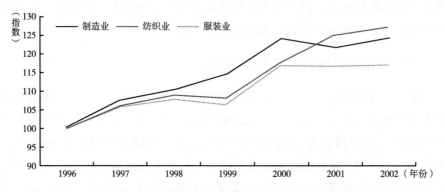

图6-1 欧盟15国纺织服装业与制造业整体的劳动生产率变动趋势
（1996年=100）

资料来源：Karl Aiginger & Susanne Sieber, "Towards a Renewed Industrial Policy in Europe", as Chapter 1 for the Background Report of the Competitiveness of European Manufacturing 2005, European Commission, DG Enterprise and Industry, 2005, p. 198。

第三，从产业组织形式上看，欧盟纺织服装业的绝大多数企业为中小企业。从企业数目上看，目前中小企业占欧盟27国纺织服装业企业总数的比例高达95%，少于50人的企业占到60%；从增加值和就业上看，中小企业占欧盟纺织服装业的比重均超过70%。[②] 根据Eurostat的数据，2007年欧盟纺织服装业就业人数为247.5万，总销售额为2113亿欧元，企业总数为17.6万个。简单平均之后，每个企业的就业人数和年销售额分别为14人和

① Karl Aiginger & Susanne Sieber, "Towards a Renewed Industrial Policy in Europe", as Chapter 1 for the Background Report of the Competitiveness of European Manufacturing 2005, European Commission, DG Enterprise and Industry, 2005, p. 197.

② Ulf Johansson, "The Main Features of the EU Manufacturing Industry", Eurostat Statistics in Focus, 37/2008, Fig. 5.

120万欧元。这一平均规模仅相当于欧盟所定义的微型企业的标准。① 另外，在中小企业密切协作的网络化基础上，欧盟纺织服装业形成了规模不一、专业化程度不同的产业集群。

第四，与制造业的整体状况相比，欧盟纺织服装业的外向性更强。这一方面表现为出口规模大，占该产业产值的20%，从而对外部市场的依赖性较强，另一方面则表现为进口渗透率较高，尤其是服装业的进口渗透率高达41%。② 从世界贸易的角度看，虽然近年来欧盟该产业的对外贸易逆差持续增加，但是至今仍是世界第二大纺织服装产品出口方，仅次于中国。具体而言，欧盟的纺织产品出口位居世界第一，服装出口居中国之后位列第二。

二　近年来欧盟纺织服装业面临的挑战

总体而言，近年来欧盟纺织服装业面临的挑战主要来自内外部经济环境的变化，可归结为以下两个大的方面。

第一，从内部经济环境来看，欧盟第五次扩大为纺织服装业的发展带来了机遇，但更多的是带来了挑战。如今的欧盟27国，各成员国在要素禀赋、经济发展水平和规模、经济结构等方面有巨大差异，各国纺织服装业的发展状况、结构和比较优势也存在明显差异。下文将从纺织服装业的规模及其产业结构变化趋势的角度，分别对欧盟扩大给新老成员国带来的机遇与挑战进行分析。

就老成员国而言，纺织服装业属于绝对"产业空心化"的部门之一，近年来其附加值和就业占制造业的比重都呈现持续下降的态势。从产值分布来看，老成员国纺织服装业产值的3/4集中于人口最多的5个国家——意大利、英国、法国、德国和西班牙，其中南欧国家服装业比重偏大，其他国家纺织业比重偏大。从重要性来看，葡萄牙、意大利和希腊的纺织服装业比重一直较高，目前约占其制造业增加值的15%和就业的25%；北欧国家（瑞典、芬兰、丹麦）和德国的该产业比重最低，增加值和就业占制造业的比重都低于3%。实际上，在扩大之前，很多老成员国的纺织服装企业就已经

---

① 按照欧盟2003年的定义，中型企业的就业人数为50~249人，年销售额不超过5000万欧元；小型企业就业人数为10~49人，年销售额不超过1000万欧元；微型企业就业人数为1~9人，年销售额不超过200万欧元。

② European Commission，"The Future of the Textile and Clothing Sector in the Enlarged European Union"，COM（2003）649，29 October 2003，p. 7. 其中进口渗透率指标衡量的是一国某产业（或产品）的进口占国内消费总量的比重。

与入选国的企业建立了长期合作关系，主要是为后者的低劳动成本所吸引而将大量生产加工环节转移至其境内。经过多年的发展，在扩大之前新老成员国的纺织服装业已实现了较高程度的一体化。到 2003 年时，入选国的纺织服装产品出口的 75% ~90% 都是在今天的欧盟 27 国范围内进行的，其进口的 45% ~75% 也来自今天的欧盟境内。① 这可以说是扩大带来的机遇，也即新老成员国根据自身的情况所实现的优势互补，有利于整合各国的资源配置和提升整个欧盟纺织服装业的竞争力。然而，从老成员国自身的角度看，纺织服装生产（尤其是劳动密集型的生产加工环节）向新成员国的转移在一定时期内必然会加重其失业压力，尤其是进入 21 世纪之后，随着第五次扩大的临近和实现，老成员国纺织服装业的生产转移趋势愈加明显，这也引起了对失业的进一步担忧。

就新成员国而言，由于发展阶段和总体经济规模小等原因，它们在产值和就业上对纺织服装业的依赖程度要高得多。波罗的海三国（爱沙尼亚、拉脱维亚、立陶宛）的纺织服装业规模与葡萄牙相仿，增加值占其 GDP 比重高达 14%，塞浦路斯、捷克、波兰、匈牙利和斯洛伐克的纺织服装业规模相对而言最小，增加值占其 GDP 比重约为 5%，与西班牙相仿。就业情况也呈现类似的分布。另外，新成员国纺织服装业的劳动生产率水平很低，不仅不足其自身制造业劳动生产率的 50%，与老成员国的纺织服装业相比更是低得多。虽然新老成员国在制造业的劳动生产率上存在不小的差距，但是纺织服装业的劳动生产率差距更加明显。2002 年，新成员国纺织服装业的就业人数比原欧盟 15 国多 30%，但是总产值还不及后者的 8%，劳动生产率的差距可想而知。② 图 6 - 2 给出了 2002 年原欧盟 15 国与 2004 年即将入盟的 10 个新成员国在纺织服装业上的劳动生产率水平比较，两者之间的巨大差距显而易见。目前新成员国的主要优势在于低成本的劳动力，但是中期来看，与老成员国的经济一体化和趋同过程会导致这一比较优势逐渐丧失，新成员国的纺织服装业也必将经历类似于过去十年来老成员国那样的结构变革。这一状况使得扩大后欧盟的纺织服装业转型过程将更加漫长，遇到的困难也会更多。

① European Commission, "The Future of the Textile and Clothing Sector in the Enlarged European Union", COM (2003) 649, 29 October 2003, p. 9.

② Karl Aiginger & Susanne Sieber, "Towards a Renewed Industrial Policy in Europe", 2005, p. 199.

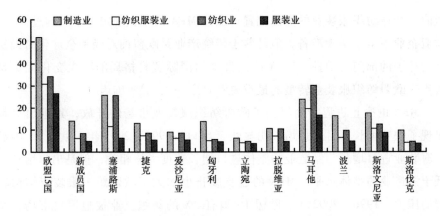

图 6 – 2　欧盟新老成员国纺织服装业劳动生产率水平比较（2002 年）

资料来源：Karl Aiginger & Susanne Sieber，"Towards a Renewed Industrial Policy in Europe"，as Chapter 1 for the Background Report of the Competitiveness of European Manufacturing 2005，European Commission，DG Enterprise and Industry，2005，p. 201。

第二，从外部竞争环境来看，《多种纤维协定》（以下称 MFA）的逐步废止导致欧盟纺织服装业的国际贸易环境发生了巨大变化。长期以来，纺织服装业一直是全球经济中自由化程度最低、贸易保护程度最高的产业之一。虽然目前各国仍保持着相对较高的进口关税，但是 1995～2004 年 MFA 的逐步废止的确大大推进了该产业国际贸易的自由化进程。[①] 自从 MFA 于 1974 年开始实施，国际纺织服装产品贸易长期作为特例游离于关税与贸易总协定（GATT）和后来的 WTO 之下的以贸易自由化为导向的多边协定之外。[②] 虽然涵盖的具体内容繁多复杂，但是 MFA 的实质是发达国家通过对纺织服装产品出口国设定配额来达到进口限制的目的。从全球贸易的角度来看，MFA 是一种惩优奖劣的机制，在此机制下，真正具有出口竞争力的发展中国家或地区（如中国内地和中国香港等）因配额限制而无法充分获得贸易利益，而一些相对不具竞争力的国家却可依靠配额而获利。总之，MFA 既是对 WTO 非歧视原则和禁止数量限制原则的严重背离，又割裂了全球价值链，

<hr />

①　Karl Aiginger & Susanne Sieber，"Towards a Renewed Industrial Policy in Europe"，2005，p. 199。

②　MFA 最初签订时，正值 1970 年代初的经济困难时期，欧美工业化国家主要出于为其纺织服装业争取一段短期调整时间，以应对来自发展中国家的竞争的考虑。之后该协定几经延续与修订，成为工业化国家纺织服装业的长期的贸易保护伞。根据 MFA 的规定，进口国在进口某一纺织服装产品后对其国内工业造成市场扰乱或威胁时，可以实行选择性数量限制，即针对特定国家实行进口配额。

扭曲了全球纺织服装业的资源配置。虽然 MFA 的废止规定了十年的过渡期，欧盟企业不至于毫无准备，但是鉴于传统产业是欧盟面对经济全球化时最易遭受冲击的部门，因此，MFA 结束带来的国际贸易格局的巨大变化无疑是近年来欧盟纺织服装业转型的最重要背景之一。

MFA 的废止进程的确促进了欧盟纺织服装业市场的开放，其进出口都出现了快速增长，且进口增长明显快于出口。1996~2002 年，欧盟 15 国纺织服装业进口增长与制造业的整体进口增长速度大体相仿，但是出口增长远低于制造业的整体水平。MFA 的逐步废止也加大了欧盟纺织服装业结构转型的压力。1996~2002 年，欧盟 15 国有 9% 的纺织企业被迫退出市场，服装制造企业退出市场的比例更高达 12%。企业高退出率的同时也伴随着就业的迅速萎缩，虽然同期欧盟制造业就业人数只有微弱减少，但是纺织和服装业的就业减少分别达 18% 和 25%，从而带来了不小的社会压力，也提出了紧迫的政策需求。[①] 当然，企业数量和就业减少的直接效应是劳动生产率的提高，说明劳动密集型的工作岗位转移出去，而高附加值活动留在了欧盟，资源利用效率提高了，也在一定程度上体现了欧盟纺织服装业的结构转型和升级。然而，正如前文所分析的，近年来欧盟纺织服装业的劳动生产率不断提高，尤其是劳动密集型的服装业快于资本密集型的纺织业，其主要原因在于就业剧减，而非增加值的提高，实际上只是增加值的降低稍慢而已。与近年来欧盟制造业的整体状况——就业微弱减少的同时实现了增加值的大幅提升——相比，纺织服装业的上述表现的确令人担忧。在国际贸易环境越来越自由化的后配额时代，扩大后的欧盟若想保持和提升其纺织服装业的竞争力，进行更加深入的结构变革是必经之路。

第二节　欧盟纺织服装业产业政策的发展和内容

一　纺织服装业产业政策的大致发展历程

长期以来，纺织服装业一直是全球贸易中自由化程度最低的产业之一。在美欧等发达国家的压力和推动下，从 1961 年开始就在 GATT 之下先后形

---

① Karl Aiginger & Susanne Sieber, "Towards a Renewed Industrial Policy in Europe", 2005, pp. 195 – 197.

成了短期和长期《国际棉纺织品贸易协定》，1974 年又将产品范围扩大，签订《多种纤维协定》，也即 MFA，后者一直实行到 1995 年 1 月 1 日 WTO 成立为止。这样，自 1960 年代初期至 1990 年代中期，在上述协定的保护伞之下，欧盟纺织服装业一直未受到严重的外部冲击。与制造业的整体结构转型相适应，欧盟纺织服装业的转型升级也一直在进行，只是这种转型带有相当程度的自发性，引起的社会压力通常并不大。虽然在经济危机导致纺织服装业陷入困境时，共同体经常在成员国的压力下采取临时救助措施，但是，这些行动充其量是一种被动的或"防御性的"产业政策。可以认为，在 1990 年代中期之前的相当长时期内，欧盟并没有针对纺织服装业的主动的、系统的产业政策，其政策基本上局限于维持保护性的国际贸易体制和偶尔的"救火"行动。1995 年开始的 MFA 废止进程逐步打破了之前的保护伞，令欧盟纺织服装业感受到了前所未有的国际竞争压力，强烈的外部冲击使得原来自发性的结构转型显得过于缓慢。正是在这一背景下，欧盟专门针对纺织服装业的旨在引导和推动其结构转型的积极的产业政策获得了直接推动力。近几年，随着 MFA 的正式废止和欧盟产业政策整体力度的加大，欧盟针对纺织服装业的产业政策也获得了较快的发展，该产业结构转型与升级的步伐也在加快。大致回顾一下，可将 1990 年代中期以来欧盟纺织服装业产业政策的发展划分为三个阶段，以下做简要归纳。

第一阶段：积极产业政策的启动（1995 ~ 1996 年）

1995 年 MFA 废止进程刚刚启动时，欧盟委员会就已意识到，为了帮助纺织服装业适应生产和贸易环境的变化，一套积极的产业政策是必要的，也是重要的。1995 年 10 月，委员会公布了一份针对纺织服装业的评估性通报，该通报可视为欧盟纺织服装业产业政策正式启动的第一份文件。[①] 该通报明确指出，针对纺织服装业的政策须遵循欧盟产业政策的指导性原则，尤其是横向性的原则，呼吁通过面向大多数产业部门的项目来支持该产业转型与提升竞争力，例如第四科技框架计划、欧洲社会基金，以及其他针对培训和就业的动议等。

除了横向政策之外，在这一阶段，欧盟仍实行着一个专门针对纺织服装业的部门项目，即 RETEX 项目，[②] 该项目旨在帮助依赖纺织服装业的地区

---

① European Commission, "The Impact of International Developments on the Community's Textile and Clothing Sector", COM (95) 447, 6 October 1995.

② RETEX 项目全称为 Programme for Regions Dependent on Clothing and Textiles Industries，即针对依赖纺织服装业地区的项目。

实现该产业的多样化战略和转型，同时也为遭受剧烈转型冲击的地区提供支持。该项目执行期为 1993～1997 年，总预算约为 6 亿埃居。与同期绝大多数横向项目（如第四科技框架计划预算共 130 亿埃居）相比，虽然这一特殊项目仍带有部门补贴的色彩，但也只能算是一笔数目很小的"额外津贴"（因此也才能获得批准）。①

第二阶段：产业政策行动计划的初步制定（1997～2002 年）

经过两年的酝酿，欧盟委员会于 1997 年提出了纺织服装业产业政策的首个行动计划，题为"提高欧洲纺织服装业竞争力的行动计划"。② 该计划再次承诺和强调，欧盟的行动将集中于横向政策，也即为培育纺织服装业的竞争力创造良好环境。该行动计划确定的优先方面有就业与培训、新产品和新工艺开发及应用、完善内部市场、关注与该产业密切相关的地区发展等。另外，开拓第三国市场和推动第三国遵守国际贸易规则也是计划中的重点内容。

出于为之后的产业政策奠定基础的考虑，2000 年，欧盟委员会对 1997 年行动计划的执行情况做了中期评估。③ 该评估认为 1997 年计划的执行不太理想，尤其是未能有效弥补欧盟和成员国层面的研发活动和相关支持项目之间的所谓"协调鸿沟"，直接影响了政策的效果。行动计划执行不力的另一个重要原因是企业（尤其是中小企业）对各类横向项目的参与不足，例如，在第四、第五科技框架计划的执行中，中小企业的参与非常有限。究其原因，对于绝大多数中小企业而言，科技框架计划的"门槛"过高：一方面，大多数项目规定的申请时间短、申请程序复杂且需耗费大量精力，而中小企业往往缺乏相关的信息或精力；另一方面，框架计划对项目申请的"创新含量"有具体要求，而多数纺织服装企业自身并不进行基础研究，而是采用其他行业（如化学、机械和 ICT 部门）的基础研究成果，往往因达不到"创新标准"而被排斥在外。即便如此，还是应该看到，欧盟针对纺织服装业的首个行动计划仍为之后出台更加系统、可行的政策措施积累了

---

① Karl Aiginger & Susanne Sieber, "Towards a Renewed Industrial Policy in Europe", 2005, p. 211.

② European Commission, "Plan of Action to Increase the Competitiveness of the European Textiles and Clothing Industry", COM (97) 454, 29 October 1997.

③ European Commission, "Commission Report on the Implementation of the Action Plan to Increase the Competitiveness of European Textiles and Clothing Industry", [COM (97) 454], SEC (2000) 1531, 19 September 2000.

经验。

第三阶段：加快行动以应对欧盟扩大和后配额时代（2003 年至今）

随着 2002 年欧盟产业政策再次走到前台，基于纺织服装业的特点及之前的政策经验，欧盟委员会于 2003 年 10 月发布了名为"扩大后欧盟的纺织服装业前景"的通报。① 竞争力理事会对此通报持欢迎态度，并强调了欧盟层面各项经济政策之间相互配合对于提高纺织服装业竞争力的战略重要性，特别是要发挥研究、创新、培训、保护知识产权等措施之间的协同作用。在对外贸易领域，进入第三国市场和尽快实现欧洲—地中海自由贸易区更加受到重视。

为了更好地执行 2003 年通报内容，为 2005 年后配额时代的到来做准备，欧盟委员会发起成立了纺织服装业高层小组，其使命是提出一整套可在地区、成员国和欧盟层面同时展开的行动框架和具体动议，促进纺织服装业适应转型挑战和提高竞争力。该高层小组的第一份报告于 2004 年 6 月发布，从内部市场规制，教育、培训和就业，知识产权保护，地区层面，研发与创新，以及贸易政策等六个方面为欧盟纺织服装业提出了详细的政策建议，为欧盟委员会针对该产业的更加集中、力度更大的产业政策奠定了基础，也标志着欧盟纺织服装业产业政策的全面系统展开。值得注意的是，虽然高层小组请求欧盟层面出台纺织服装业的专门计划，同时呼吁地区层面也制定专门的纺织服装业发展战略，但是，欧盟委员会明确表示，任何纺织服装业产业政策组合都必须在横向政策的框架之下设计和执行，一套应对纺织服装业结构性挑战的可持续性政策必须也只能通过加强欧洲产业的竞争优势和适当的框架条件来实现。② 这可看做是欧盟委员会对产业政策指导性原则和实施方式的再次承诺。在 2005 年产业政策通报中，欧盟委员会确定了针对纺织服装业政策的优先日程，行动计划更加具体。目前，欧盟纺织服装业产业政策基本上是在 2005 年通报的框架下推行的。

二 欧盟纺织服装业产业政策的主要内容

1990 年代中期以来的积极的、系统的纺织服装业产业政策是在欧盟产

---

① European Commission, "The Future of the Textile and Clothing Sector in the Enlarged European Union", COM (2003) 649, 29 October 2003.

② Karl Aiginger & Susanne Sieber, "Towards a Renewed Industrial Policy in Europe", 2005, p. 214.

业政策的总体框架下推行的，它坚持市场导向的基本理念，主张结合该部门需求，积极借助横向政策推动其结构转型和提升竞争力。对于欧盟来说，纺织服装业是典型的已出现"产业空心化"趋势的传统产业，因此，考察针对这一部门的产业政策的内容和措施有助于更好地理解欧盟产业政策的基本理念和指导性原则。根据第四章的总结，在产业政策的总体框架下，欧盟针对纺织服装业这类传统产业的政策的首要任务在于推动其结构转型与升级，具体措施可归结为两个大的方面：一是提高知识技术含量和促进创新，避开与新兴经济体的低成本竞争；二是尽量降低因产业规模缩小和结构转型引起的社会成本。总之，欧盟始终特别强调创新、研究、技能对于纺织服装业竞争力的关键作用。[①] 迄今为止，欧盟纺织服装业产业政策的主要内容和政策工具可归结为以下四个方面。

第一，支持研发与创新活动。与多数其他制造业部门相比，近年来，纺织服装业在创新方式上表现出自己的显著特点：其一，虽然自主技术创新也在逐步增加，但是仍主要依靠来自其他行业的技术转移，目前最重要的是化学（如复杂的人工纤维）、机械（如新设备）和 ICT（如计算机辅助的设计系统）等行业；其二，基于复杂的非编码知识（non-codified knowledge）的非技术创新（non-technological innovation）的作用越来越突出。[②] 基于上述特点，欧盟针对纺织服装业的研发与创新支持也相应地包括了两方面的内容：第一，促进自主技术创新的同时，推动其吸收来自其他行业的相关应用性技术；第二，为设计、组织、供应链管理、物流、营销等方面的非技术创新创造良好的环境。其中促进技术创新和转移方面的行动启动得更早，也更加系统，基本上是在科技框架计划之下开展的。在第六框架计划下，欧盟委员会提供了约 4100 万欧元用于支持与纺织服装业相关的研究项目，这些项目基本上都被统筹于旨在推动欧洲工业由资源密集型向知识密集型转型的 NMP[③] 项目之下，也有部分处于 IST 项目下。在第七框架计划下，与纺织服装业相关的项目资金投入达 4500 万欧元，特别强调开发多种用途纤维以及

---

① 参见 Günter Verheugen，"Innovation，Research and Skills Keys to Competitiveness of European Clothing and Textiles Industry"，speech at conference "European Fashion and Innovation in Tandem with EU Values：A Win-Win Formula"，Milan，15th February 2008。

② Karl Aiginger & Susanne Sieber，"Towards a Renewed Industrial Policy in Europe"，2005，p. 217。

③ NMP 是 nanosciences，nanotechnologies，materials & new production technologies 的缩写形式，即纳米科学、纳米技术、材料与新生产技术。

基于纺织产品和工艺的应用性研发，同时注重促进 ICT 技术在该产业的应用。由于纺织服装业的大部分技术创新来自其他行业，因此，除了借助于横向研发项目外，欧盟并未发起过大规模的部门基础研究项目。从组织上看，为了更好地促进纺织服装业的技术创新，有效地协调各成员国、产业界及研究机构之间的技术研发活动，欧盟委员会还通过纺织服装业技术平台定期将利益相关者召集起来，讨论技术创新与应用方面遇到的问题，为纺织服装业制定战略研究日程，并力图保证其有效执行。

经过多年的努力，如今从新纤维的发明到设计与模型的持续更新，再到生产和销售各阶段的现代化等，欧盟纺织服装业的创新能力正在逐步显现，尤其是以功能见长的技术纺织品（technical textiles）已成为欧盟纺织业生产增长最快的部分，也成为欧盟纺织业在国际市场上的最重要优势。另外，考虑到服装业各环节的技术进步明显滞后于纺织业，[①] 针对近年来结构转型导致的服装生产大规模外流，欧盟目前正在大力支持服装生产技术的创新与突破，其目标是在一定程度上阻止甚至逆转生产转移的趋势。

第二，通过培训、教育、推行终身教育等方式推动劳动者更加积极地适应结构转型。前文已经述及，近年来，在技术变革、生产转移尤其是 MFA 逐步废止的背景下，欧盟纺织服装业的就业受到了明显冲击。从特征上看，纺织服装业失业者多为教育程度和劳动技能低的群体，且以妇女和少数种族居多，这些失业工人要适应劳动力市场的新变化非常困难。鉴于此，欧盟针对纺织服装业失业问题的政策主要有两个内容：一是支持针对在职工人的培训项目以减少失业，二是支持针对失业工人的教育和培训项目以促进再就业，即要么使工人具备技能后重返旧工作岗位，要么尽快找到新工作，将对收入的影响降至最低。这些支持主要通过欧洲社会基金来实现。2002～2006年，欧盟委员会筹备建立了培训和就业观测站，协调各成员国之间的教育和培训措施，同时通过第二期列奥纳多·达·芬奇项目（the Leonardo da Vinci II Programme）为在职工人的技能培训提供财政支持，旨在提高在职工人适应产业环境变化的能力。在 2007～2013 年的财政预算中，欧盟将所有的培训和教育项目都整合到一个终身学习项目（the Lifelong Learning Programme）之下，该项目总预算 70 亿欧元，处于结构转型中的纺织服装

---

① 虽然设计等环节已可以直接借助计算机的辅助，但是服装生产仍具有高度劳动密集型的特征，需要大量的人力。事实上，今天的缝纫技术与一个世纪之前并无太大差别。

业也可从中受益。

值得注意的是，欧洲纺织服装业的一个重要优势是在服装和纺织艺术上拥有悠久的历史和丰富的文化内涵，尤其是在被普遍认为属于劳动密集型的服装业，这一优势更加突出。特殊的内涵和价值使得欧洲服装业似乎从来就不是一个狭义的"工业"部门，它集中了大量设计、时尚和风格等非物质因素，积累了既丰富又不乏创新的产业经验和诀窍，一直都是世界服装时尚潮流的引领者。为了使这一优势充分渗透到整个欧洲纺织服装业，并依托此优势推动产业结构的升级，保持产业特色，近年来欧盟对该产业的教育和培训活动的支持还特别重视有助于坚固或重建产品"情感价值"的项目。

另外，欧盟认为，长期而言，其创新能力主要依赖于高素质人力资本的持续可获得性，强调要使技术进步具有可持续性，培育一个良好的教育、培训和资质认证体系比政府的公共创新项目更加重要。显然，这不仅适用于纺织服装业。目前，确立一个欧洲纺织服装业的共同资质标准（即欧洲文凭）也提上了欧盟委员会的日程。

第三，重视和应对结构转型造成的地区影响。根据前文的总结，纺织服装业在欧盟内部的分布呈现出较明显的地区集聚特征，形成了大量规模不一、专业化程度不同的产业集群。相应的，其结构变革必然会在地区层面产生较大的影响。当然，影响的具体程度还有赖于该地区在纺织服装业价值链上所处的位置，拥有较多零售商、设计、高质量产品和品牌，同时物流功能较强的地区受影响较小，而以劳动密集型的生产为主的地区受影响较大。迄今为止，一些南欧国家和新入盟国家的纺织服装业集聚区抵御外部冲击的能力较弱，结构转型的战略选择也相对较少，调整压力大。对于高度依赖纺织服装业的地区，欧盟委员会认为其产业规模缩小不仅仅是短期冲击所致，更是一种长期趋势，因此需要采取综合性的应对政策。但是，所谓"综合政策"并不意味着回归传统的部门干预，欧盟委员会认为后者非但不会对整个产业发挥积极作用，反而会割裂产业政策和地区政策的执行。"综合政策"的含义是在横向产业政策提供的充分而有效的框架下，根据需要选择适当的措施进行组合实施。

作为横向政策之一，欧盟委员会在 2004 年 7 月的一份提案中提出对结构基金及其工具进行更新和补充，建议给予受产业结构转型或受进口影响最大的地区额外的扶助措施，其中包括成员国可以保留结构基金捐款的 1% 用于"趋同"目标以及 3% 用于"地区竞争力和就业"目标等重要内容，这些措施同样适用于纺织服装业。① 目前，这一提案已经获得批准，成员国正在制定各自的国家战略参考框架和实施项目。另外，受到意大利托斯卡纳大区政府相关措施的启发，欧盟委员会还鼓励纺织服装业集聚的地区制定"本地战略计划"（local strategic plans）以适应结构转型。2004 年 10 月，西班牙启动了"本地纺织业战略计划"，有 9 个具有纺织业传统的地区参加这一计划，之后这 9 个地区不仅陆续形成了各自的"本地战略计划"，而且还初步形成了联合战略，共同提出了对公共政策的需求。②

第四，借助贸易政策手段为结构转型争取有利的国际竞争环境。近年来欧盟纺织服装业结构转型的最直接压力来自日益加剧的外部竞争，因此，贸易政策对该产业生产活动的影响虽然不像研发、教育培训和地区政策那么直接，但是在争取和改善外部竞争环境方面，却发挥着其他政策无法取代的作用。

近年来，为推动纺织服装业的结构转型，欧盟相关的贸易政策主要包括两个大的方面：第一，面对 MFA 终止带来的强烈外部冲击，采取临时性贸易保护措施以缓解失业带来的社会压力，为转型争取时间；第二，通过多边和双边贸易谈判推动第三国向欧盟纺织服装产品开放市场，扩大外部需求。就第一方面而言，2005 年的中欧纺织品贸易摩擦及谈判协议的达成就是典型的例子。在 MFA 终止之前，欧盟委员会迫于社会压力做了前期研究，认为届时来自中国的纺织服装产品会充斥并扰乱欧洲市场，应提前做好准备。2005 年 4 月欧盟委员会公布了《对华纺织服装特保指南》，宣称在中国入世议定书的第 242 条款中，有规定称"中国的纺织品与服装一旦给进口成员造成市场扰乱"，进口国有采取特保措施的权利。该指南实际上是为后来对中国的纺织服装产品实行反倾销措施提供依据，提高欧盟政策的所谓"透明度"。之后于当年 6 月与中国就纺织品贸易争端达成了协议，对 2007 年底之前来自中国的 10 类纺织服装产品的进口做了数量限制。值得注意的是，在一系列关于调整纺织服装业的官方文件中，欧盟都多次提及备受关注的中国纺织品。在 2003 年的通报中，欧盟委员会专门将原欧盟 15 国、2004 年即将入盟的 10 个中东欧新成员国和中国的纺织服装业进行了对比，结论是：

---

① European Commission, "Proposal for a Council Regulation laying down general provision on the European Regional Development Fund, the European Social Funds and the Cohesion Fund", COM (2004) 492, 14 July 2004.

② Karl Aiginger & Susanne Sieber, "Towards a Renewed Industrial Policy in Europe", 2005, p. 214.

从产品附加值和质量的竞争力上看，原欧盟 15 国 > 10 个新成员国 > 中国；从价格竞争力上看，中国 > 10 个新成员国 > 原欧盟 15 国。欧盟委员会由此肯定，从长期看，欧盟各国拥有的技术、工艺、设计、品牌等优势比中国的劳动成本优势更有利于纺织服装业的可持续发展和贸易收益。[①] 基于欧盟对其纺织服装业竞争力的这一定位，不难判断，其有悖于产业政策基本理念的贸易保护措施更多的是出于应对短期冲击（即纺织服装生产企业的生存和就业受到现实威胁）的考虑，是一种短期的利益平衡手段，并非长期战略取向。同时，第四章也已提及，全球贸易自由化发展至今天的程度，欧盟运用贸易保护措施的空间实际上已越来越小。

虽然欧盟纺织服装业在国际市场上的整体优势不再，但是不容忽视的是，欧盟在该产业的技术和知识密集型产品及其生产环节上却一直保持着优势，尤其是在技术纺织品和高质量高档服装上的竞争力仍处于世界领先地位。为了保持并利用现有优势来推动整个产业的结构升级，欧盟对支持该产业开辟和拓展国际市场非常重视，其努力主要通过两个渠道展开。第一，通过多边谈判和协议（主要是在 WTO 框架下）促进第三国开放市场。虽然 MFA 终止意味着纺织服装产品进口配额制的终结，但是 WTO 并未对其他贸易壁垒（尤其是关税）作特别规定，因此，通过多哈回合的谈判促使第三国对其纺织服装产品开放市场也是欧盟近年来的努力方向之一。当然，由于近几年多哈回合谈判的停滞状态，欧盟的相关努力尚未取得预期效果。第二，通过双边谈判与合作，推进特定国家向其纺织服装产品开放市场。这里需提及的是，对于欧盟而言，2005 年中欧纺织品贸易协议的另一个好处是避免了与中国的贸易战，从而未影响其中高档纺织品向中国出口的重要经济利益。正如协议达成之后欧盟贸易委员曼德尔森在纺织服装业高级小组会议上所言："纺织业现在应该利用这一额外时间进行面向未来的产业结构调整……要保持竞争力并将更多的产品销往中国。可以预计，未来十年之内，欧盟高档纺织品的中国消费者将达到 2.5 亿人。"[②] 同时，促使出口目的地保护欧盟纺织服装产品的知识产权也是欧盟促进该产业出口政策的重要内容之一。[③]

---

① 孙彦红：《中欧纺织品贸易前景不容乐观》，2005 年 7 月 12 日《中国社会科学院院报》。

② European Commission, "European Textiles and Clothing in a Quota Free Environment—High Level Group Follow-up Report and Recommendations", Sept. 18, 2006, p. 11.

③ 例如，自 2004 年 "欧盟—中国知识产权对话机制" 启动以来，纺织服装产品的知识产权保护就一直是其重要议题之一。

另外，值得注意的是，自 2003 年以来，欧盟一直致力于建设一个泛欧洲—地中海纺织服装自由贸易区（PanEuro-Mediterranean Free Trade Area）。地中海地区有从事纺织服装业的长期传统，目前最重要的纺织服装生产国有土耳其、突尼斯、摩洛哥、埃及和叙利亚等。在这些国家，纺织服装业的就业比重居各行业之首，为 30% ~ 50%。过去二十多年里，纺织服装产品一直占地中海地区向欧盟出口总量的 50% 以上。尽管同亚洲的竞争对手（如中国、韩国，甚至印度和巴基斯坦）相比，这些国家在出口数量和全球市场份额上并没有优势，但是对于欧盟来说，这些国家的优势除廉价的劳动力之外，更重要的是在地理和文化上同欧洲核心市场的接近，从而可以节约大量的周转时间。这对于时刻追逐时尚、不断变换商品款式的欧洲纺织服装品牌来说尤其重要。另外，这些地中海国家对于纺织服装业的高依赖度，使得纺织品生产和出口在很大程度上决定了其经济发展程度，甚至政局的稳定。鉴于上述情况，欧盟在对其纺织服装生产向外转移的多方面成本进行权衡之后，认为向地中海国家的转移可以实现成本、质量和距离优势的更好结合，使欧洲可以控制从设计、生产到销售的相对完整的纺织服装产业链，从而提出了建设自由贸易区的动议。[①] 具体而言，这一自由贸易区的实现需要地中海各国与欧盟签订"泛欧洲—地中海原产地累计协议"，前提是地中海各国之间也要签订自由贸易协定。然而，至今地中海各国就是否签订相互间的贸易协定仍持不同态度，虽然一些国家之间已经签署并开始实施双边自由贸易协定（如摩洛哥—土耳其、突尼斯—土耳其、以色列—土耳其、以色列—约旦等），但是，目前泛欧—地中海纺织服装自由贸易区的总体进展仍很缓慢。

除上述四个方面之外，2005 年产业政策通报中针对纺织服装业的政策还突出了与环境保护相关的内容，强调要持续减少该产业造成的水污染。

第三节　小结

本章选择传统产业中的代表性部门——纺织服装业对欧盟产业政策做了又一个案例研究。以下将基于前两节对欧盟纺织服装业产业政策的实证研

---

① Karl Aiginger & Susanne Sieber, "Towards a Renewed Industrial Policy in Europe", 2005, p. 219.

究，对该政策的性质、特点及发展趋势做出简要总结与评价。

第一，总体而言，欧盟针对纺织服装业的产业政策是在其整体产业政策的框架下推行的。纺织服装业是欧盟的传统产业之一，考察针对该产业的政策有助于更深入地理解欧盟产业政策的理念和实施方式。从实施时间上看，欧盟针对纺织服装业的积极、系统的产业政策始于 1990 年代中期，在其整体产业政策启动之后；从理念上看，纺织服装业产业政策基本上未违背市场导向的理念；从政策内容上看，其绝大部分措施是横向政策的具体应用。虽然近几年欧盟针对纺织服装业使用的贸易保护措施比较频繁，但是这主要是较大的社会压力所致，并不是其长期战略选择，欧盟在原则上并不认同传统的部门干预方式。另外，值得强调的是，与整体产业政策的性质相同，欧盟层面的纺织服装业产业政策也是依据辅助性原则，作为成员国和地区层面政策的必要补充而存在的。但是，由于欧盟层面在贸易政策领域的权限较大，而后者近年来在应对和推动该产业的结构转型中发挥着相当重要的作用，因此，欧盟层面的政策也就相应地发挥着较大的作用，也更易引起外部世界的关注。

第二，基于本章的分析，对于欧盟纺织服装业的国际竞争力和技术创新前景，应有更加全面、客观的认识。1990 年代中期以来，在 MFA 废止和欧盟产业政策指导性原则的推动下，欧盟已认识到，价格竞争对于其纺织服装业参与国际竞争既不可行也不可取，具有可持续性的发展战略是专注于研究、时尚与设计、质量、品牌与营销等技术和知识密集环节。如今欧盟纺织服装业的整体优势虽已不在，但是，其在技术纺织品和高质量高档服装上的竞争优势却得以保持并不断提升。虽然目前这一优势尚不能弥补欧盟在劳动密集型的纺织服装产品上的贸易劣势，从而未能扭转该产业贸易逆差的整体态势，但是近几年的数据表明，欧盟纺织服装业以技术、知识和质量取胜的战略的确取得了明显的成绩。例如，在 MFA 结束至 2008 年的四年时间里，纺织服装业进口额的年均增长速度虽也高达 28%，但是并未像欧盟事前担心的那样大，进口产品数量的增长幅度也远低于预期；同期，虽然欧元相对于美元一路升值，但是欧盟纺织服装产品的出口额仍呈现快速增长的态势，年均增速达 24%。① 可见，仅根据近几年引人注意的失业问题就认为纺织服

---

① 数据来源为 EUROSTAT 和 EURATEX，参见 http://ec. europa. eu/enterprise/textile/statistics. htm#structural_ data。

装业已成为欧盟的"夕阳产业"，未来已难有作为，未免过于简单化了。实际上，欧盟纺织服装业的整体竞争力并不像人们通常所想象的那样不堪一击，中国对此须有客观的认识，不能被全行业的生产和贸易数据所迷惑。另外，从技术创新的角度看，目前欧盟正在针对技术进步严重滞后的服装生产环节下工夫，力图在缝纫技术等方面实现重要突破，从而在一定程度上阻止甚至逆转生产转移的趋势，这方面的进展也值得我们关注。

第三，与 ICT 产业政策相似，近年来欧盟针对纺织服装业的产业政策也体现了欧洲价值观和欧洲经济社会模式的影响，强调社会公正和社会包容的价值，主要表现为坚持专注于技术与创新、以质量取胜战略的同时，还特别强调保持稳定良好的劳资关系对于成功转型的重要性。如前文所述，结构调整往往在短期内引起较大的物质和人力破坏等潜在的社会不稳定因素，欧盟的对策是采取教育、技能培训和相关的地区政策措施，在不改变结构转型大方向的前提下尽量保持劳资关系的稳定，"平滑"调整路径。从实现方式上看，除了通过结构基金提供财政支持外，欧洲社会对话（social dialogue）也发挥了不可忽视的作用。纺织服装业是欧盟层面最早发起社会对话的部门之一，也是社会对话促进部门结构转型的一个较为成功的例子。正是通过这种协商形式，欧盟纺织服装业在就业方面的挑战——得到确认，相应的战略计划也陆续出台，如加强技能和资质、工作组织现代化、促进就业机会平等、发展积极的老龄政策等。在这方面，欧盟的理念和做法都值得我们关注与思考。

第四，虽然发展战略已比较明确，但是，欧盟纺织服装业的结构转型仍将是一个长期的过程。从一体化的进程上看，欧盟第五次扩大吸收的新成员国的纺织服装业比重大，且劳动生产率水平远远低于原 15 国，加大了该产业结构转型的难度。从宏观经济的角度看，进入 21 世纪以来，欧洲及其主要出口对象的经济增长缓慢，尤其是 2008 年下半年以来世界经济遭受金融危机的严重冲击，至今未顺利走出经济谷底，对包括纺织服装业在内的出口型行业都是不利的。从国际贸易体制的变化上看，后配额时代的到来使得欧盟纺织服装业更直接地面对亚洲新兴经济体的低成本竞争，后者产业与贸易结构的逐步升级是欧盟不得不面对的中长期挑战。另外，欧盟纺织服装业产业政策在制定与执行上也存在困难。一方面，目前纺织服装企业对现有横向政策的利用尚不够充分，政策框架与企业需求的契合有待进一步完善；另一方面，欧盟与成员国、地区层面的政策之间的协调不足，尤其是在创新、研究和教育培训领域，使得协同效应难以充分发挥。这些都是欧盟须着力克服的现实困难。

　　总之，在整体产业政策的框架下，近年来欧盟针对纺织服装业的产业政策更加积极主动、系统、明确。当然，这一政策仍处于不断摸索与完善的过程中。能否加速结构转型与升级，进一步提高该产业的竞争力，归根到底还取决于欧盟纺织服装企业能否在与这些政策的互动中，采取适当的战略与行动。这有待时间的检验。

第七章 欧盟产业政策之案例研究三： 汽车业

继信息通信技术产业与纺织服装业之后，本章将选择欧盟在国际市场上最具优势的代表性部门之一——汽车业（the Automotive Industry）[①] 做案例研究。总体而言，包括化学、机械工程和机动车辆等在内的欧盟的传统优势，至今仍保持着较强的竞争力，也是欧盟制造业贸易顺差的主要贡献部门。但是，由于这些行业大多具有中—高技术含量和中—低劳动技能的特点，因此，越来越面临着来自新兴经济体的挑战。这使得欧盟产生了强烈的危机感和推动结构升级的紧迫感。本章试图从汽车业这一视角切入，透过对欧盟汽车业产业政策的梳理与分析，在一定程度上把握欧盟如何利用产业政策保持与不断提升优势产业的竞争力。这对于更加全面地把握和理解欧盟产业政策无疑是有益的。

本章的结构安排大致如下：第一节对欧盟近年来针对汽车业的产业政策做一背景分析，首先归纳总结汽车业在欧盟经济中的重要地位，进而分析近年来出现的问题及面临的内外部挑战；第二节首先简要概括欧盟汽车业产业政策的大致发展脉络，而后较为详尽地归纳与分析近年来其政策的主要内容与重点；第三节给出有关欧盟汽车业产业政策的性质、特点及发展趋势等方面的简要总结与评价。

第一节 汽车业在欧盟经济中的地位及面临的挑战

一 汽车业对于欧盟经济的重要性

汽车业既是欧盟的支柱产业，也是其重要的优势产业，甚至常常被誉为

[①] 汽车业的统计学定义参见附录 7-1。

欧洲的"发动机"。无论从对内还是对外的角度看,汽车业在欧盟经济中都占据举足轻重的地位,对于其制造业乃至整体经济的繁荣发挥着关键性作用。总体上看,就内部而言,其支柱性作用主要体现于以下四个方面。第一,欧盟汽车业自身规模大,占制造业的比重大,对于拉动经济增长至关重要。2009年底,欧盟 27 国共有汽车生产厂约 200 个,年销售额超过 7800 亿欧元,实现行业增加值达 1550 亿欧元,占欧盟制造业总增加值的约 9%。① 第二,汽车业是欧盟制造业中吸纳就业最多的部门之一。汽车业具有价值链环节多且高度复杂的特点,这使得它与其他诸多经济部门联系密切,其上下游产业涉及金属制造、塑料、化学、纺织、电气电子、维修、售后服务等。2008 年年中,欧盟汽车业直接就业约为 230 万人,而由其衍生出的上下游间接就业高达1000 万之多。鉴于近年来欧盟多国就业形势普遍严峻以及政府旨在促进就业的种种努力,汽车业的重要性不难想见。第三,汽车业是欧盟工业(尤其是制造业)技术创新的重要源泉。汽车业每年的研发投入超过 200 亿欧元,占欧盟工业研发投入的约 30%,居所有工业部门之首。从申请专利的情况上看,2007 年,在欧盟范围内全部 68147 项专利申请中,来自汽车业的就有 5881 项,占比达 8.6%。② 第四,汽车业是欧盟政府财政收入的重要来源。从总量上看,2009 年,欧盟 27 国政府的税收总收入为 29911.45 亿欧元,而其中来自汽车业的税收超过 4000 亿欧元,占比高达 13%。尤其在德国、法国、英国、意大利等汽车生产大国,汽车业对政府财政收入的贡献更为突出。

从外部看,长期以来,汽车业一直是欧盟的优势产业,保持着较强的国际竞争力。这主要体现于以下三个方面。第一,其生产具有高度外向性,是欧盟制造业对外贸易顺差的主要贡献部门之一。目前,欧盟 27 国的机动车年产量达 1500 万辆,占全世界产量的 1/4,其中小汽车产量占世界的 1/3,现今绝大多数的高档车品牌都源于欧洲。2007 年,欧盟 27 国的小汽车出口额为 1250 亿欧元,进口额为 650 亿欧元,顺差达 600 亿欧元。③ 虽然受国际

---

① ACEA (European Automobile Manufacturers Association), *The Automobile Industry Pocket Guide 2010*, pp. 55 – 57.

② 另外,汽车业研发投资还带动了每年超过 400 亿欧元的生产流程和固定资产方面的配套投资。参见 ACEA, *The European Automobile Industry Report 2009/2010*, May 2009, p. 57; European Commission, "European Industry in a Changing World: Updated Sectoral Overview 2009", Commission Staff Working Document, SEC (2009) 1111final, p. 10。

③ European Commission, "European Industry in a Changing World: Updated Sectoral Overview 2009", Commission Staff Working Document, SEC (2009) 1111final, p. 9.

金融危机冲击，2008 年和 2009 年贸易顺差连续降至 440 亿欧元和 286 亿欧元，但是汽车业在欧盟出口中的重要地位并未改变。第二，欧盟汽车业对外投资起步早、范围广、规模大，目前几乎遍布全世界所有重要市场，且产品大多在当地具有强劲的竞争力。第三，与前两点密切相关、相辅相成的是，欧盟汽车业扮演着该行业国际标准与规则的主要制定者的角色，在引领世界汽车业发展方向的同时，也获得了大量的规制性利益。

　　另外，汽车业对于欧盟多个成员国具有不可替代的重要性。对于德、法、英、意四大国来说，其地位更加突出。德国是欧盟第一大汽车生产国：汽车业为德国创造了约 80 万个工作岗位，据估计，在德国，每 7 个工作岗位中就有 1 个属于汽车业或与其密切相关；汽车业年增加值占德国 GDP 的 1/5，研发投入占德国总研发投入的 1/3；德国国内约 1/4 的税收来自汽车业；从对外贸易上看，汽车业对于德国这一出口大国更加具有重要意义，根据德国汽车工业联合会（VDA）的数据，2007 年德国国内汽车产量近 620 万辆，其中 75% 出口国外。在法国，汽车业也是国民经济的支柱：2007 年，直接就业人数达 25.8 万，占制造业总就业的 7.3%；纳税占法国 GDP 约 3.4%；研发投入约占法国研发总投入的 16%，居各工业部门之首；[①] 另外，汽车业出口占整个法国对外出口额的比例高达 16%。[②] 在英国，虽然汽车业已风光不再，但仍是最大的制造业部门之一：2008 年，英国汽车产量占欧盟的 9%；直接就业仍有 17.4 万人，占制造业总就业的 5.7%；汽车业纳税占 GDP 的 2.6%；另外，汽车业出口占英国对外出口总额的约 10%，同时，英国还在全世界汽车设计工程中占据 20% 的份额。在意大利，汽车业贡献了制造业增加值的 1/4 和 GDP 的 8.5%；2007 年的直接就业人数为 16.9 万，占制造业就业的 3.6%；纳税占 GDP 的 4.6%；此外，意大利汽车生产具有高度外向性，2007 年其出口额占行业总产值的一半以上，该比例在欧盟仅低于德国。[③]

　　实际上，汽车业对于欧盟国家及人们生活的意义远远超出了经济范畴，它还从一个侧面体现着欧洲文化与人们的价值认同，甚至在某种意义上成为

---

① 2009 年，PSA 标致雪铁龙（Peugeot-Citroen）和雷诺（Renault）分别是法国的第一和第二大专利申请人。

② 以上有关法国汽车业的各项数据来自 ACEA 网站。

③ 以上有关意大利汽车业的各项数据来自意大利汽车工业协会（ANFIA）网站。

欧洲文化的一种象征。① 另外，对于近年来欧盟社会普遍重视的环境与社会问题，汽车业都在提供相应的解决方案上扮演着重要角色。

二 近年来欧盟汽车业面临的问题与挑战

前文述及，虽然长期以来汽车业一直是欧盟的支柱与优势产业，但是由于外部经济环境变迁及自身产业结构特点等因素，其参与国际竞争并非一帆风顺。二战结束至今，欧洲汽车业的国际竞争力状况可以简要概括为以下三个阶段。第一阶段自战后至 1970 年代初第一次石油危机爆发之前，在此期间，战后重建、经济复苏及政府支持等多重因素促成了欧洲汽车工业的大发展，世界汽车工业的重心逐步由美国转向欧洲。② 第二阶段自 1970 年代初至 1990 年代中后期，在先后三次石油危机导致的国际油价一路攀升的背景下，欧盟汽车业始终肩负着产品和产业结构转型的压力前行。尤其是 1970 年代日本汽车业依托小型节能型汽车为主打产品的强势崛起，使得此阶段欧洲汽车业面临的国际竞争局势一直较为严峻。1980 年代，法国和意大利汽车业困难不断；而直到 1990 年代初，日本汽车业在国际市场上似乎仍不可一世。③ 第三阶段自 1990 年代中后期至今，欧洲汽车业又以新的姿态重新焕发出活力，并重新确立了在国际市场上的优势地位。此阶段，基于将汽车业原有的技术质量优势与石油危机催生的以节能为导向的技术创新相结合，以德国为首的欧盟汽车企业再次在国际市场上显示出强劲的竞争力，并开启了新一轮汽车业跨国重组并购浪潮，从而在规模与竞争力上又重新获得了与美、日两国汽车业三分天下的优势。当然，期间也有一些企业出现了较严重的问题（如意大利的菲亚特），尤其是绝大多数企业遭受了 2008 年底爆发

---

① 欧盟汽车业在发展过程中成就的诸多知名品牌已逐渐成为欧洲各国（尤其是大陆国家）文化根基的一部分。同时，德、法、意等国汽车业的悠久历史和汽车产品的风格差异恰恰可以从一个侧面诠释欧洲文化的复杂性与多样性。

② 二战前，西欧各国的汽车产量仅为北美（美国和加拿大）的 11.5%；到战后的 1950 年，这一数字提高到 16%；而到 1970 年，北美仅生产 749.1 万辆，而西欧各国却比北美产量超出 38.5%，达到 1037.8 万辆。许多欧洲汽车厂商，如德国的大众、奔驰、宝马，法国的雷诺、标致、雪铁龙，意大利的菲亚特，瑞典的沃尔沃等，均已闻名遐迩。参见凌志成等编著《现代汽车与汽车文化》，北京，清华大学出版社，2005。

③ 1980 年，日本汽车总产量达到 1104 万辆，超过美国成为世界最大的汽车生产国与出口国，也成为继美国和西欧之后的世界第三个汽车工业发展中心。参见 Urich Juergens, "Characteristics of the European Automotive System: Is There a Distinctive European Approach?" WZB Discussion Paper SP III 2003 – 301, 2003。

的国际金融危机的强烈冲击，但是，总体而言，此阶段可谓是欧洲汽车业历经多年结构调整后的再次复兴。[①]

虽然近年来欧盟汽车业的国际竞争力较为强劲，但是仍然有着诸多结构性问题，使得其发展与竞争力面临着不少直接或潜在的挑战。这些挑战一方面来自异常激烈的国际竞争环境，另一方面来自欧洲一体化扩大与深化的内在要求。

第一，在节能技术的创新与应用以及发展新能源汽车这一近年来汽车业国际竞争的最前沿领域，欧盟始终面对来自美国尤其是日本的激烈竞争。虽然欧盟汽车业已经在节能技术的研发与应用上取得了相当大的成就，然而，要保持在国际市场上的长期优势，占领未来竞争力的制高点，在这方面的努力必须坚持不懈。另外，在发展新能源汽车方面，近几年世界各国将开发电动汽车作为主攻方向的趋势日渐明朗，而欧盟汽车业要在这方面占据领先地位似乎存在不少困难：首先，虽然欧盟各成员国也在朝着这个方向努力，但是，由于整体战略判断上的偏差，与日本和美国相比，其开发新能源汽车起步较晚；其次，欧盟成员国在电动汽车的研发和应用上并未给予足够的支持（至少在2008年底国际金融危机爆发前是如此），成员国间研发活动的"合力"效果也一直难以得到较好发挥。这无疑是欧盟汽车业需要面对的严峻挑战。[②]

第二，除美国和日本两家传统竞争对手之外，欧盟汽车业还越来越面临着来自新兴经济体的强势竞争。简言之，欧盟汽车业与美、日两国的竞争主要集中在技术创新和资本投入方面，而与包括韩国、中国、印度等新兴国家的竞争则主要来自生产成本方面。欧盟汽车业相对于新兴经济体的生产成本之高最主要应归因于其劳动力成本高昂，加之近年来油价攀升和钢铁等原材料价格暴涨，德、法、意等国的一些重要汽车企业长期为成本居高不下所累，尤其是在与新兴经济体直接竞争的中低端车型市场上，其优势正在逐步

---

① 也有研究者将此阶段欧洲汽车业的复兴部分地归因于其以进口关税为主的贸易保护措施。1990年代，欧盟针对进口小汽车的关税率为10%，美国的乘用车进口关税率为2.5%（但是其轻型商用车的进口关税率也高达25%），而日本的进口关税率为0。参见 Urich Juergens，"Characteristics of the European Automotive System: Is There a Distinctive European Approach？" WZB Discussion Paper SP III 2003 – 301，2003。

② 例如，目前全球尚无统一的混合动力和电动汽车标准，对于一向在工业（尤其是汽车业）技术标准上处于领域地位的欧盟而言，抢在竞争对手尤其是日本之前确立这方面的国际标准的压力可以想见。

丧失。

第三，欧盟的第五次扩大为汽车业提供发展机遇的同时，也提出了优化产业资源配置的新挑战。过渡期的经济融合及扩大的最终实现对当时已日渐饱和的西欧汽车市场而言无疑是有利的。然而，如何在扩大了的欧盟范围内重新配置汽车业生产资源（包括存量与增量）以达到更高效率，进而提升整体竞争力，也成为欧盟汽车业面临的更大挑战。总体而言，西欧各国汽车生产向中东欧的大规模转移是过去多年来欧盟汽车业发展的一大特点。目前看来，虽然这种生产转移在一定程度上优化了资源配置，但是，由于缺乏必要的长期性考虑与全局性引导，欧盟汽车业并未获得预期的整体发展。一方面西欧汽车业劳动生产率提升迅速，另一方面中东欧汽车业扩大投资过于迅猛，导致在全球汽车需求总体不振的大背景下，欧盟汽车业出现了明显的产能过剩。即使是在国际金融危机爆发前欧盟汽车业表现最好的 2007 年，其产能利用率也仅达到 80%。[①] 长期的产能过剩必然进一步加剧结构转型与升级的压力。

第四，较之其他竞争对手，欧盟汽车业及其结构转型都承担着更高的内部规制成本。这方面最明显的体现是，欧盟对汽车业在环保、节能和道路安全等方面的规制措施不仅在其所有工业部门中数量最多也最为严格具体，在全球同行业中也堪称最为严厉。这使得汽车企业和政策决策者都面临挑战：前者在面对国际竞争对手的同时，还需承担来自内部市场的高规制成本；而后者一方面尽量为汽车业发展营造良好环境，另一方面又必须兼顾某些社会与环境目标。虽然这种内部规制环境对于其长期竞争力的裨益已有所显现，但是，在国际竞争异常激烈的情况下，这无疑会加大欧盟汽车业的成本压力，而当规制过于繁杂而严重影响经济效率时更是如此。鉴于此，在竞争力与规制之间寻求适当的平衡越来越成为欧盟政策制定者的一大挑战。

正是上述来自内外部的诸多挑战推动了近年来欧盟汽车业产业政策得以不断加强。

第二节　欧盟汽车业产业政策的主要内容

虽然汽车业长期以来在欧盟经济中居于重要地位，但是，直到 1990 年

---

① European Commission, "European Industry in a Changing World: Updated Sectoral Overview 2009", p. 9.

代中期之前，欧盟层面并没有针对该行业的积极、系统的产业政策。此前，欧盟层面的相关措施主要集中于两种形式：要么是在行业遭遇严重困境或危机时，以批准成员国紧急国家援助的形式给予"解救"；要么是面对国际竞争对手的强势挑战时实施贸易保护措施。1981年，为应对第二次石油危机导致的汽车业困境，欧共体委员会发布了针对汽车业的第一个声明，呼吁各成员国汽车业更加紧密合作、增加投资、加大研发力度，同时提出需要针对因经济结构脆弱而遭受严重冲击的汽车业生产集中地区制定专门政策。回顾起来，在几乎整个1980年代，欧共体委员会针对汽车业的举措主要聚焦于审批成员国的国家援助，而这些援助大体上都是出于应对石油危机和国际竞争的考虑。据统计，1977～1987年，各成员国为汽车厂商提供了总额高达260亿埃居（ECU）的国家援助。[1] 为此，欧共体委员会还于1988年发布了一份备忘录，专门为汽车业的国家援助制定了一个政策框架。[2]

进入1990年代后，尤其是在建设内部大市场的"1992年计划"的推动下，欧洲开始从整体上审视汽车业的竞争力问题。考虑到当时的国际和内部市场环境，欧盟委员会开始了具有一定系统性的政策努力。一方面，为了给内部汽车厂商争取到结构调整与提升的时间，采取一定的贸易保护措施。这主要表现在欧共体委员会于1991年与日本通产省（MITI）达成的自愿协议，允许欧盟在1999年之前"逐步"向日本开放市场，也即逐步放开进口配额。另一方面，加快汽车业内部大市场建设，逐步确立欧盟汽车业的整体形象。1991年，在欧共体委员会的推动下，欧洲汽车制造商协会（ACEA）成立。1995年，欧盟委员会发起成立"面向明天的汽车业"特别工作组（Task Force），其最初目的是促成欧盟内部汽车业的研发合作，随后在欧洲议会的呼吁下，又将加强汽车业竞争力和环境、安全因素列为重点关注领域。1996年，欧盟委员会又发布了一份针对汽车业的战略性文件，表明了为汽车业提高竞争力创造适当框架条件的意图。[3] 进入21世纪以来，随着欧盟整体产业政策步伐的加快、对部门政策重视度的提高，以及对汽车业在

① Geert Dancet & Manfred Rosenstock，"State Aid Control by the European Commission：the Case of the Automobile Sector"，1995，on：http：//europa. eu. int/comm/competition/speeches/text/sp1995_ 043_ en. html.

② Urich Juergens，"Characteristics of the European Automotive System：Is There a Distinctive European Approach？" *WZB Discussion Paper*SP III 2003 - 301，2003.

③ EU Bulletin 7/8 - 1996：http：//europa. eu/archives/bulletin/en/9607/sommai00. htm.

就业和创新方面作用的再认识，针对该行业的产业政策也相应地得以加强，相关的优化规制、研发与创新等方面的措施纷纷出台。2005 年，欧盟委员会发起成立了汽车业高层小组 CARS21，专门对汽车业的竞争力进行评估，密切关注对其有影响的主要政策领域，并提出相应的政策建议。[①]

综上所述，在 1990 年代之前，欧盟层面针对汽车业的举措带有明显的"被动"和"应急"色彩，并非旨在提升行业的中长期竞争力，缺乏战略性和系统性。进入 1990 年代，甚至直至 1990 年代中期，欧盟层面的积极主动的产业政策才得以确立。虽然此间国家援助和贸易保护等传统干预措施仍然存在，但是，在欧盟竞争政策加强和世界贸易自由化推进的背景下，上述措施的实施余地已越来越狭窄，而以促进技术创新、更加关注劳资关系、社会安全及环境因素为导向的政策手段越来越占据更重要地位，换言之，市场化导向越来越明显。总体而言，近年来欧盟针对汽车业的产业政策是在其整体产业政策的框架下推行的，也即选择优先的横向政策应用于该部门。

归纳近年来欧盟汽车业产业政策的内容，其中颇受重视且取得较大进展的主要有以下四个方面：优化规制框架、支持技术研发与创新、减少结构转型与升级的社会成本、利用贸易政策推动拓展国际市场。下文逐一归纳分析。

第一，优化汽车业规制框架。鉴于汽车业在欧盟范围分布广泛、其产品的技术复杂性、汽车使用对环境与气候的负面影响、直接涉及人身安全、关系人员与货物流动性等一系列特点，欧盟针对该行业的规制措施数目之多居所有制造业部门之首。近年来，随着汽车业内部大市场的不断深化，成员国的规制明显减少，而欧盟层面规制的重要性显著提升。目前，在欧盟范围内，针对汽车业的规制大约共有 80 个欧盟指令和条例，而国际性的规则和规制数目更多。[②] 进入 21 世纪以来，为了在保证经济社会可持续发展的同时不断提高产业竞争力，欧盟提出要优化规制（better regulation），并且特别强调优化规制框架对于汽车业的必要性和重要性。归纳起来，欧盟针对汽车业的规制可分为两大类：第一类出于完善内部统一市场的目的，第二类则是出于保证经济

---

① CARS21 为 "Competitive Automotive Regulatory System for the 21ˢᵗ Century"（"面向 21 世纪的有竞争力的汽车业规制体系"）的缩写。鉴于该高层小组在金融与经济危机中所发挥的信息提供与政策建议上的重要作用，自 2010 年 10 月起，该小组被确认为欧盟委员会的官方咨询小组，其代表范围也进一步扩大。

② 参见 ACEA，"The European Automobile Industry Report：2009 - 2010"，2009，Brussels，p. 70，其中国际性规则主要指联合国欧洲经济委员会（UNECE）条例。UNECE 总部设在瑞士日内瓦，是联合国行政指导之下的推动全球技术法规协调一致的机构。

社会可持续发展的目的。相应的，优化规制框架也是围绕这两方面展开的。

　　汽车生产在欧盟广泛分布，几乎每个成员国都在制造或下游服务中的某些环节有所涉及。2008 年，欧盟成员国间的汽车业贸易额高达 3600 亿欧元。① 鉴于绝大多数成员国国内汽车市场狭小的事实，长期以来欧盟对于不断挖掘汽车业内部统一大市场的经济潜力相当重视。旨在完善内部大市场的规制优化主要有两个方面：第一，协调乃至统一各成员国的规制框架，简化汽车企业在整个欧盟范围内经营的行政负担；第二，协调成员国的汽车业税收，逐步减少因财政竞争造成的内部市场扭曲。

　　2005 年欧盟产业政策通报即把简化与协调规制作为汽车业部门政策的最重要内容之一，② 之后成立的汽车业高层小组于 2006 年公布了对汽车业规制体系的评估报告，明确提出协调与简化规制，最大限度地降低交易成本。③ 该报告提出，要以整个汽车业规制框架的基础——汽车型式认证（type-approval）——为突破点，对成员国汽车业规制框架进行协调和统一。而后，欧盟委员会多次修订"机动车辆型式认证指令"（70/156/EEC 指令），陆续将轻型商用车、公共汽车和卡车纳入统一认证的范围内。这一技术性规制协调使得汽车业统一市场的范围进一步扩大，大大简化了汽车企业承担的行政成本。④ 针对一些规制过于烦琐，或者欧盟规制与联合国欧洲经济委员会（UNECE）规制并存且出现一定程度混乱的情况，为使规制环境更加透明，欧盟一直在努力进行简化与整合，提出在不降低欧盟标准的前提下，尽量用后者取代前者。

　　为完善内部大市场，协调成员国的乘用车征税结构与水平也是近年来欧盟委员会的重要努力方向。2005 年，欧委会向欧盟理事会提出一项议案，旨在建立一个欧盟整体乘用车税收框架。⑤ 该议案针对乘用车登记税和年度

① European Commission, "Responding to the Crisis in the European Automotive Industry", COM (2009) 104 final, Brussels, 25 Feb. 2009, p. 3.

② European Commission, "Implementing the Community Lisbon Programme: A Policy Framework to Strengthen EU Manufacturing—Towards a More Integrated Approach for Industrial Policy", COM (2005) 474, 2005.

③ CARS21, "A Competitive Automotive Regulatory System for the 21ˢᵗ Century", final report, DG Enterprise and Industry, European Commission, 2006.

④ 在这一指令的框架下，如果某汽车企业生产的新车型在某一成员国获得认证，且该认证符合欧盟的技术要求，那么该车型无须任何其他测试与检查即可在整个欧盟范围内销售和流通。

⑤ European Commission, "Proposal for a Council Directive on Passenger Car Related Taxes", COM (2005) 261final, Brussels, July 2005.

流通税提出三项措施：第一，五年到十年内逐步在所有成员国取消乘用车登记税；第二，建立一个乘用车登记税和年度流通税返还机制，避免乘用车在成员间流动时重复纳税；第三，在上述两税的税基中引入二氧化碳排放标准参数，通过影响消费者购买行为推动企业生产更加环保的汽车。然而，迄今为止，只有第三项进展较大，目前包括德国、法国在内的近 20 个成员国先后引入了与二氧化碳排放相关的消费税；而第一项和第二项措施几乎没有什么进展。即使是在引入二氧化碳税方面，成员国间也缺乏协调。简言之，税收领域的整体协调仍有待进一步推进。实际上，由于税收直接涉及成员国的财政收入乃至中长期财政政策，其协调本就存在诸多障碍。然而，欧盟在这一领域的政策大方向并未改变，对其必要性和重要性也多次强调。[①] 当然，这还有赖于欧盟财政政策协调的整体进展。

旨在维护经济社会可持续发展的规制主要集中在保护环境与道路安全等方面。在环保方面，以限制新车尾气排放的规制最为重要。1980 年代中期以来，欧盟几乎每年都有这一领域的新条例或指令出台。1990 年代初至今，为配合内部大市场建设，尽量消除成员国间技术标准差异导致的实际非关税贸易壁垒，欧盟还特别重视将此类规制与技术标准化相结合，通过欧洲标准化机构为新车型设定尾气排放标准。自 1992 年起开始实施欧 I 标准，至今已推出欧 VI 标准。[②] 表 7 - 1 给出了欧盟轻型柴油车排放标准的实施时间与技术参数。值得注意的是，欧 V 和欧 VI 标准大幅提高了对轿车和客车在粉尘颗粒及氧氮化合物排放量方面的要求，其中欧 VI 与欧 V 标准相比，氧氮化合物的排放须减少 80%，而颗粒物排放须减少 66%。另外，作为温室气体主要成分的二氧化碳的减排近年来受到国际社会的普遍重视。在《京都议定书》签订之后，受到欧盟委员会的协调与推动，欧洲汽车制造商协会成员达成新车二氧化碳减排的自愿协定，承诺到 2008 年新车的二氧化碳平均排放上限为 140 克/公里。另外，道路与公民人身安全领域也是欧盟针对汽车

---

① ACEA 在 2009 年的汽车业报告中强烈呼吁在欧盟范围内取消乘用车登记税和协调汽车二氧化碳税。

② 欧盟从 1992 年起开始实施欧 I（欧 I 型式认证排放限值），1996 年起开始实施欧 II（欧 II 型式认证与生产一致性排放限值），2000 年起实施欧 III（欧 III 型式认证与生产一致性排放限值），2005 年起开始实施欧 IV（欧 IV 型式认证与生产一致性排放限值），2009 年起实施欧 V（欧 V 型式认证与生产一致性排放限值），并将于 2014 年实施欧 VI（欧 VI 型式认证与生产一致性排放限值）排放标准。在最新的欧 V 和欧 VI 标准中，前者主要针对柴油和汽油轿车及轻型商用卡车，而后者则单独针对柴油轿车。

业规制的重要方面。在当前的规制框架下，一辆新小轿车在进入市场前必须满足至少 25 项有关安全的欧盟条例与指令的要求。[①]

表 7 - 1　欧盟轻型柴油车排放标准

单位：克/公里

标准	生效年份	CO（一氧化碳）	HC（碳氢化合物）	NO$_x$（氮氧化合物）	HC + NO$_x$	PM（颗粒）
欧 Ⅰ	1992	3.16	—	—	1.13	0.18
欧 Ⅱ	1996	1.0	—	—	0.9	0.08
欧 Ⅲ	2000	0.64	0.06	0.5	0.56	0.05
欧 Ⅳ	2005	0.5	0.05	0.25	0.3	0.025
欧 Ⅴ	2009	0.2	0.05	0.18	0.23	0.005
欧 Ⅵ	2014	0.08	0.09	0.08	0.17	0.002

资料来源：根据欧洲标准化委员会（the European Committee for Standardization，CEN）网站数据整理。

需要指出的是，之所以将上述旨在维护经济社会可持续发展的规制纳入汽车业产业政策中来，有两方面的考虑。第一，对于汽车业而言，上述规制与产业竞争力的关系尤为密切。经过多年政策效果的逐步显现，这类规制除了纠正产业部门的社会负效应之外，还通过技术标准化将规制明确化和量化，既有利于完善内部大市场，又在客观上推动了（甚至可以说，在一定程度上迫使）企业技术创新的努力，从而在事实上提高了欧盟汽车业的国际竞争力。如今欧盟汽车业的最大国际竞争优势即在于，其技术和产品在环保和道路安全方面的领先地位。例如，欧盟的汽车尾气排放标准长期以来处于世界领先地位，且为大多数国家所采用，降低了欧盟汽车进入第三国市场的规制性门槛。[②] 第二，在这一领域欧盟还面临着优化规制的政策挑战。简言之，就是要在适度规制与提高竞争力之间寻找到适当的平衡。随着经济环境与产业发展现状的变化，既要适时调整具体的规制措施，在必要时还需调整规制框架，这无疑是个挑战。例如，从技术上看，任何一项技术性规制都

[①]　ACEA，*The European Automobile Industry Report*：*2009 - 2010*，2009，Brussels，p. 69.

[②]　值得注意的是，随着欧Ⅴ和欧Ⅵ标准的提出，欧盟汽车企业加快研发，不断取得技术突破。2009 年 5 月，斯堪尼亚公司宣布其 V8 重卡已经完成向欧Ⅵ标准的转换；同年 9 月，德国也研制出能达到欧Ⅵ标准的卡车柴油发动机样机，其污染物排放已降至几乎测不出的水平。这些技术创新无疑有利于进一步巩固欧盟汽车业在这一领域的优势。

应考虑到企业的研发周期，既要有前瞻性，又要对企业透明，同时给企业预留相应的转换准备期。① 从宏观经济的角度看，还要充分考虑经济周期与规制实施的交互作用及其对产业竞争力的潜在影响。总体上看，欧盟针对汽车业的规制框架一直处于实践与不断调整的过程中，规制与优化规制的政策需求同时存在。

第二，支持研发与创新。大量经验事实与数据表明，研发投入对于汽车业竞争力至关重要。欧盟于 2004 年发布的评估里斯本战略执行情况的考克报告（KOK Report）即专门指出，汽车业是技术变迁可以转化为竞争优势的部门，对于欧盟实现增长与就业目标具有重要意义。② 长期以来，支持研发与创新一直是欧盟汽车业产业政策的重要内容，大体是在欧盟科技框架计划之下推行的。从技术研发方向上看，环保技术（既包括产品本身，也包括其生产过程）和道路安全技术的创新一直是欧盟针对汽车业的支持重点，旨在支持制造商向市场提供"更清洁、更安全，同时消费者支付得起的汽车"。就正在执行中的第七科技框架计划（2007～2013 年）而言，其下设的四大类项目中，适用于支持汽车业研发的是"合作"项目。从重点支持领域上看，第七框架计划中有诸多主题涉及汽车业，其中最重要的是"可持续性陆上运输"（Sustainable Surface Transport）。该主题又包括"陆上交通绿色化"、"鼓励车型更替和疏解运输"、"保证城市流动可持续性"、"提高安全性"和"提高竞争力"等五个更加细化的活动。此外，信息与通信技术主题下的"智能车辆系统"、能源主题下的"氢与燃料电池"以及"生物燃料"、安全主题下的"运输应用的安全系统"等都可用于为汽车业提供相关的研发支持。

在欧盟科技框架计划与相关规制框架的引导下，最近二三十年来，欧盟汽车企业一直将应对气候变化（减少有害气体排放）和道路安全的技术解决与升级方案置于发展战略的核心位置，近年来也取得了令人瞩目的成就。在环保技术上，仅在欧洲汽车制造商成员执行新车二氧化碳减排自愿协定的13 年里（这 13 年也是国际金融危机爆发前经济发展较为平稳的一段时期），欧盟汽车制造商向市场提供的二氧化碳减排技术就超过 50 项，包括改善发

---

① 根据 ACEA 的报告，其成员企业开发一种新车型平均至少需要 5 年时间。

② European Commission，"Facing the Challenge：the Lisbon Strategy for Growth and Employment"，report from the High Level Group chaired by Wim Kok，November 2004.

动机设计、使用轻型材料、发展替代燃料、开发驾驶检测仪等，将新车二氧化碳排放平均降低了 20%。图 7-1 直观地给出了这一变化趋势。另外，与 1990 年代初相比，新车的粉尘与其他污染物排放也大幅下降了 95%。[1] 在道路安全技术上，在过去三十年，虽然欧盟范围内的陆上交通量增长了 3 倍，但是交通事故年死亡人数却减少了一半。[2] 值得关注的是，近几年欧盟支持汽车业研发的方向呈现出新特点：一方面继续加强对现有技术的增量研究，如更清洁更节能的发电机以及综合安全系统的研究等；另一方面，加强新能源领域的突破性技术研究已成为重点，如第二代生物能源、氢动力电池、可充电的混合动力电池研究等。[3] 2010 年 4 月，欧盟委员会又发布了题为"清洁与高能效汽车的欧洲战略"的通报，进一步强调将开发环保与高效能汽车作为未来若干年的研发重点给予支持。[4]

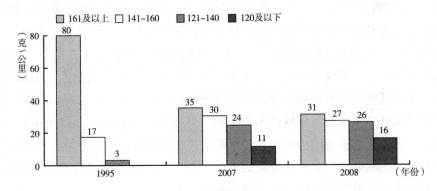

图 7-1　1995～2008 年欧盟新车二氧化碳排放变化趋势

资料来源：ACEA, *The European Automobile Industry Report*: *2009-2010*, 2009, Brussels。

另外，为推动欧盟、成员国及产业层面的技术研发合作，促进成员国间的技术交流，欧盟还通过技术平台等协调方式定期将汽车业各利益相关者召集起来，就产业研发遇到的困难及中长期技术发展趋势进行充分讨论，制定行业战略研究日程，并推动其有效地执行。进入 21 世纪以来，随着国际竞

[1] ACEA, *The European Automobile Industry Report*: *2009-2010*, 2009, Brussels, p. 15.

[2] ACEA, *The European Automobile Industry Report*: *2009-2010*, 2009, Brussels, p. 10.

[3] European Commission, "The EU's Automotive Sector: New Challenges, Responsibilities and Opportunities", MEMO/07/47, Brussels, Feb. 7, 2007, p. 4.

[4] European Commission, "A European Strategy on Clean and Energy Efficient Vehicles", COM (2010) 186 final, Brussels, Apr. 28, 2010.

争日趋激烈，欧盟委员会于 2003 年先后发起了两个汽车业技术平台，分别为"欧洲道路运输研究咨询委员会"（European Road Transport Research Advisory Council）和"欧洲氢与燃料电池技术平台"（European Hydrogen and Fuel Cell Technology Platform）。在这两个技术论坛中，前者关注的领域相对宽泛，而后者则专注于"氢与燃料电池技术"的开发，两者先后在第六和第七科技框架计划下为欧盟汽车业的技术研发制定了战略研究日程，成为欧盟支持汽车业研发与创新的最重要的协调方式。

第三，推动结构转型，降低社会成本。虽然汽车业长期以来一直是欧盟的优势产业，但是，近年来，在市场需求变化、国际竞争加剧、技术创新与规制变革等多方面因素的作用下，其结构性问题也日益暴露。其中比较突出的有：明显的产能过剩、高劳动力成本和高固定成本等。除技术创新外，部门结构调整与升级的另一个重要条件是提高劳动力技能以适应新需求，而在在职劳动力技能整体提升的同时，还必然会导致部分结构性失业，即淘汰一些与产业升级需求差距过大的劳动者。就欧盟汽车业而言，其就业人员中 60% ~ 70% 为熟练或半熟练体力工人，30% ~ 40% 为专业或技术型劳动力，这决定了其转型带来的结构性失业压力较大，社会影响不容忽视。另外，生产多以地区集聚的特点导致汽车业失业问题还会造成地区层面的负面影响。因此，近年来，推动结构转型、尽量降低其社会成本，帮助劳动者积极地适应转型成为欧盟汽车业产业政策的重要方面。在 2005 年的产业政策通报中，针对汽车业的重要横向政策之一即为推动结构转型。

总体而言，欧盟推动汽车业结构转型主要是通过财政支持与制度协调两者互补的方式来进行的。从财政手段上看，多年来，欧洲社会基金在汽车业结构调整过程中发挥了重要作用：从财政上支持对短期工人进行培训；支持企业与部门结构调整；支持再教育与再培训；基于对技术与市场需求变革的预期，进行必要的前瞻性技能培训等。就欧洲社会基金的实施渠道而言，2002 ~ 2006 年，欧盟委员会建立了培训和就业观测站，协调成员国间的教育培训活动，同时通过第二期列奥纳多·达·芬奇项目支持针对在职工人的技能培训。在 2007 ~ 2013 年的财政预算中，汽车业则受益于整合了的"终身学习项目"。这在上一章纺织服装业的案例研究中已有归纳，此处不再详述。从协调方式看，欧盟还于 2007 年专门发起了汽车业结构调整论坛，为各利益相关方提供社会对话的平台。该论坛全称为"预见汽车业变革的欧洲伙伴关系"（European Partnership for the Anticipation of Change in the

Automotive Sector)，其代表主要来自欧盟委员会、欧洲汽车制造商协会、欧洲汽车业供应商协会（CLEPA）以及欧洲金属行业工人联合会（the European Metalworkers Federation）。通过论坛，各利益相关者就结构转型的意义达成了共识：变革与转型并不意味着社会衰落和经济财富的流失，相反，如果能在有效的社会对话机制下，在社会伙伴与公共机构共同营造的良好、可持续、合理的条件下进行，变革能够巩固经济成果与社会进步。另外，论坛还确定了一个涵盖多项内容的两年工作计划，特别强调质量、生产率、技能和创新是欧盟汽车业未来竞争力的最关键要素，而加强这些要素则需要立足于已有优势，尤其是高附加值和高质量的产品以及受教育程度较高的劳动力等优势，进一步在教育和培训高技能工人方面下更大工夫。受其推动，欧盟委员会与欧洲议会于 2008 年专门指定 100 万欧元预算成立一个汽车业"非正式观测站"，主要负责监测全球汽车业的发展趋势以及行业就业与技能需求方面的变化，建立一个数据库，促进成员国政府与企业共享数据并在优化使用欧洲社会基金方面交流经验。

第四，借助贸易政策支持汽车业拓展国际市场。欧盟汽车业长期保持着强劲的国际竞争力，除了归功于行业自身扩展国际市场的不懈努力外，欧盟通过贸易政策提供的制度支持也不可或缺。总体而言，在这方面，欧盟的主要目标是尽量促使第三国向欧盟汽车业开放市场，同时从规则与制度上为其参与国际竞争创造更为有利的环境。

对于市场相对狭小的欧洲国家——尤其是对近年来国内汽车市场增长趋缓的西欧而言，推动第三国扩大开放对其汽车业提升竞争力和实现结构转型相当重要。实际上，作为国际市场上的主要行为体，欧盟汽车业已大大得益于新兴国家市场的开放，建立起了稳定的全球销售渠道，并由此确立了较强的竞争优势。欧盟的目标在于保持和进一步强化这种优势，并通过两种方式为此努力。第一，通过多边谈判和协议，主要是在 WTO 框架下促进第三国对欧盟汽车业开放市场。在多哈回合谈判中，作为出口优势产业的汽车业一直是欧盟积极推动的贸易自由化的重要部门。具体而言，欧盟期望促使第三国大幅降低进口关税、消除非关税壁垒、避免将汽车业作为"灵活"部门随意设置保护措施、保护知识产权等。第二，通过双边谈判与对话，推进特定国家向欧盟汽车业扩大开放市场。以给予第三国进入欧盟市场适当优惠为条件，换取对方提高对欧盟汽车业的开放度，同时要求对方（尤其是新兴经济体）加强相关的知识产权保护。例如，在 2010 年 10 月欧盟与韩国签署的双边自由贸易协定中，即包含韩国将削减对欧盟汽车的进口关税，以及将对欧洲品牌实行必要的知识产权保护等内容。值得注意的是，在近几年的汽车业双边贸易关系中，欧盟对中国尤其重视。欧盟认为，虽然其汽车业已在中国进行了大量投资，但是，中国仍是其出口前景最看好的市场，因此特别重视来自中国的非关税壁垒，其中包括中国对本国汽车业的特殊优待、通过所有权方式在管理上控制合资企业、对整车进口的限制与区别对待（通过主要零部件规制等方式）、中国与联合国欧洲经济委员会缺乏沟通与合作、保护知识产权不力等。这些也都成为近几年欧盟与中国涉及汽车业的贸易对话中的重要议题。

欧盟拓展外部市场的另一个重要途径是积极参与汽车业国际技术标准的制定，同时将其内部统一市场规则和环境标准等向外部世界推广，旨在降低其汽车业参与国际竞争的规制性成本。具体而言，欧盟一方面在优化内部市场规制的过程中尽可能以联合国欧洲经济委员会标准取代类似的欧盟标准，做到与国际标准接轨；另一方面，它还通过积极参与后者举办的汽车法规世界论坛尽可能地影响行业国际标准与规则的制定。例如，得益于欧盟委员会的支持，欧洲汽车制造商协会长期以来还有另外一个身份，那就是联合国欧洲经济委员会最重要的信息提供者与咨询机构，因此，对汽车业国际标准和规则的制定发挥着不可忽视的作用。另外，基于欧盟在环保与安全等领域的严格规制，欧盟汽车业与此相关的内部标准与规制长期处于世界领先地位，并为其他许多国家所采用。欧盟的政策导向是进一步鼓励这一趋势。

第三节　小结

本章选择了欧盟优势部门的代表——汽车业对欧盟产业政策做了第三个案例研究。前两节大致完成了对欧盟汽车业产业政策研究的主体任务。本节试图总结前文，对该政策的性质、特点、发展趋势及欧盟汽车业发展前景做简要总结与展望。

第一，总体上看，欧盟针对汽车业的产业政策是在其整体产业政策的框架下推行的。从实施时间上看，虽然长期以来汽车业受到欧盟及其成员国的特别重视，但是，欧盟层面的积极、系统的汽车业产业政策却始于1990年代中期，这在整体产业政策启动之后；从理念上看，虽然1990年代仍较明显地保留着贸易保护手段，但是，其实施空间一直在逐渐缩小，进入21世纪以来，尊重内外部市场自由运行的导向更加明确；从政策内容上看，基本上是横向产业政策在汽车业的具体应用。

第二，从政策重点上看，与其他部门相比，欧盟对于汽车业的规制以及优化其规制框架尤其重视。由于在生产与产品上的一系列特点，长期以来汽车业一直是受欧盟规制最多最严格的产业部门之一。近年来，随着汽车业内部统一市场的不断深化，成员国的规制明显减少，而欧盟层面规制的重要性显著提升。就后者而言，无论是出于完善内部市场目的还是旨在维护经济社会可持续发展的规制，都处于不断调整与优化的过程之中。另外，积极参与制定国际行业规则与制度，同时将内部市场规制与标准向外部推广是欧盟为汽车业争取有利国际竞争环境的重要战略性举措，且已取得显著成就。

第三，欧盟汽车业产业政策的另一重要特点是尤其注重行业发展的经济、社会与环境可持续性，体现了欧洲价值观及其经济社会模式的重要影响。汽车业产业政策中注重环保、节能、质量、安全以及减少转型过程中的社会成本等内容都是这一特点的具体体现。作为政策制定者的欧盟，一方面努力为汽车业发展与竞争力提升创造良好的制度环境，另一方面又将保护环境与保障公民利益作为重要责任。总体上看，这两个在许多其他国家和地区常常相互矛盾的目标，在欧盟实现了最大限度的相辅相成。目前，欧盟生产的汽车及其零部件在环保、质量、安全等方面都处于世界领先地位。同时，汽车业"社会对话"也在理顺结构转型过程中的劳资关系方面成效显著。这表明这种"欧盟特色"的产业发展模式确有值得他国关注与思考之处。

第四，展望欧盟汽车业的中长期转型前景需要综合考虑需求与供给两方面因素。总体而言，中长期需求趋势是一个有利因素。从量上看，发达国家汽车消费的更新换代，尤其是新兴经济体的机动车化（motorization）进程，都会使全球汽车需求在未来出现一个大幅增加的阶段。从结构上看，欧盟力图生产"清洁、简约、安全"汽车的理念似乎更符合消费者的长期需求；另外，欧盟一直是高档汽车的主要生产基地，这部分需求也因形成消费认同而比较稳固。从中长期供给上看，目前，欧盟对自身现有优势及发展的不利因素都有较明确的认识，发展新能源汽车的技术升级战略也已基本确定。鉴于此，如果能够基于环保、节能与安全等方面的既有技术优势，在突破性技术创新（尤其是新能源汽车）上抢占先机，同时合理规避劳动力成本高、内部市场相对狭小等不利因素，及时改善技能工人不足的局面，努力适应现实需求并积极引导未来需求，那么，欧盟汽车业成功转型升级、进一步巩固竞争力优势的乐观前景将仍可期待。

第八章　欧盟产业政策的运行机制

——兼论欧盟与成员国产业政策之关系

　　基于前几章对欧盟产业政策的发展历程与新动向的考察，以及对三个典型行业的案例研究，为了更全面地把握欧盟产业政策，本章将梳理和分析该政策的运行机制，并试图将其置于欧盟经济治理的更广阔背景下来理解。

　　就欧盟产业政策自身而言，以下两方面的内容决定了其运行机制的特点。第一，由于没有独立的政策工具，其目标必须借助于"其他政策和行动"得以实现，这一特征决定了其涉及的决策主体更多，决策过程比其他经济政策更复杂。第二，由于是欧盟层面的经济政策，其决策和执行是一种多层利益相关者之间的互动过程；同时，它不是欧盟的共同经济政策，不具有强制性，因此与共同经济政策接近于垂直管理的"硬"机制不同，欧盟产业政策的互动机制是一种以多方交流协商为特点的"软"机制。本章对欧盟产业政策运行机制的梳理和分析也将从这两个角度入手。

　　从欧洲经济一体化的角度看，对于欧盟产业政策运行机制的研究还有助于更全面地理解欧盟的经济治理模式。作为一体化限度最高的区域经济体，欧盟内部多层治理结构的不断丰富与完善有其鲜明的特点，近年来也成为国内外研究界的重要关注点。显然，欧盟层面经济政策的运行机制恰能为从经济角度理解这种多层治理模式提供一个较好的视角。欧盟产业政策不属于共同政策的范畴，它是对成员国产业政策的一种必要的补充与指导，其运行机制具有一定的特殊性。因此，考察其运行机制将丰富我们对欧盟经济的多层治理模式的理解。

　　另外，欧盟层面与成员国层面的产业政策之间的关系也值得关注。鉴于目前大部分产业政策的权力仍保留在成员国手中，欧盟产业政策在辅助性原则之下扮演着补充和协调的角色，为了使整个欧盟范围内的产业政策的轮廓更加清晰，有必要对两个层面产业政策之间的关系进行梳理，至少理清一个基本问题，即目前整个欧盟范围内的产业政策权力在欧盟层面与成员国层面之间的分配结构如何？对这一问题的探讨似乎已超出了欧盟产业政策自身运行的范畴，但是对于从欧盟经济治理的更广阔视角来理解其运行机制是必要的。

鉴于上文，本章结构安排如下：第一节归纳分析欧盟产业政策的运行机制，首先梳理其决策主体，而后分析该政策制定与执行过程中的多层互动机制，重点突出高层小组和技术平台两种协商形式；第二节着重从权力分配的角度，对欧盟层面与成员国层面产业政策之间的关系进行梳理与分析；第三节总结前文，对欧盟产业政策的运行机制以及欧盟与成员国产业政策的关系做进一步的评价。

第一节　欧盟产业政策的运行机制：决策主体与多层互动

一　欧盟产业政策的决策主体

自从欧盟层面正式获得产业政策的权力以来，三个核心决策机构——欧盟委员会、部长理事会和欧洲议会就一直在该政策的决策过程中发挥着主导作用。由于欧盟产业政策没有统一的决策程序，实际决策过程中的适用程序只能视借助的具体政策范畴而定，因此其决策机制与其他政策存在很大差异，决策主体和过程也复杂得多。

不论欧盟产业政策借助于哪项其他政策，欧盟委员会都享有相关立法、措施和行动计划的创制权，只是负责各项提案的总司会有所变化。在欧盟委员会的 30 多个总司当中，在产业政策决策过程中发挥核心作用的是企业与产业总司（DG for Enterprise and Industry），该总司的目标是保证共同体政策能够促进欧盟企业和工业竞争力的提高，其工作重点有两项：促进制造业发展与转型的产业政策；支持中小企业发展的企业政策。[①] 就产业政策而言，

---

① 该总司几经更名，2000 年之前为"产业总司"，于 2000 年改名为"企业总司"，后随着产业政策重要性的提升，又于 2004 年改名为"企业与产业总司"。参见 European Commission，"The Directorate General for Enterprise and Industry: Activities and Goals, Results and Future Directions"，April 2004，p. 7。

前文提到的 2002 年以来的几个政策通报都由该总司策划与起草。为了尽量使产业政策的目标能够借助其他政策得以实现，企业与产业总司在起草这些文件时会主动与其他总司（包括竞争总司、研究总司、内部市场与服务总司、就业与社会政策总司、地区总司、对外贸易总司、信息社会总司等）进行协商。在其他总司起草该领域与工业竞争力密切相关的政策动议时，企业与产业总司也会主动与其商讨，尽力促使其对产业政策的需要做适当的考虑。当然，由于各政策领域在实践中是相互依赖的，其他总司也会经常主动和企业与产业总司进行沟通。例如，旨在提高 ICT 产业竞争力的诸多政策措施，就是由企业与产业总司和信息社会总司反复商讨后共同提出议案的。通过这种方式，企业与产业总司努力将欧盟产业政策的目标与其他政策领域的具体动议结合起来，以期在这些动议获得批准之后，产业政策也随之得以贯彻。

部长理事会负责审批所有欧盟产业政策的政策提案（在"共同决策程序"下时须与欧洲议会一起决定）。由于产业政策可借助的其他政策领域较为广泛，因此，享有审批权的部长理事会也不止一个。目前对产业政策决策影响力最大的是竞争力理事会（the Competitiveness Council），它由原来的内部市场理事会、工业理事会和研究理事会于 2002 年 6 月合并而成。① 该理事会的主要工作是在欧盟委员会所提供的信息和分析的基础上，确定欧盟竞争力存在的横向和部门问题，并在做出对企业与产业发展有影响的政策决策时对竞争力因素给予充分考虑。另外，就业、社会政策、卫生与消费者事务理事会，以及运输、通信与能源理事会在产业政策的决策过程中也起着重要作用。

欧洲议会中负责产业政策有关事务的主要是工业、研究与能源委员会（Committee on Industry，Research and Energy），其首要职责就是负责欧盟产

---

① 鉴于内部市场、工业和研究三个领域之间的密切联系和相互依赖，同时从提高欧盟经济整体竞争力的角度看，三者更是不可分割，因此，欧盟于 2002 年 6 月合并了原来的内部市场理事会、工业理事会和研究理事会，命名为竞争力理事会（the Competitiveness Council），其目的在于更有效率地协调这三个领域的工作，更有力地促进欧盟经济竞争力的提高。从经济角度看，这次机构合并是合理的，有利于提高工作效率，然而，依照雅克·佩克曼斯的考察，三个理事会合并后的实际运作成本（包括交易成本和信息成本等）非常高。参见 Jacques Pelkmans，"European Industrial Policy"，in Patrizio Bianchi and Sandrine Labory（eds.），*International Handbook on Industrial Policy*，2006，p. 53，note 12。

业政策和促进新技术在各行业的应用，还包括与中小企业有关的措施。① 就产业政策而言，委员会交付的提案大多是由该委员会处理的，一旦由其处理，他们对此即负有责任。在欧洲议会大会上，只有该委员会提出或采纳的意见才是有效的，意见被采纳后即成为欧洲议会参与决策的意见（不论适用何种决策程序）。另外，由于产业政策可借助的政策领域较多，其他相关的委员会也发挥着相应的作用。

值得注意的是，近年来工业竞争力也成为欧盟首脑会上的一个重要议题。尽管欧盟首脑会的决定不具有直接的法律效力，但是，它实际上经常作为欧盟的最高决策机构发挥作用，它就工业竞争力等问题向竞争力理事会和欧盟委员会提出的要求对于欧盟产业政策的制定发挥着决定性的影响。例如，2003 年春季欧盟首脑会就把欧盟的竞争力作为其核心议题，并指定竞争力理事会继续加强从经济角度实现里斯本战略的努力。它要求竞争力理事会在欧盟委员会发展出来的综合政策的框架下，继续发挥其提高欧盟竞争力和促进经济增长的横向作用。而后，2003 年 10 月的欧盟首脑会要求委员会就欧盟范围内普遍关心的"产业空心化"问题进行调查分析并提出适当的政策提案。为回应此要求，欧盟委员会进行了数月的调查分析，先于 2003 年 11 月发布产业政策通报"欧洲竞争力的一些关键问题——通向综合方法"，随后又于 2004 年 4 月发布通报"培育结构变革：扩大后欧盟的产业政策"。这些政策通报的发布加快了欧盟产业政策进一步向前推进的步伐。

经济与社会委员会（Economic and Social Committee，以下简称经社委员会）和地区委员会（Committee of the Regions）是欧盟的两个决策咨询机构，它们在欧盟产业政策的决策过程中也扮演着重要角色。经社委员会的成员包括三类："雇主"类包括各类公私企业的代表；"雇员"类主要来自各国的工会组织；"第三类"包括非政府组织、农场主组织、小企业代表、消费者组织、环保组织等。根据欧盟条约的规定，在做出有关经济和社会政策的决策之前，理事会和委员会必须与经社委员会磋商。地区委员会则主要由地方政府的首脑、议员、市镇官员等组成，分别代表各自地区的利益。因工业发

---

① 该委员会原为"工业、对外贸易、研究与能源委员会"，后将对外贸易事务部门独立出来专门成立了"国际贸易委员会"（Committee on International Trade）。目前"工业、研究与能源委员会"由 107 名议员组成，其中 54 名为委员会成员（member），53 名为替补委员（substitute）。有关该委员会功能和人员构成的详细情况，可参见欧洲议会网页 http：// www. europarl. europa. eu/activities/committees/membersCom. do？language = EN&body = ITRE。

展与结构调整往往涉及甚至严重影响地区经济的发展，欧盟产业政策的决策大多也需要征询地区委员会的意见。由于两个委员会的意见具有广泛的代表性，为了提案的顺利通过与实施，实践中欧盟的决策机构都愿意与其保持紧密的联系。产业政策涉及的政策领域众多，自然更是如此。

由以上对各决策主体的职责和作用的叙述不难发现，欧盟产业政策的决策并非易事，各共同体机构之间的积极有效合作是其重要前提。这也从一个侧面反映出欧盟经济治理结构的复杂性。

二 欧盟产业政策的多层互动

虽然欧盟产业政策始终是在欧盟机构的主导之下逐步发展出来的，但是实际决策过程远为复杂。事实上，其制定和执行是一个包括欧盟机构、成员国政府、产业、企业、消费者、非政府组织、专家学者等在内的几乎所有利益相关者之间的多层互动过程，共同体机构的主导与相互合作只是这一过程的核心内容。实际上，只有实现多层次行为体之间的充分交流、得到尽量多的利益相关者的认同与支持，才能制定出更加合理的产业政策，也才有利于政策的有效贯彻执行。由于产业政策不是欧盟的共同经济政策，它是作为成员国产业政策的补充而存在的，不具有强制性，因此与共同政策的接近于垂直管理的"硬"机制不同，产业政策的互动机制是一种以多方交流协商为特点的"软"机制。这种"软"机制主要体现为产业政策决策和执行过程的多种协商形式。目前，这些协商形式主要包括高层小组（High Level Group）、技术平台（Technology Platform）、特别工作组（Task Force）和论坛（Forum），且以前两种最为普遍也最为重要。这些协商形式一般由欧盟委员会发起，最初针对个别行业，后来逐步扩展至更多行业，并发展出一些具有跨部门性质的形式。这些协商形式定期举行，共同推动欧盟产业政策向前发展。以下将主要梳理前两种重要的协商形式。

1. 高层小组

高层小组的目的是将某行业有关各部门（通常包括欧盟委员会、成员国、欧洲议会、产业企业界、行业工会、批发与零售等部门）的最高决策者召集在一起进行充分讨论，以集中各方面的意见，及时发现该行业竞争力方面存在的问题，从而为促进其竞争力提升或结构转型提出政策建议。从人员构成情况的角度看，高层小组在上述四种协商形式中的级别最高。为了配合产业政策的制定与实施，欧盟已在汽车业、医药业、造船业、纺织服装业、化学等多个部门成立了高层小组。另外，值得关注的是，欧盟委员会于 2006 年 2 月成立了竞争力、能源与环境高层小组（HLG on Competitiveness, Energy and the Environment），其工作不局限于某个具体行业，而是从产业政策整体的高度上对欧盟竞争力及其与能源和环境的关系做出评估，并给出全局性的政策方向和建议。下面以纺织服装业高层小组为例，归纳总结其发起、目的、人员构成、工作方式、作用等方面的内容。虽然第六章也对纺织服装业高层小组的目的和工作内容有所提及，但是本章着重于考察其工作机制。虽然各行业具体情况不尽相同，相应的高层小组在具体目的、工作方式和作用上也有差异，但是其分层的工作机制大体类似。

2003 年 10 月，欧盟委员会发布了一份针对纺织服装业的通报——"扩大后欧盟的纺织服装业发展前景"，[1] 随后获得了竞争力理事会的支持。根据该通报的计划，欧盟委员会很快发起成立了纺织服装业高层小组，其目的在于将与纺织服装业相关的各部门的最高级别决策者召集起来，就该行业在结构转型和提升竞争力方面遇到的困难，以及如何提供更好的制度环境展开充分讨论，努力达成具有可行性的一系列政策性共识，提出一整套可在地区、成员国和欧盟层面同时开展的行动框架，并为欧盟委员会和企业界在这些政策框架下的行动提出建议。[2]

从人员构成上看，目前纺织服装业高层小组由欧盟委员会企业与产业委员和贸易委员联合主持，其成员包括 4 位欧盟委员会委员，来自 5 个重要利益相关国家（包括法国、德国、希腊、意大利和葡萄牙）的部长级代表，2 名欧洲议会议员，14 名纺织服装企业总裁，2 名欧洲纺织服装总工会的代表（主席与秘书长），3 名批发和零售业高级代表，以及 1 名欧洲纺织业联合会（Association of European Textile Collectivities）的代表（主席），共 31 名成员。可见，高层小组虽具有"协商"、"讨论"和"建议"的性质，但是其目的和人员构成决定了它的政策建议必然具有相当高的权威性。

纺织服装业高层小组的工作方法是定期对该产业的发展状况进行评估，并向欧盟委员会提交评估报告，其中还包括具有针对性的政策建议。根据欧盟委员会的授权，该高层小组涉及的领域包括适用于纺织服装业的创新、研

---

[1] European Commission, "The Future of the Textiles and Clothing Sector in the Enlarged European Union", COM (2003) 649, 29 October 2003.

[2] 参见 http://ec.europa.eu/enterprise/textile/high_level_group.htm。

究、教育与培训、地区政策、国际产业合作、与贸易相关的问题（如第三国的市场准入、欧洲—地中海自由贸易区的完善、针对发展中国家的贸易优惠、保护知识产权以及与不公平贸易作斗争等）等内容。由于高层小组全体会议定期举行，不可能在会上处理所有具体事务，因此，为了保证工作的连续性并为下一次全体会议做准备，每个高层小组成员都指定一名私人代表（Sherpas）负责全体会议间隙的工作，由私人代表与高层小组成员及欧盟委员会的有关部门保持长期联系。在企业与产业总司和贸易总司司长的共同主持之下，这些私人代表会经常开会详细讨论一些重要问题，并负责就这些问题起草下一次高层小组全体会议的决议草案。为将工作更加细化，纺织服装高层小组还根据具体领域成立了 5 个级别较低的工作小组（working group），工作小组由相关领域的私人代表和专家组成，分别就其负责领域存在的问题进行讨论、提出政策建议与行动计划，并为行动计划确定时间表和具体的政策工具（如结构基金或科技框架计划等）。目前，这 5 个工作小组分别负责以下领域：研发与创新，教育、培训与就业，贸易问题，知识产权保护及相关的贸易问题，以及地区政策（特别组）。每个工作小组各有一名报告人（rapporteur），由该报告人在私人代表会议上作该组的报告，并在高层小组全体会议上就报告内容做简短发言。

根据上文的叙述，可将纺织服装业高层小组的结构和分层工作机制用图 8 - 1 大致表示。这种分层的工作机制既有利于将高层小组的工作细化从而落到实处，又能通过各层之间的紧密联系来保证最终政策建议的权威性。这也使得高层小组的政策建议成为欧盟委员会提案内容的重要来源。例如，纺织服装业高层小组成立后于 2004 年 6 月底向欧盟委员会提交了第一份报告，详细分析了欧盟纺织服装业在创新、教育与培训、保护知识产权等各方面存在的主要问题，在这份报告以及 2003 年 10 月通报的基础上，欧盟委员会很快

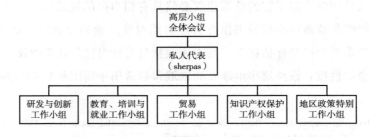

图 8 - 1　纺织服装业高层小组结构与工作机制简图

又通过了一份名为"2005年之后的纺织与服装业——来自纺织服装业高层小组的建议"的通报,[1] 随后获得了部长理事会的支持。高层小组在欧盟产业政策决策中的重要性可见一斑。再如,该高层小组负责贸易问题的工作小组除了处理一般性的贸易问题外,还将中国与欧盟的纺织品贸易关系作为工作的重点之一,并设有专人研究中国纺织品出口是否符合贸易规则。实际上,近几年来欧盟对中国发起的多次纺织品贸易反倾销调查都与高层小组的意见密切相关。

2. 欧洲技术平台

第四章提及,虽然当前欧盟针对不同部门的政策侧重点各有不同,但是其共同的支撑点在于提高整个制造业的知识和技术含量。自1984年以来的多个科技框架计划为欧盟实现这一目标提供了重要的财政支持,但是框架计划侧重于预算支持的特点决定了其作用的局限性。除了研发投入不足之外,欧盟工业技术创新面临的另一个重要挑战是各成员国研发活动严重割裂、缺乏有效的交流与协调,研究机构与产业企业部门的联系也不充分,这造成了本来就不很充足的研发资源的浪费。另外,工业部门各行为体在对技术创新迫切性的认识和努力方向上也缺乏共识。上述状况都要求各相关行为体之间就技术创新加强交流,而欧洲技术平台正是适应这一需求而迅速发展起来的。

截至目前,欧盟已发起了30多个技术平台,其中既有针对某个具体行业的,也有跨行业的。技术平台的目的在于将所有相关利益团体的代表集中起来进行讨论,就该行业或领域在技术创新上存在的问题达成共识,提出远景规划,并设计出适用于该领域的战略性研究日程(Strategic Research Agenda,SRA),也即具体的行动方向和计划。对于欧盟层面和成员国的政策制定者而言,技术平台能及时地发现问题,引起有关各方的关注,是一种早期预警机制;对于普通公众而言,技术平台有助于提高大众对行业技术现状、问题的认识,从而使技术创新理念和政策得到更为广泛的接受。[2]

与高层小组相比,技术平台主要关注某行业或领域在技术创新上存在的问题,针对性更加明确。鉴于此,在某些行业,欧盟既成立了高层小组又发起了技术平台,它们并不是孤立运行的,而是相互补充,从不同角度、不同高度上为提升行业竞争力服务,力求更好地将技术创新与结构转型和提升竞

---

[1] European Commission, "Textiles and Clothing after 2005—Recommendations of the High Level Group on Textiles and Clothing", COM (2004) 668, 13 October 2004.

[2] European Commission, STATUS REPORT *Development of Technology Platforms*, by a Commission Inter-Service Group on Technology Platforms, Feb. 2005, pp. 3 - 7.

争力切实结合起来。为了在总结技术平台工作机制的同时，突出各种协调形式尤其是两种最重要的形式——高层小组与技术平台——之间的联系与合作，以下仍以纺织服装业为例，对纺织服装业技术平台做简要梳理。

在纺织服装业高层小组于 2004 年 6 月提交给欧盟委员会的第一份报告中，即提出要发起纺织服装业技术平台以针对现存问题与障碍，促进技术创新，协调各成员国、产业界及研究机构之间的技术创新活动，并为纺织服装业制定一个战略研究日程，保证切实有效地执行。2004 年 12 月 16 日，纺织服装业技术平台正式发起，最初的参与者主要包括以下各方的代表：欧洲服装协会（European Apparel and Textile Association，EURATEX）、成员国纺织服装业协会、欧洲纺织服装业子部门行业协会（如欧洲化学纤维协会，CIRFS）、纺织服装企业、欧洲纺织技术中心网络（European Network of Textile Research Centres，TEXTRANET）、欧洲纺织业大学研究网络（European Network of Universities for Textiels，AUTEX），后来其范围进一步扩大至包括纺织服装批发与零售业，纺织服装高层小组的成员国，纺织服装业集中的地区，纺织服装业工会组织，与纺织服装业技术进步密切相关的信息通信技术产业、化学和机械制造业，消费者组织，以及建筑、医疗、铁路、航空等一系列纺织业下游行业的代表。① 与高层小组相比，纺织服装业技术平台参与者的覆盖范围要广泛得多，讨论也更加充分，形成了对高层小组工作的更具有针对性和切实性的补充。

纺织服装业技术平台的核心机构和决策机构是管理委员会（Governing Council），其任务是确定技术平台的总体战略方向，监督战略研究日程的设计与执行，并保证技术平台有效率地运行。目前，管理委员会共有 15 名成员，其中 12 名是来自纺织服装业企业界的高级代表，另有 3 名来自欧洲纺织服装行业协会和研究协会②的高级代表。为体现技术平台的行业和市场导向性，该委员会的主席和副主席都由产业界代表担任，强调技术创新为行业的结构转型和竞争力服务。

由于管理委员会一年只召开两次正式会议，不可能处理所有具体问题，因此，与高层小组类似，它也需要低一级的工作小组的支持。实际上，工作

① European Commission， "European Technology Platform for the Future of Textiles and Clothing （ETP-FTC）"，in STATUS REPORT *Development of Technology Platforms*，by a Commission Inter-Service Group on Technology Platforms，Feb. 2005，pp. 91 – 95.

② 包括上文提及的 EURATEX、AUTEX 和 TEXTRANET 三个组织。

小组对技术平台运转起到不可或缺的支柱性作用。根据该行业技术创新的具体方向，目前设有三个工作小组，分别负责"从普通纺织品向特殊产品生产转型"、"纺织品新应用"，以及"由大众化产品向为客户定制产品转型"。在每个工作小组内，又设有若干专家工作小组对该工作小组提供研究、政策建议等方面的更加细化的支持。除了上述三个并列的工作小组作为支持，纺织服装业技术平台还设有四个具有横向性质的特别工作组（task group），负责促进技术创新活动的制度环境建设，包括支持创新活动的融资环境、促进适应结构转型的教育与培训工作、技术标准化和创新管理，其中创新管理工作小组旨在更有效地将研究与技术成果切实应用于提高工业竞争力，同时还负责与提升欧盟整体技术创新环境相关的其他政策部门保持联系，以保证纺织服装业技术创新更好地与欧盟整体经济发展战略相契合。

为了有效地衔接工作小组与管理委员会的工作，技术平台还设立了秘书处。秘书处的职能主要是为管理委员会提供组织、秘书、运行等多方面的支持，包括组织会议，准备会议日程，完成会议记录，接受、印刷、分发工作组提交的文件等。另外，秘书处还是技术平台的信息交流中心，通过网站及时向公众公开技术平台的进展情况，同时负责技术平台运转的有关预算事务。上文提到的各工作小组经过讨论提出的政策建议都需要提交秘书处，由秘书处整理后在下一次管理委员会会议上进行讨论和表决，如获得通过，即成为纺织服装业战略研究日程的组成部分，最后再由秘书处将所有通过的政策建议总结成完整的战略研究日程。

出于将技术平台更好地与高层小组制定的行业总体战略相配合的考虑，由纺织服装业高层小组中的欧盟委员会委员和成员国代表组成了一个技术平台政治响应小组（Political Mirror Group）。该小组定期与技术平台的管理委员会交换信息，密切关注技术平台的进展及政策建议，并在高层小组的框架下根据优先次序对技术平台提出的促进研发与创新的相关措施的实施给予支持。高层小组与技术平台之间的这种联系既反映出技术创新在欧盟纺织服装业发展战略中的重要性，也有利于促进不同协商形式之间的沟通，更好地实现功能互补。图 8-2 给出了纺织服装业技术平台的工作机制简图。

除了针对某行业的技术平台，个别具有横向性质（如针对整个制造业）的技术平台也值得注意。另外，有的产业还根据现实需要，发起了多个技术平台，例如，目前在 ICT 产业的不同领域共发起了 9 个技术平台，欧盟委员会正在呼吁加强各技术平台之间的联系，以期更好地发挥协同效应。总体而

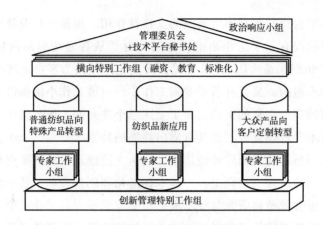

图8-2　纺织服装业技术平台工作机制简图

资料来源：根据 European Commission, STATUS REPORT *Development of Technology Platforms*, Feb. 2005, p. 93 制作。

言，由于发起时间不长，绝大多数技术平台的运作模式还不够成熟，目前正在朝着更加完善和高效的方向努力。另外，由于各行业或领域的情况与特点不尽相同，各技术平台的工作机制也各有特点。例如，网络电子媒体技术平台和陆上交通技术平台都不定期地举办所有利益相关者代表共同参加的论坛，这有利于更充分地交流、讨论，但是想要得到良好的效果，对会议筹备和协调工作的要求非常高，存在一定困难，因此至今尚未普及至所有技术平台。但是，近几年论坛在各技术平台中的普遍性明显提高，这也是技术平台追求公开性的一种体现，很可能会成为一种趋势。鉴于促进技术创新在欧盟产业政策中的关键地位，不断完善的技术平台在欧盟产业政策制定与实施中的作用也将越来越重要。

与高层小组和技术平台类似，特别工作组与论坛也都是为响应欧盟产业政策而发起的，只是在时间上比前两者更晚，至今其开展范围也并不广泛。目前，特别工作组只在 ICT 部门发起，论坛也局限于制药业。与高层小组和技术平台相比，后两种协商形式至少有两点与其相似：第一，都试图通过公开讨论的形式发现该领域存在的竞争力问题，并提出适当可行的政策建议；第二，在工作机制上都设立专家工作小组，通过分层工作的方式形成决策。区别之处主要在于，各种协商形式的参与者范围、代表级别、关注的具体角度不同。正因为存在这些差异，欧盟才根据实际情况在不同行业和领域发起了某一种、两种甚至三种协商形式。

综上所述，我们可以得出关于欧盟产业政策多层互动机制的几个基本结论：第一，欧盟产业政策的互动机制是一种典型的"软"机制，它强调公开性、协商性与开放性；第二，通过互动机制中的各种协商形式，欧盟委员会可以定期对制造业整体及各部门的竞争力状况做较为细致的分析，这使得产业政策总体方针和具体措施的制定更加具备现实基础，更加有的放矢；第三，进入21世纪之后，随着欧盟产业政策重要性的提升及其实施方式更加务实，其运行机制的轮廓才渐趋清晰，当前其互动的大多数活动仍集中在形成政策和初期执行上，有关政策中长期执行的多方互动实践并不多，这有待于欧盟在实践中的进一步摸索，也有待于进一步跟踪研究。不难预见，在产业政策的实践过程中，欧盟可能会根据现实需要进一步发展出其他的协商形式，但是，其具有"协商"性质的核心特征在短期内不会改变。

第二节　欧盟与成员国产业政策的关系

如果说相对于一国的其他经济政策，产业政策的实施方式和政策工具通常要复杂得多的话，那么，相对于一国的产业政策而言，超国家层面的欧盟产业政策无疑更加复杂，而产业政策权力在欧盟层面与成员国之间的分配结构正是这种复杂性的关键所在。为了从欧盟经济治理的更广阔视角更全面地理解欧盟产业政策的运行及其可能发挥的作用，还需要从该政策自身的"圈子"里跳出来，将其置于整个欧盟范围内（包括欧盟层面与成员国层面）的产业政策的框架下进行考察，梳理它与成员国产业政策之间的关系，探寻以下问题的答案：整个欧盟范围内产业政策权力的分配结构如何？换言之，在现有的产业政策工具中，哪些是由欧盟层面独享的，哪些是由成员国独享的，哪些又是由两者分享的？

要给出上述问题的答案，需要尽可能将目前欧盟范围内实施的所有产业政策工具列举出来，然后一一分析其权限归属。由于产业政策的定义本就存在争议，政策工具又纷繁复杂，因此这项工作虽然可行但并不容易。下文将依据较为宽泛的产业政策定义，尽量对欧盟范围内（包括欧盟层面和成员国层面）曾经和正在实行的产业政策工具进行分析。为与前文相呼应，也从横向政策工具和部门政策工具两个角度入手进行归纳。图8-3给出了目前这些政策权力在欧盟层面与成员国之间分配的简图，以下对图中列出的各项横向和部门政策工具做逐一分析。

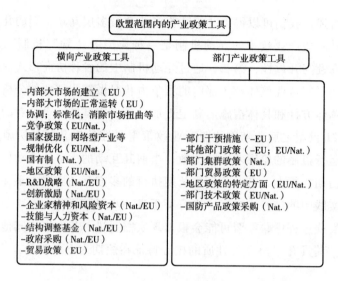

图 8 - 3　产业政策权力在欧盟层面与成员国之间的分配

　　资料来源：参考 Jacques Pelkmans，"European Industrial Policy"，2006，Figure 3. 1，p. 47。重新归纳整理。其中每项政策工具之后的缩写符号表示该政策工具在欧盟层面与成员国之间的权力分配情况，具体如下：EU 表示欧盟层面独享；EU/Nat. 表示欧盟与成员国层面共享；Nat. 表示成员国独享；Nat. /EU 表示由两个层面共享，但是权力主要在成员国层面；- EU 表示受欧盟层面的约束，成员国行动空间已很有限。

一　横向政策工具的权力分配

　　首先逐一考察图 8 - 3 中的横向产业政策工具。从经济角度看，欧盟本质上是一个经济货币联盟，而其中经济联盟的核心就是内部大市场的建立与不断完善。为了更好地理解欧盟产业政策的性质和地位，以及产业政策权限在欧盟和成员国两个层面的分配与协调，需要对欧洲内部大市场（包括其设计理念和正常运转的维持）有较好的理解。欧盟对于内部大市场的描述是"货物、服务和生产要素的自由流动，在共同体内跨国境开办企业的权力，以及为使内部市场正常运转的一切必要的共同规制和/或政策"。① 由于要素自由流动和自由开办企业的实践必须以一定程度的共同规制和相互承认为前提，因此，内部大市场的建立和正常运转的维持是需要同时推进的。鉴于内部大市场在欧洲经济货币联盟中的核心地位，与建立和完善内部大市场

① European Commission，"Internal Market Strategy：Priorities 2003 - 2006"，COM（2003）238，May 2003.

相关的一系列产业政策权限也相应地由欧盟层面所掌握。根据图 8 - 3 和第四章的叙述，标准化、简化内部大市场立法和统一规制等都是这方面的典型措施，并已取得明显成效。总体而言，至今成员国市场之间的割裂状况并未从根本上改变，内部大市场远未完善，这样欧盟层面虽独享该领域的产业政策权限，但是发挥作用的空间仍然有限。然而，反过来看，这也说明了未来欧盟层面通过这一领域实施产业政策的潜在空间仍很广阔。

　　竞争政策旨在保护有利于产业发展的开放竞争的市场秩序，是欧盟产业政策可以借助的重要手段之一。值得强调的是，虽然欧盟委员会在竞争政策上具有排他的决定权（在欧盟条约和理事会决议的框架下），但是其权力仅限于统一大市场的层面，成员国内部的竞争扭曲行为并不受欧盟竞争政策的约束，而是由成员国自身的竞争机构来控制。例如，涉及具有相当程度垄断特征的网络型产业，欧盟竞争政策只能限制会引起成员国之间资源配置扭曲（并因此造成不公平）的反竞争行为，对于影响局限于成员国内部的行为并没有权限。一个典型的例子是，第五章提到欧盟委员会针对各成员国电信运营商之间竞争不足，进而为推动移动通信资费下调所做的努力，实际上，欧盟层面只在限制成员国之间的移动通信费用（也即漫游费）上有权限，而各国的国内通信费则属于成员国规制的范畴。也就是说，如果将竞争政策作为提高欧盟工业竞争力之手段的话，那么，这一领域的政策权限为欧盟层面和成员国所共享，只是二者适用的层面不同。类似的，在"规制优化"领域，也呈现出由欧盟与成员国针对不同层面而共享权力的结构。

　　当产业政策涉及国有企业及其私有化时，需要强调的是，欧盟层面对于所有权持中立态度，这在欧盟条约第七部分（一般及最后条款）中的第 345 条有明确说明。[①] 虽然"放松管制"（deregulation）、"自由化"和"私有化"这三个说法经常被人们当做同义语，但是当涉及整个欧盟范围内的网络型产业的自由化时，这种混淆的用法是明显有误的。[②] 对于欧盟层面而言，私有化严格地指所有权由国家（或地方政府）向私人股东的转移，欧

---

①　在《里约》签署之前，第 345 条编号为第 295 条，该条具体内容可参考 *Consolidated Version of the Treaty on the Functioning of the European Union*, http：//www. consilium. europa. eu/treaty – of – lisbon. aspx? lang = en；亦可参见欧洲共同体官方出版局编《欧洲联盟法典·第一卷》，苏明忠译，北京，国际文化出版公司，2005，第 210 页。

②　Jacques Pelkmans，"European Industrial Policy"，in Patrizio Bianchi and Sandrine Labory (eds.)，*International Handbook on Industrial Policy*，2006，p. 49.

盟关心的是它对成员国间跨境竞争造成的影响，也就是影响自由流动和自由创办企业的相关问题，而不是所有权的性质，私有化政策严格地掌握在成员国手中。同样重要的是，虽然所有制问题完全属于成员国的权限范围，但是，为了避免扭曲内部市场，欧盟条约不允许成员国给国有企业以任何具体的比私人企业便利的经营条件。当成员国增加对国有企业的投资时，也要受到欧盟竞争政策对国家援助的监督。

地区政策也是经济联盟的必要组成部分，它不是欧盟内部富裕地区向贫穷地区的简单的财政转移，更重要的是为了推动目标地区实现"追赶式增长"，更好地实现经济趋同和提高凝聚力，以保障经济联盟的可持续性。地区政策对产业的影响是多方面的，但是，它一般不只针对某一特定产业部门，往往是横向性的，倾向于"硬基础设施"（道路、桥梁、隧道、网络等）的建设和"软基础设施"（人力资本、技术学校、再培训机构、管理能力等）的培育。① 除了欧盟层面的地区政策，大多数成员国也有自己的地区政策，旨在帮助本国经济落后地区的转型和发展，从而也可为提升工业竞争力作出贡献。总之，在将地区政策作为横向产业政策工具时，其政策权限为欧盟和成员国层面所共享。

在上述涉及经济联盟必要组成部分的各项横向政策中，欧盟层面获得相应的政策权限较早，政策权力也较大。相对而言，研发与创新支持、培育企业家精神、风险资本市场培育、结构调整基金等直接针对产业竞争力和结构转型的横向政策工具在成员国层面早已有之，而欧盟层面相应行动的启动则明显要晚得多，政策力度也较弱。例如，直到1980年代初之前，欧盟层面几乎所有的研究基金都用在了原子能共同体框架下的核能与其他能源部门。1984年，支持ICT研发的ESPRIT项目启动，而后跨年度的科技框架计划开始运作，欧盟层面支持研发的行动才正式拉来帷幕。同时，在1980年代初，除了钢铁业在煤钢共同体框架下有专门用于结构调整的资金，欧盟层面几乎没有结构调整基金。在创新激励、企业家精神和风险资本市场培育等方面，欧盟层面出台政策的历史更加短暂。近年来，虽然上述各项政策取得了明显进展，但是由于涉及的经济活动大多在微观层面且欧盟层面预算有限，这些领域的产业政策权力仍主要掌握在成员国手中，欧盟层面主要起到引导和补

---

① Jacques Pelkmans, "European Industrial Policy", in Patrizio Bianchi and Sandrine Labory (eds.), *International Handbook on Industrial Policy*, 2006, p. 48.

充的作用。此外，成员国在这些领域的政策还必须受到欧盟层面法律和相关政策的约束。例如，虽然各国对"基础性研究"的资金支持不受欧盟竞争政策中国家援助条款的限制，但是，一旦涉及"应用性研究"，就要视该"应用性"与最终市场的距离而受到监督。同时，成员国在结构调整项目上的资金投入也要受欧盟竞争政策的监督。在政府采购领域，目前权限仍集中在成员国层面，但是要受欧盟条约中"非歧视条款"的约束。当然，由于政府采购领域的敏感性，至今"非歧视条款"及相关规定的执行情况并不好。

　最后来看图 8 - 3 横向产业政策工具栏中的最后一项——贸易政策。众所周知，欧洲经济共同体的起点和基石是关税同盟，1980 年代中期又启动了单一市场计划，在其参与国际经济竞争与合作的过程中，共同贸易政策正是实现上述目标的政策保障。因此，在《罗马条约》中就有明确规定，后来的一系列相关规定都反复指出，在共同贸易政策领域，欧盟层面享有排他性的治理权限，其方式一直主要体现为欧盟委员会与部长理事会两大主要机构之间的互动和相互制约。① 这样，在将贸易政策（尤其是涉及产品贸易时）作为横向产业政策工具时，其权限为欧盟层面所独享。

二　部门政策工具的权力分配

　再来看部门政策工具。由于受到欧盟竞争政策的监督，目前，成员国层面采取传统的部门干预措施（通常以各种形式的国家援助为主）的空间已经很狭窄。值得一提的是，2005 年 6 月，为提高成员国对研发和创新活动的支持力度，欧盟委员会通过了一份国家援助行动计划，旨在适当放宽针对研发、创新和小企业风险资本等方面的国家援助的限制，将交由欧盟委员会审批的国家援助下限由 10 万欧元提高至 20 万欧元。② 这一行动说明了成员国的部门干预措施受到欧盟层面限制的程度。国家援助之外的其他部门政策权限为欧盟层面与成员国所共享，但是成员国措施也受到欧盟层面的限制，以防扭曲内部市场。另外，在欧盟范围内，支持产业集群发展的政策的重要性近年来不断提升，然而，目前这一领域的政策权限都在成员国手中，当然

---

① 参见吴弦《从"共同贸易政策"看"欧洲模式"——谈谈一体化中的"欧洲化"取向及其法律保障体系》，《欧洲研究》2008 年第 1 期，第 89～98 页。

② European Commission，"State Aid Action Plan"，COM（2005）107 final，7 June 2005.

后者出台的措施也不能与欧盟条约相抵触。总之，除了国防产品的政府采购因涉及安全政策这一尚未一体化的敏感领域外，目前成员国针对特定产业部门的行动空间都受到欧盟层面不同程度的限制。

在贸易政策领域，无论是横向政策还是部门措施，其权限都归属于欧盟层面。实际上，在贸易政策领域，尤其是涉及一些传统产业的进口时，欧盟的一些措施仍带有明显的部门干预色彩。然而，随着多轮 GATT 和如今的WTO 贸易谈判，欧盟已经与其东部和南部邻国、南非和墨西哥等国签订了一系列自由贸易协定，加上针对发展中国家的欧盟普惠制（Generalized System of Preference），欧盟工业品的进口关税总体上已经较低。[①] 同时，除少数几个部门外，针对其他 WTO 成员国的进口配额已经陆续地失去合法性，即使是一直游离在外的纺织服装产品贸易也于 2005 年 1 月 1 日被正式纳入 WTO 框架下。可见，欧盟实施部门贸易保护措施的空间已经越来越有限。另外，在涉及具体产业部门的地区政策领域，与作为横向政策工具时的情况一样，由欧盟层面与成员国共享政策权力。

在图 8-3 列举的所有部门政策工具中，欧盟层面和成员国在行动上都非常积极的是推动部门技术创新，这一领域的权限由两者共享。鉴于技术创新政策具有明显的正外部效应，整个欧盟范围内的相关政策动议和制定权有进一步向欧盟层面转移的趋势。实际上，在这一领域，欧盟的横向政策与部门政策之间的界限并不是很分明，两者都不再热衷由政府来"择优"的模式，而是倾向于支持市场导向型的项目。

结合图 8-3 及前文的分析，目前部门政策工具在欧盟层面与成员国之间的权力分配结构的大致轮廓已经比较清晰。应该看到，这一结构是在欧洲经济一体化不断向前推进的过程中逐步演变而形成的。在 1980 年代初之前，整个欧盟范围内针对具体部门的直接干预式产业政策相当普遍，只是具体的干预方式和程度有所不同。就欧盟层面而言，大多数措施具有临时性、应急性的特征，如放松对成员国给予衰退或危机产业的紧急国家援助的监督，明确的（或隐晦的）贸易保护措施，以及一些特别规制等。就成员国而言，除了普遍存在一些临时性应对措施，个别成员国的部门干预政策还带有明显的主动特征，尤以法国对一系列"大项目"（grand programme）的支持为典

---

① Jacques Pelkmans, "European Industrial Policy", in Patrizio Bianchi and Sandrine Labory (eds.), *International Handbook on Industrial Policy*, 2006, p. 51.

型。直至 1980 年左右，包括汽车、飞机制造、造船、煤、钢铁、纺织与服装、铁路车辆制造、电信设备制造等在内的很多部门长期受到上述政策的干预。自 1980 年代中期以来，在经济理论变迁、经济一体化进程加速（《单一欧洲法案》和《马约》相继签署、启动内部统一大市场建设、准备和启动货币联盟等）以及世界贸易自由化进程的推动下，旧的部门干预政策逐渐弱化，欧盟和成员国两个层面都出现了这一趋势。如今，传统的部门干预措施已所剩寥寥，即便是仍然保留下来的，干预力度也明显变得温和，主要包括仍然残留但数额已大大减少对采煤业的国家援助、出于"欧洲共同利益"考虑对空中客车公司的研发补贴、对造船业的国家援助、通过临时性的反倾销等贸易保护措施限制传统产业的进口，以及对来自苏联的钢铁和铝业进口的配额限制等。上述残留至今的旧的部门产业政策中，除贸易政策为欧盟层面所控制之外，其他都是经欧盟竞争政策豁免而由成员国实行的，而且目前大多也日渐式微，逐步走向消亡。[①] 即使是素有政府干预传统的法国，也逐步弱化甚至放弃了以"大项目"为特征的部门干预政策，放手让之前的"国家冠军"企业参与全球市场竞争，并逐步放松了对经济活动的规制。虽然法国的政府干预色彩至今仍比欧盟其他成员国浓重，但是较之 1980 年代初之前，干预空间已大规模收缩。[②]

三　欧盟层面与成员国产业政策关系之评析

基于上文对产业政策权力在欧盟层面与成员国之间分配结构的梳理，可以得出有关欧盟与成员国产业政策之间关系的几条基本认识。

第一，欧盟产业政策的指导性原则之一是辅助性，这决定了它是作为成员国产业政策的一种必要补充而存在的。依据欧盟条约和其他法律，欧盟层面和成员国的产业政策在一些领域"各司其职"，在另外一些领域又互相配合，共同为提高欧盟的工业竞争力而努力。从这一意义上说，可以认为，两者之间形成了一种事实上的互补关系。具体而言，从预算手段上看，欧盟产业政策只能算是对成员国产业政策的一种补充；而从横向政策上看，欧盟产业政策对成员国产业政策又起到明显的指导和引导作用。

---

① Jacques Pelkmans, "European Industrial Policy", in Patrizio Bianchi and Sandrine Labory (eds.), *International Handbook on Industrial Policy*, 2006, p. 69.

② Elie Cohen, "Industrial Policy in France: The Old and the New", *Journal of Industry, Competition and Trade*, Vol. 7, 2007, p. 222.

第二，虽然目前欧盟范围内大部分的产业政策权力（尤其是涉及预算手段）仍在成员国手中，但是，除了政府采购等个别领域，几乎所有的产业政策工具都要受欧盟竞争政策这一"共同准则"的约束。这意味着成员国实行传统的直接干预式产业政策的空间已很狭窄，这是欧洲经济一体化不断扩大与深化引起成员国政策环境发生深刻变化的直接体现。换言之，对于成员国产业政策而言，欧盟产业政策既是一种补充，同时也是一种重要的制约。经济一体化的不断深化使得整个欧盟范围的产业政策很难回到传统部门干预的模式上去。

第三，欧盟层面对各成员国产业政策的协调，以及欧盟层面与成员国产业政策之间的协调都有待于进一步加强。鉴于目前大部分产业政策权力仍掌握在成员国手中，因此，欧盟产业政策也力图在一定程度上实现对各成员国产业政策之间的协调。这一任务在《马约》设立第130条时就被明确提出，"各成员国一方面应保持同委员会的联系，一方面应互相磋商，并在必要时协调其行动，委员会可采取有益的主动行动以促进此项协调"。应该说，欧盟产业政策的实施在客观上的确起到了一定的协调成员国政策的作用，但是出于种种现实原因，迄今为止"主动协调"并未得以很好实现。例如，在对提升工业竞争力至关重要的研发与创新支持方面，欧盟层面的科技框架计划倾向于为一些专门的跨国项目提供支持，而且是直接支持企业，至今尚未主动用于对成员国政策的协调。考虑到欧盟层面的高科技项目预算仅为成员国高科技预算总额的1/20左右，欧盟层面主动协调成员国行动的重要性和难度都可以想见。[1] 另外，虽然欧盟与成员国的产业政策形成了一种事实上的互补关系，但是，两者之间的主动协调至今仍非常欠缺。一方面，这是因为欧盟产业政策发展时间不长；另一方面，也是更重要的，是因为各成员国内部的产业政策传统和实施方式各不相同，甚至对产业政策的认识也存在明显分歧，从而也就缺少在此领域与欧盟层面协调行动的主观愿望。上述两个方面协调的欠缺，都或多或少地会影响欧盟范围内产业政策整体效果的发挥。

第三节　小结

本章旨在梳理欧盟产业政策的运行机制，并试图通过对欧盟层面与成员

---

[1]　参见〔荷〕雅克·佩克曼斯著《欧洲一体化：方法与经济分析》，吴弦、陈新译，北京，中国社会科学出版社，2006，第374页。

国产业政策关系的考察，将欧盟产业政策的地位和作用置于更广阔的欧盟经济治理的视角下来看待。从结构上看，首先抓住决策主体和多层互动这两条线索梳理了欧盟产业政策自身的运行机制，然后详细考察了整个欧盟范围内的产业政策权力在欧盟层面与成员国层面之间的分配结构，进而对两者之间的关系做了简要总结。

就欧盟产业政策自身的运行机制而言，决策主体与多层互动这两个方面并不是孤立的，前者突出欧盟机构的作用，后者则强调多方协商的特点，两者从不同的角度共同勾勒出欧盟产业政策运行的"软"机制的大致轮廓。这种以协商为主的"软"机制既是欧盟产业政策运行机制的重要特点，也是欧盟诸多政策运行机制中的一种类型。总体而言，这一运行机制还远未完善，除了欧盟机构的工作效率经常为人们所诟病，其决策的公开程度也常遭到质疑等一些具有普遍性的问题，欧盟产业政策自身的具体运行也有待于进一步摸索，包括根据现实需要提高目前各种协商形式的效率或发展新的协商形式等。然而，鉴于欧盟在产业政策上的权力有限、产业政策本身的复杂性及其影响的广泛性等事实，目前这种运行机制的协商性、灵活性和公开性是必要的，既有助于保证政策的可行性，也有利于该政策的不断完善和修正。

另外，从理论上看，欧盟产业政策的理念和可利用的政策工具组合是比较清晰的。然而，在实际运行过程中，其制定和执行也会遇到不少现实的困难：首先，欧盟产业政策需借助的其他各项政策都有其自身所服务的目标，当这些目标之间发生冲突时，产业政策的制定和实施就会遇到困难；其次，欧盟内部复杂的政治博弈经常会使得理论上"可行甚至完美"的政策组合难以很好地得以贯彻。在考察欧盟产业政策的运行机制时，这些现实问题也是不能完全忽略的。

最后，总结欧盟范围内产业政策权力在欧盟与成员国层面之间的分配状况，可以发现，对于成员国产业政策而言，欧盟产业政策既是一种必要的补充，也是一种重要的制约，其协调功能有待进一步加强。实际上，两者的上述关系也从一个侧面反映了欧洲经济一体化不断扩大与深化的过程。可以预见，随着经济一体化的不断向前推进，欧盟层面的产业政策将发挥越来越重要的作用。

第九章　欧盟产业政策的理论探讨

　　第二章至第八章对欧盟产业政策做了较为全面的梳理与剖析，并对三个代表性行业做了案例研究，逐步回答了欧盟产业政策"是什么"的问题。尤其是从基本理念和实施方式的角度看，这一研究对象的形象已经相对比较丰满地展现在我们面前。简言之，自1990年正式启动以来，欧盟产业政策一直坚持市场导向的基本理念，其实施方式在总体上与这一理念也是一致的，以横向政策为主并逐步发展出了富有新内涵的部门政策。那么，本章关注的焦点将转移到"为什么"的问题，具体而言，即为什么欧盟产业政策会采取市场导向的理念和相应的实施方式？也就是要从理论上深入挖掘该政策的理念和实施方式的形成机制。对于这一问题，与其说是回答，不如说是探讨，即对欧盟产业政策进行理论探讨。

　　虽然近几年欧洲学者对欧盟产业政策的关注度有所上升，相关的研究文献也陆续发表，但是，整理这些文献会发现，基本上都未涉及该政策的理论基础（或理论来源）问题。或许可以从以下两个方面解释这一现象。其一，从经济学理论的角度看，应该说自李斯特（Friedrich List）和汉密尔顿（Alexander Hamilton）以来，支持产业政策的相关理论基础就已存在，但是，由于产业政策的实践非常复杂，对于其合理性也始终存在争议，因此，至今学术界仍没能发展出公认的有关产业政策的系统性理论著述，甚至对产业政策的定义也未达成共识。虽然产业组织理论及与之密切相关的规制经济学早已从经济学理论中独立出来并得以不断发展和完善，但是外延更广泛、内涵更复杂的产业政策理论却并未获得独立、系统的发展。今天的学者们仍在努力将产业政策理论从经济学理论中分离出来，但是至今这项工作尚未达到全面、深入、系统的程度。其二，从欧盟自身来看，与各项共同经济政策相比，产业政策的启动和发展时间较短，政策实践也更加复杂，相关的研究还不够深入，现有的研究要么集中于归纳和分析该政策的发展与内容，要么以欧洲经济一体化为背景评析该政策的地位和作用，对其理论基础的系统研究尚未正式进入研究人员的视线。作为市场经济高度成熟的发达国家的一体化组织，欧盟层面在制定和执行经济政策时，一般都基于比较明确的经济学理论。① 但是，产业政策的复杂性导致其经济学理论基础很难确定，事实上，欧盟委员会至今也从未明确提出或总结过其产业政策所遵循的经济学理论依据。在上述两个原因中，第一个涉及有关产业政策理论的一般性问题，而后一个在很大程度上可看做这些一般性问题在欧盟产业政策这一具体对象上的反映。

鉴于国内外学者在这方面的研究现状，为了逐步理清思路，本章将采用由一般到具体的分析方法：第一节梳理支持各种类型的产业政策存在的经济学理论，侧重于归纳近二十年来相关理论的新发展，试图从中找出支持欧盟产业政策理念和实施方式的经济学理论；第二节立足于欧盟的实际经济状况，探讨为什么以这些经济学理论为基础能够成为欧盟产业政策的现实选择，挖掘该政策理念和实施方式的具体形成机制；第三节对前两节得出的认识做一总结。

第一节　产业政策的经济学理论基础

纵观世界经济发展史，可以认为产业政策起源于现代民族国家的确立和资本主义的诞生。正是资本主义的诞生和发展使得工业产业（或者说组织工业生产的能力）成为一国财富的主要决定因素，而民族国家出于对这一决定因素施加影响的目的又纷纷采取各式各样的针对性政策，也即广义的产业政策。然而，自诞生以来，产业政策的理论基础和政策内容都经历了巨大的变化，尤以近二十年来的变化最令人关注。②

简言之，产业政策的理论基础可以看做支持各种类型的产业政策存在的经济学理论的总和。与通常而言的"产业经济学"（industrial economics）相

---

① 例如，欧元区的统一货币政策和欧盟竞争政策都有比较明确的经济学理论基础，前者是相关的宏观经济学理论，后者主要是相关的微观经济学理论，尤其是产业组织理论。

② Patrizio Bianchi and Sandrine Labory, "From 'Old' Industrial Policy to 'New' Industrial Development Policies", in Patrizio Bianchi and Sandrine Labory (eds), *International Handbook on Industrial Policy*, 2006, p. 3.

比，其范围不完全一致。虽然产业经济学已是国际上公认的相对独立的应用经济学科，也是近年来经济学理论研究最活跃、成果最丰富的领域之一，但是，对这一学科的研究对象和重点的界定，东西方的学术传统却有着不同的看法。在欧美，尤其是美国，产业经济学也被称为产业组织学（industrial organization），主要关注同一市场（主要是不完全竞争市场）上企业的行为及其与市场结构演变过程的密切关系，以及与此相关的公共政策。在日本，学术界则将产业结构理论、产业组织理论、产业关联理论和产业布局理论等都纳入了产业经济学的体系当中，并且特别重视对产业结构和产业政策的研究。在中国，"产业经济学"是个舶来品，改革开放之初受日本影响较深，1980 年代中后期开始美欧的主流产业经济学被引入并逐渐受到重视。目前对中国产业经济学体系发展现状及趋势的比较一致的看法是所谓"东西合璧"，即在某种程度上对欧美体系和日本体系进行整合。① 但是，由于东西方理论体系的形成背景和发展条件存在较大差异，这项整合工作并不容易，至今也并未取得实质性进展，未发展出比较系统、完整的与产业政策实践相匹配的产业经济学。值得注意的是，学术研究的分野并不意味着东西方的产业政策实践也截然不同。观察世界各国不同时期的政策实践可以发现，产业政策理念和具体实施方式的差异并不是严格依照东西方划界的。相比之下，将之归因于发展阶段和发展路径（或模式）的不同似乎更有说服力。鉴于上述情况，同时考虑到本书的研究对象——欧盟产业政策既不能完全通过产业组织学（即欧美体系的产业经济学）得到理论解释，也无法通过简单地将欧美体系和日本体系加以综合给出令人满意的解释。本章的分析暂不采用尚不够系统、完善的"东西合璧"体系，也即不从产业组织、产业结构、产业关联和产业布局等角度展开。前文已经提到，最近二十年来产业政策理论基础的变化尤其令人关注，考虑到欧盟产业政策正是在这二十年中启动和逐步发展的，因此，下文将通过梳理经济学理论的方法来归纳总结产业政策的理论基础，并重点突出最近二十年来的理论新发展，目的在于总结哪些经济学理论可以为欧盟产业政策的理念和实施方式提供支持，或者说欧盟产业政策都可以从哪些经济学理论中汲取思想养分。这种梳理方法与产业经济学的角度虽有不同，但是与产业经济学的框架并不矛盾，基本上可以涵盖所有类型的产业政策。

---

① 干春晖编著《产业经济学：教程与案例》，北京，机械工业出版社，2007，第 3～5 页。

需要强调的是，产业政策是市场经济体制下的经济政策，与"统制经济"为特征的计划经济绝非同一事物。对于本书的研究对象——欧盟产业政策而言，欧洲经济一体化的扩大与深化以及经济全球化的加速都决定了它是在开放竞争的市场环境下形成和不断发展的。鉴于此，下文对产业政策理论的梳理也将基于开放经济而进行，将 1980 年代中期之前的支持产业政策的理论归纳为两大类，即静态市场失灵理论和动态优势理论，并结合欧盟和其他国家的相关政策实践进行评述，而后关注近二十年来经济学理论的新发展，聚焦于技术进步和创新方面的观点。[1] 这些观点有些相互补充，有些又存在明显的分歧，体现了经济学理论发展过程中的不断修正与深化。

一　静态市场失灵理论

传统的静态市场失灵理论认为产业政策的任务应该仅限于弥补"市场失灵"，其中的"市场失灵"主要来源于市场势力（不完全竞争）、外部性、公共品、信息不完全和不对称、静态规模经济等方面。以下逐一做简要评述。

在存在市场势力（垄断或垄断竞争）的市场上，与竞争性市场相比，企业倾向于生产更低的产出，同时索要更高的价格。为应对这一问题，需要政府出面鼓励进入、限制提价和限制勾结等，也即通常所说的竞争政策的任务，而竞争政策的目的往往是在规模经济的市场绩效和有活力的市场竞争之间寻找适当的平衡。实际上，这一问题也正是美欧产业组织理论研究的核心所在。自 1970 年代以来，产业组织理论作为微观经济学的实证篇，在美欧再度繁荣起来，其特点是引进博弈论等工具，聚焦于"市场行为"，开展了十分精细的研究。产业组织理论研究所显示的这种趋势，显然同美欧国家的工业化和高度成熟的市场经济相适应。[2]

当一种消费或生产活动对其他消费或生产活动产生不反映在市场价格中的间接效应时，就出现了外部性。[3] 一个受到广泛认可的存在正外部性的重

---

①　此处对产业政策理论的归类梳理方法部分地参考了 Karl Aiginger & Susanne Sieber，"Towards a Renewed Industrial Policy in Europe"，2005，pp. 18 - 25；Lluis Navarro，"Industrial Policy in the Economic Literature—Recent Theoretical Developments and Implications for EU Policy"，2003。

②　杨治著《产业政策与结构优化》，北京，新华出版社，1999，第 28 页。

③　〔美〕平狄克、鲁宾费尔德著《微观经济学》（中文版），北京，中国人民大学出版社，1997，第 481 页。

要领域是研发和知识创新活动，从而使得产业政策的介入具有必要性。由于技术和知识的效应大多不是静态的，因此将放到后文做重点讨论。另外，在具有网络外部性效应的产业中，政府制定行业技术标准有利于减少消费者的搜寻和信息成本，但是，如果错误地制定了标准，也会因锁定效应而使该行业付出较大代价。因此，这项工作难度较大。欧盟电信业的 GSM 标准和数字电视 HDTV 标准的制定就从正反两个方面说明了这个问题。

公共品具有非竞争性和非排他性的特征，典型的例子是一国的物质基础设施（如交通运输网络）。企业运营的宏观与结构性经济信息也具有公共品的特点，从社会关系到政局稳定等一系列制度都是无形的公共品。公共品的特性决定了要么应由政府和公共企业来提供，要么由政府授权私人企业来提供。

在现实经济中，信息不完全和不对称是很常见的，它能够解释现实中的许多制度性安排。例如，由于银行无法确切知晓企业的盈利能力和努力程度，因此对企业的贷款就会不足，中小企业和创业期企业获得贷款尤其困难。另外，在产品市场上，消费者对产品质量信息的了解通常比厂商要少，利益无法得到保障。这些都为相应的产业政策提供了依据。

如果在某产品市场上大型企业的成本比小企业低，也即存在静态规模经济，那么进入就会很难，容易形成寡头或垄断市场结构。从理论上说，如果此时资本市场完善，新企业的进入不但是可能的，还可以达到与在位企业同样的规模，从而能限制在位企业的垄断行为。这就为政府产业政策的介入提出了需求。对于欧洲内部市场而言，来自静态规模经济的垄断已不再那么重要，因为在多数产业内达到了最小有效规模的企业往往都不止一家。有关动态规模经济将在下文的动态优势理论部分讨论。

对于市场失灵论，虽然也有反对的声音，但是，整个经济学界还是共识多于分歧，大多数经济学家承认市场失灵的存在并支持相应的产业政策。[①]而且，近年来有学者进一步强调市场失灵的普遍性和严重后果，并强调相应的产业政策的必要性。[②]

---

① 反对者虽然也承认市场失灵的存在，但是认为判断市场失灵的形式和程度很困难，即使判断正确，政府干预时也经常会犯错误，"政府失灵"很可能抵消干预带来的积极效果，因此不支持相应的产业政策的存在。

② Lluis Navarro, "Industrial Policy in the Economic Literature—Recent Theoretical Developments and Implications for EU Policy", Enterprise Papers No. 12, European Commission, 2003, p. 3.

二 动态优势理论

动态优势理论认为产业政策的作用不应仅限于弥补市场失灵，更重要的是推动产业结构升级。这类理论与产业经济学中的产业结构理论类似，其内容较为复杂，支持的产业政策类型也比较繁多，既包括适用于后起国家追赶先进国家的产业政策，也包括发达国家针对个别落后产业的追赶战略，还包括各类国家基于对未来发展趋势的预期而积极引导和推动产业结构升级的措施。由于各种各样的追赶战略和推动产业结构调整战略往往受国际经济竞争所驱使，因此动态优势理论所涵盖的各具体理论往往也与国际贸易理论联系紧密，动态比较优势理论、扶持幼小产业理论、产品生命周期理论、动态规模经济理论、战略性贸易政策论等都具有这种特点。

动态比较优势理论是在对古典经济学的比较优势理论进行批判性修订的基础上形成的。从国际分工的角度看，决定各国比较优势的主要因素是特定的技术水平和产业结构。无论是李嘉图（David Ricardo）的比较生产费用说还是赫克歇尔—俄林（Heckscher-Ohlin）的要素禀赋理论，都是站在静态的立场上，把各国的技术水平和产业结构视为既定的外生变量。所谓动态比较优势理论，是以动态的眼光看待一国的技术水平和产业结构，将其看成是内生的和不断演变的，其演变会导致一国贸易结构和经济福利的变化。一些国家经济由后进变为先进的经验表明，在逐步缩小与先进国家的技术差距的条件下，其产业结构逐步趋向于以高附加值产品为主导和支柱，贸易结构也相应地转变，转向出口收入弹性高、生产率上升快的产品，而进口技术水平不高、附加值较低的产品。这样，国际贸易利益分配格局就向有利于本国的方向转化，本国的经济福利水平也得到了提高。依照这一理论，不难得到有关产业政策的启示：后起国家积极推动技术进步和产业结构升级能改善其在国际分工中的不利地位，有助于实现"追赶战略"；而发达国家如此做有利于长期维护其在国际分工中的有利地位。二战后日本的经济奇迹通常被认为是后进国家运用产业政策成功赶超的典型。

扶持幼小产业理论可看做动态比较优势理论应用于后进国家的一个例子。该理论最初由德国历史学派经济学家李斯特在其《政治经济学的国民体系》中进行了论证，并在二战后逐步走向成熟。这一理论基于传统国际贸易中先进国家与后起国家之间贸易往来不平等的现实，认为以比较生产费用说为核心的传统贸易理论是以维护先进国家的利益为基础的，反映的是先进国家的经验，很难适用于后起国家。后起国家的现实选择应该是通过贸易保护和更加积极的措施，保护和扶持幼小产业的成长，使之在有限时间内具备与国外竞争者抗衡的能力，甚至成为优势产业。扶持幼小产业理论不仅在19 世纪对德国等国家的经济振兴提供了理论依据，而且对之后几乎所有后起国家的产业政策制定和经济发展实践都产生了深远影响。[①]

产品生命周期理论是美国经济学家雷蒙德·弗农（Raymond Vernon）于1966 年在"产品周期中的国际投资与国际贸易"一文中首次提出的。[②] 弗农认为：大多数产品都要经历一个大致包括开发（引进）、成长、成熟、衰退四个阶段的生命周期。在技术水平不同的国家里，这个周期发生的时间和过程不一样，存在着明显的"时差"。正是这种"时差"形成了同一产品在不同国家市场上竞争地位的差异，从而决定了国际贸易和国际投资的变化。这一理论的政策主张是，一国应加速缩小同他国的技术差距，加快产业结构升级的速度，尽快参与到产品开发和成长阶段中去，以便在国际贸易和投资中获得更多利益。

当企业的生产成本随生产积累和规模扩大而不断下降时，就出现了所谓"动态规模经济"。如果国际市场上的在位企业已经实现了较低的成本，那么进入就会很困难，垄断或寡头垄断的市场结构很难被打破。此时新进入者往往需要依靠政府的支持。在欧洲，支持打造国家冠军（national champions）或欧洲冠军（European champions）的观点大多来源于这一理论。

与"动态规模经济"密切相关的是战略性贸易理论。该理论认为，由于不完全竞争和规模经济的存在，国际市场竞争经常是少数几家企业之间的博弈，谁能占领足够多的市场份额，谁就能获得超额利润。该理论的政策主张是，政府应通过研发补贴和出口补贴等方式来帮助本国企业在国际市场份额的争夺中获胜，从而本国企业就可能成为国际市场上的斯塔克博格领导者，[③] 将外国企业的一部分利润转移到本国。[④] 然而，战略性贸易理论一直

---

① 夏大慰、史东辉著《产业政策论》，上海，复旦大学出版社，1995，第 51 ~ 52 页。

② Raymond Vernon, "International Investment and International Trade in the Product Life Cycle", *Quaterly Journal of Economics*, Vol. 80, May 1966, pp. 190 – 207.

③ 在斯塔克博格领导—跟随模型中，领导者企业先确定其产量，然后跟随企业在此基础上再确定自己的产量，其中领导者企业具有先行优势。

④ Barbara. J. Spencer & James A. Brander, "International R&D Rivalry and Industrial Strategy", *Review of Economics Studies*, Vol. 50 (4), October 1983, pp. 707 – 722.

颇受争议，除了认为保护市场会损害消费者利益之外，由于存在信息不充分和他国采取报复措施的可能性，这种"以邻为壑"的政策似乎并不明智。实际上，除了西欧各国为打破美国波音公司（Boeing）的垄断而联合成立空中客车公司，迄今为止，战略性贸易理论应用的例子几乎很难再找到。

总结上述动态优势理论，其产业政策启示要么与一国实现整体经济或个别产业的"追赶战略"有关，要么与一国保持整体经济或个别产业优势的"领先战略"有关，通常是直接干预型产业政策的主要理论支撑。动态优势理论的上述观点也散见于发展经济学理论，强调一国的经济发展与产业结构之间的适应性关系。

三　技术、知识与创新效应理论

近二十年来经济学理论的新发展使得技术、知识与创新在经济增长和发展中的作用受到空前重视，相应的，强调技术、知识与创新的产业政策理论与实践也得到发展。这方面的理论发展有一个基本共识，即技术与知识的动态正外部性使其对整体经济的溢出效应非常巨大。到目前为止，经济学界最为广泛接受的外部性就是研发和创新活动的正外部性。由于企业无法获得研发活动的全部收益，因此其研发投资会低于社会最佳需求水平。专利政策虽能在一定程度上保护企业的研发投资收益，但是并不能完全避免因技术扩散和模仿行为给企业带来的损失。企业对员工的培训也存在类似的情况，当接受了培训的员工流动到其他企业时，他们在培训中学习到的知识也被带到了其他企业，从而给原企业造成了损失。为了应对这一情况，往往由政府出面，或者组织公共研发活动，或者对私人企业的研发和培训给予支持。另外，经验表明，如果一国具有一个高效的创新体系，就能够快速地开展创新活动并扩散创新成果，从而能够实现较快的增长，而置身于适宜的创新环境中的企业也是如此。近二十年来的经济学理论新进展，包括新经济增长理论、演化经济学中有关创新的观点、创新体系论、产业集群论以及迈克尔·波特的产业竞争优势理论等都为更加积极的技术和创新导向型的产业政策提供了理论依据。而旨在为技术和知识密集型产业发展提供良好的竞争和其他制度环境、为技术扩散和知识传播提供支持的一系列产业政策措施也相应地越来越为世界各国所重视。

新经济增长理论出现于1980年代后半期，又称"内生技术进步理论"。与新古典增长模型将技术进步作为经济增长的外生解释变量不同，新增长理论试图将技术进步内生化。该理论对技术进步重要性的阐释分为两个阶段。第一，1980 年代末的第一代新经济增长理论强调，技术变革与资本积累（包括物质资本和人力资本）密切相关，通过"干中学"实现的技术进步对资本积累具有巨大的正外部效应，远超过劳均资本边际收益的下降效应，从而使得劳动生产率增长能够长期持续。[①] 第二，除外部性之外，1990 年代初的第二代新经济增长理论还将技术创新看做企业在市场竞争活动中的主动行为，因为新技术能够给予企业暂时的垄断地位从而获得高额利润。在当今收益递增和不完全竞争普遍存在的情况下，一国长期经济增长的决定因素不再是资本积累，而是企业的研发和创新活动。[②] 新经济增长理论的政策启示是，政府可以通过提高研发投入的规模和改善知识生产与扩散的条件等方式来促进经济长期增长。对比动态优势理论，实际上新增长理论并未提供一个全新的产业政策理论基础，但是其积极支持技术进步、知识生产和创新的政策启示更加明确。

随着尼尔森和温特的著作《经济变迁的演化理论》[③] 的出版，演化经济学作为有别于新古典主流经济学思想的一个经济学分支得以确立，之后大量与增长和创新有关的演化理论得以发展。实际上，新增长理论与纯粹的演化经济学之间的区别并不是很清晰，但是二者的侧重点不同。演化经济学认为经济的常态不是均衡，而是动态的变化，这种非均衡的思想引出了"创造性破坏"的概念，并认为经济结构转型和经济增长正是经济体系不断被新技术侵入和影响的过程，从而将知识和技术视作生产的核心要素。它区分了编码知识（codified knowledge）和意会知识（tacit knowledge）两种类型，并认为后者是创新的驱动力。意会知识的传播往往需要通过"干中学"以及口耳相传等方式，其传播受到诸多限制，从而使得地点和组织成为创新和竞争优势的核心来源。概括演化经济学关于创新的论述，可以将其政策启示归

---

① Paul M. Romer, "Increasing Returns and Long-run Growth", *Journal of Political Economy*, Vol. 94, No. 5, October 1986, pp. 1002 – 1037, 1986; Robert E. Lucas, "On the Mechanics of Economic Development", *Journal of Monetary Economics*, Elsevier, Vol. 22, No. 5, July 1988, pp. 3 – 42.

② Paul M. Romer, "Endogenous Technological Change", *Journal of Political Economy*, Vol. 98. No. 5, October 1990, pp. S71 – S102.

③ Richard R. Nelson and Sidney G. Winter, *An Evolutionary Theory of Economic Change*, Harvard University Press, Cambridge, 1982. 中文版见〔美〕理查德·R·纳尔逊、悉尼·G·温特著《经济变迁的演化理论》，胡世凯译，北京，商务印书馆，1997。

纳如下。第一，创新遍布于经济中几乎所有的部门和几乎所有规模的企业，因此，产业政策应该考虑一系列部门的需求，而不应只聚焦于个别高技术产业或个别企业。同时，在当今不确定性普遍存在的条件下，政府像企业一样很难预测不同技术研究路径的发展前景，因此，以"择优"为目的的政策很难成功。第二，政府应促进企业之间研发活动的网络化与合作。第三，政府应促进企业与科研机构的研发合作。第四，重视对研发活动的公共支持，这与新经济增长理论类似。但是，演化经济学特别强调，研发投入的水平自身只能解释经济和竞争力的一部分，应更多地关注如何提高研发支出的生产率。[①]

创新体系论是基于演化经济学有关创新的概念而发展起来的。自从1990年代初伦德瓦尔和尼尔森的著作[②]相继问世之后，目前这一领域的著述已颇为丰富。创新体系论将创新看做处于某种制度体系之下的、各不同要素之间交互作用的结果，认为创新体系包含所有影响创新形成、扩散和应用的重要的经济、社会、政治、组织和其他方面的因素。进而，该理论特别强调体系对于企业创新的作用，包括其制度和组织框架、文化和社会背景、规制体系和其他基础设施。对比世界各国的创新体系，法律、技术标准、公共财政、社会规则、健康规制等制度共同塑造了企业的动机和行为，不同的体系对企业创新和经济绩效的影响有明显差异。此外，创新体系论在地区层面的应用形成了产业集群理论，该理论将产业集群看做规模较小的创新体系。

与创新体系论并驾齐驱的是波特的基于集群理论的产业竞争优势理论。在其1990年出版的著作《国家竞争优势》一书中，波特强调了微观经济环境对产业集群竞争力的重要影响，并提出著名的钻石模型四要素（生产要素，需求条件，相关和支持产业，企业战略、结构和竞争），指出政府政策应通过影响这些要素来提高产业集群竞争力。值得注意的是，波特的理论认为所有生产率的集群都是有利于推动经济发展的，因此不赞同国家重点支持某些产业或只聚焦于高技术部门的做法，强调"重要的不是

① Lluis Navarro, "Industrial Policy in the Economic Literature—Recent Theoretical Developments and Implications for EU Policy", Enterprise Papers No. 12, European Commission, 2003, pp. 10 – 11.

② Bengt-Åke Lundvall, *National Systems of Innovation: Towards a Theory of Innovation and Interactive Learning*, London: Pinter Publishers, 1992; Richard R. Nelson, *National Innovation Systems: A Comparative Analysis*, Oxford University Press, 1993.

一国在哪方面竞争，而是在于它如何做"。依照这一观点，国家对所有现存和刚出现的产业集群都应该一视同仁，政府不应参与到竞争的过程中去，应该努力改善生产率增长的环境，比如改善企业投入要素和基础设施的质量和效率，让市场竞争机制充分发挥作用，制定规则和政策来促使企业升级与创新等。①

总之，上述各理论之间联系密切，都突出了技术、知识和创新对于经济增长和产业竞争力的重要性，可以归结为是"面向未来的经济理论"。这些理论对于产业政策的启示可简单归结为以下几点。第一，提升产业竞争力和整体经济竞争力越来越成为政府政策的目标，而技术、知识和创新成为决定竞争力的核心要素。第二，政策应集中于维护市场的良好运行，为企业发展和创新营造良好的框架条件。创新体系论还特别要求政府鼓励创新的方式由直接干预转为间接诱导。② 第三，创新体系和集群观点的发展要求产业政策的任务由应对"市场失灵"转向清除"体系缺陷"（systemic imperfections），针对创新体系运行中的不足采取措施。地区、国家乃至超国家层面的产业政策都应建立并充分发挥创新体系的作用。第四，各项经济政策应相互配合，服务于整体经济的创新，这已超出了产业政策本身的范畴。

综合上述三大类产业政策理论，可以发现，理论来源于实践，又反作用于实践，产业政策的理论与实践是相互作用的。传统的直接干预型产业政策主要得到动态优势理论的支持，部分地得到传统市场失灵论的支持。欧盟产业政策与传统的直接干预型产业政策有着明显区别：从理念的理论来源上看，它在强调弥补市场失灵的同时，又从近二十年来经济学理论的新发展中汲取了大量营养，不主张直接干预市场经济运行，而是强调为提升工业竞争力营造良好的环境，是一种"间接诱导型的产业政策"；③ 从政策重心上看，欧盟产业政策特别强调技术、知识和创新活动对于制造业产业结构升级和竞争力提升的重要性，是一种"面向未来的现代产业政策"；从实施方式上

---

① 〔美〕迈克尔·波特著《国家竞争优势》，李明轩、邱如美译，北京，华夏出版社，2002。

② OECD 于 1999 年进行的研究表明，在那些将创新体系方法融入其创新政策的国家，政府功能正在"由直接干预向间接诱导转变"。参见 OCED, *Boosting Innovation：The Cluster Approach*, OECD Proceedings, 1999。

③ 虽然欧盟产业政策也非常重视产业结构转型与升级，与动态优势理论的思路有相通之处，但是其政策的实施方式和干预程度明显不同。

看，欧盟产业政策基本上放弃了传统的厚此薄彼的"择优"方式，一直以横向政策为主，并发展出了富有新内涵的部门政策。对比前文的总结，可以认为，欧盟产业政策的理念和实施方式都明确体现出 1980 年代中期以来经济学理论新进展的影响。

第二节　欧盟产业政策的理论基础——一个理性分析的视角

根据上一节的梳理和总结，从理论基础上看，欧盟产业政策一方面基于市场失灵论，另一方面又体现了最近二十年来经济学理论新发展的重要影响。该政策提升工业竞争力的目标、市场导向的基本理念，以及以横向政策为主的实施方式，都体现了这两方面理论不同程度的结合与互补。就这两方面的关系而言，欧盟产业政策从市场失灵论中获得的启示主要是保持市场经济机制的正常运行，而从近二十年来"技术、知识和创新效应理论"中获得的启示更多的是确定了竞争力导向型的发展战略（及相应的实施方式）。对于一项积极的产业政策来说，发展战略与运行机制紧密联系，缺一不可。一方面，运行机制是发展战略得以贯彻的载体，对于欧盟来说，必须尽力克服市场经济这一运行机制存在的缺陷，才能更好地保证其产业政策提升工业竞争力的战略或目标的实现；另一方面，抛开发展战略而单纯考虑运行机制也是远远不够的，会使产业政策变得被动、消极，甚至蜕变为短期调节政策，无法适应当今日益激烈的国际经济竞争，而提高工业竞争力这一"面向未来的"战略使得欧盟产业政策更加积极主动。[1] 鉴于欧盟是市场经济高度成熟的发达国家联合体的事实，应对市场失灵当然是其产业政策的题中应有之义，这一点容易理解；而确定了竞争力导向的发展战略以及相应的实施方式却是欧盟面对经济全球化和内部一体化做出的更加积极主动的反应。从这个角度看，可以认为，"技术、知识和创新效应理论"对欧盟产业政策的影响比市场失灵论重要得多。

---

[1]　与其他经济政策相比，产业政策的特殊属性之一在于它最直接地体现了经济发展的战略意图，也就是说它是和经济发展战略紧密结合在一起的。从某种意义上说，产业政策是根据一定阶段的经济发展战略制定的，是经济发展战略的具体化。因此，与其他经济政策相比，产业政策更具有中长期政策的含义。参见周振华著《产业政策的经济理论系统分析》，北京，中国人民大学出版社，1991，第 28～29 页。

然而，上文对欧盟产业政策理论基础的归结明显地带有"一般性"的特征。经济学理论的发展是人类共同的财富，它为世界各国的产业政策选择提供了一般性的背景，却不能解释各国产业政策理念和实施方式的具体差别和特点。正如本书第一章中提到的，1980 年代中期以来，世界各国的产业政策都不同程度地由直接干预向重视市场作用的间接干预转变，这正是上述一般性背景起作用的体现。应该看到，由于国情（包括历史和现实条件）的差异，世界各国的产业政策在理念和实践上的差异是普遍存在的，即使是在欧盟内部，不同成员国的产业政策也都依自身的国情而各有特点。可见，为了更深刻地理解欧盟产业政策的理念和实施方式，仅仅总结一般性的理论基础是不够的，还必须从欧盟的"盟情"出发，尽可能地使理论探讨更加贴近欧盟的经济现实，分析是什么样的现实情况使得欧盟产业政策选择并坚持了市场导向的基本理念，并相应地采取了以横向政策为主的实施方式。

经济学的基本分析方法是"理性人分析"，概而言之，是将经济现象看做不同类型的决策者（包括政府、企业、消费者等）为达到既定目标，在所面临的约束条件下，进行理性选择的过程及结果。应用这一分析方法需要考察以下三个基本要素：第一，认识到经济现象中的主要决策者是谁，这个决策者要达到的目标是什么；第二，达到这个目标所面临的约束条件是什么；第三，有哪些可选择的方案，每个方案的特性、相对成本和收益如何。逐一分析这三个要素之后，对于决策者在现实约束条件下的理性选择，或者说经济现象背后的形成原因和机制也就不难理解了。各种各样的经济学理论正是在对大量的经济现象做了上述分析之后，通过比较与归纳而得出来的。[①] 本节也将尝试采用这一分析框架对欧盟产业政策进行理论探讨，试图通过对该政策形成和发展过程中的上述三个基本要素的考察，给出有关其基本理念和实施方式的形成机制的一个解释。具体而言，将从 1990 年以来欧盟产业政策启动和发展过程中决策者的目标及其面对的重要的客观和主观约束条件入手进行考察。

一　决策者及其目标

通过第八章的剖析，我们对欧盟产业政策的决策主体和运行过程的复杂

---

① 参见林毅夫著《论经济学方法》，北京大学出版社，2005。

程度已有所了解。从理论探讨的层面看，相对于所有决策主体（第八章第一节提到的）所面对的客观约束条件而言，可以将欧盟产业政策的"决策者"抽象成一个由所有决策主体构成的整体，并用"欧盟层面"来表示，这么做有利于撇开纷繁复杂的政策微观运行过程从而简化分析，同时也并不影响对政策目标和客观约束条件的理解。

现在来看决策者目标。欧盟产业政策自身的目标已比较清楚，即保持和提高共同体工业的竞争力，这在《马约》中即已明确，在相关的产业政策通报中也都有体现。值得注意的是，作为欧盟产业政策的抽象决策者的"欧盟层面"，在考虑启动和发展产业政策时除关注该政策本身之外，必然会主动地将其与欧盟的整体经济发展战略联系起来，也就是使产业政策的目标服从于整体经济发展的目标。实际上，自从1990年的第一份政策通报开始，迄今为止所有重要的欧盟产业政策通报都无一例外地将产业政策置于欧盟整体经济的大背景之下考虑，并强调该政策须配合整体经济发展战略的需要。这样，对欧盟产业政策决策者目标的分析就要结合欧盟的整体经济状况与发展战略来展开。

以班格曼报告Ⅰ为基础形成的1990年产业政策通报明确提出，经历了1980年代的经济转型之后，欧洲经济正处于一个转折点：经济和产业结构调整的步伐明显加快，全球经济竞争加剧，共同体要想继续在国际市场上与主要对手竞争，就不能坐以待毙，必须采取行动促进产业结构转型，提升工业竞争力。这份通报在宣布欧盟产业政策启动的同时，也将产业政策从一开始就置于共同体的整体经济状况和发展战略之下加以考虑。作为继1990年通报之后的又一关键性文件，1994年的班格曼报告Ⅱ将产业政策置于欧盟建设信息社会的整体发展战略之中，强调指出，为了在已现端倪的全球信息社会中占据重要一席，欧盟的当务之急是为建设信息社会采取行动。之后，如前文反复提到的，随着其"竞争力问题"变得日益突出，欧盟又于2000年提出了旨在推进经济社会改革和加速经济复兴的里斯本战略。鉴于2001~2005年里斯本战略实施不力及国际竞争形势愈加严峻的现实，欧盟于2005年宣布启动新的里斯本战略，聚焦于"增长与就业"，竞争力导向更加明确。2010年，欧盟提出了继里斯本战略之后的又一个十年发展战略"欧洲2020战略"，提出要实现"智慧型增长"、"可持续性增长"和"包容性增长"。实际上，欧盟产业政策自2002年以来进入了快速发展时期的这一新动向，在很大程度上正是出于配合推进里斯本战略的需要。作为欧盟经济中最具外向性、最直接参与国际竞争的部门，制造业竞争力的提升对于欧盟经济整体竞争力的提升有着至关重要的意义，或者说是后者的重要组成部分，相应的，产业政策也就成为实现里斯本战略的重要手段之一。"欧洲 2020 战略"更是将"全球化时代的产业政策"作为七大动议之一明确提出。

从 1990 年通报，到 1994 年的班格曼报告 II、2000 年的里斯本战略、2005 年的新里斯本战略，再到"欧洲 2020 战略"，可以总结出欧盟经济整体发展战略的两个重要特点：第一，竞争力导向越来越明确；第二，技术和知识导向越来越明确。结合上一节总结的"技术、知识与创新效应理论"的政策启示，可以发现，欧盟经济整体发展战略的这两个特点与经济学理论新发展的适用条件大体上是吻合的，相应的，其战略实现方式和手段的选择要从相关理论中汲取养分也就不难理解，而其中的欧盟产业政策也自然要受到相关理论的影响。从这个角度看，欧盟产业政策采取市场导向的理念，特别重视技术、知识和创新的作用，以横向政策为主的实施方式等，都可以理解为是与其整体经济发展战略相契合的一种理性选择。

二 客观约束条件：政策对象与政策权限

欧盟产业政策决策者面对的客观约束条件很多，笔者认为，以下两个方面的约束对该政策的理念和实施方式具有关键性的影响：一是该政策针对的对象——欧盟制造业——的发展状况与特点；二是决策者面对的权限约束。

首先，欧盟产业政策的行业覆盖面是工业，主要是制造业，其理念和实施方式的选择自然不能脱离制造业的发展状况和特点这一客观基础。根据前文的分析，自 1980 年代中期以来，欧盟制造业一直有两个比较突出的特点：第一，在高新技术产业上落后于美国和日本等主要竞争对手；第二，产业组织形式以中小企业为主。

欧盟制造业的第一个特点决定了其产业政策对高新技术开发与应用的高度重视。就高新技术开发而言，产业的技术特点及其变化对相应的政策选择也有影响。大量经验研究和案例分析表明，对于一项处于技术发展前沿的产业部门，或者在技术发展和市场需求上存在高度不确定性的产业而言，择优型政策发生判断错误的风险非常高；相反，对于技术相对落后、处于追赶当中的产业来说，择优型政策成功的概率相对大一些。① 当然，如果某个高新技术产业存在一个相对固定的技术发展路径，存在明显的规模经济，且市场需求和技术发生剧烈变化的可能性不大的话，择优型政策取得预期成效的可能性也相对大一些。民用客机的研发大体上符合上述条件，因此，在欧洲各国政府支持下，空中客车公司能够崛起并在国际市场上取得与美国的波音公司平起平坐的地位。另外，高速列车和卫星开发等领域也存在类似的特点。然而，自 1970 年代后期以来，在新科技产业革命带动下发展起来的高新技术产业（包括生物技术、新材料技术、医疗设备和 ICT 等部门）在技术发展上有着显著的新特点：一方面，这些产业的技术发展非常迅速，可谓日新月异；另一方面，技术发展路径存在着高度不确定性。这样，为了适应突然的、难以预见的技术和市场变化，企业就需要持续不断地调整或更新其技术开发战略与策略，而要预测什么样的产品在未来市场上能获得成功变得越来越困难。虽然规模经济仍然重要，但是，在很多情况下，富于灵活性的中小企业在开发适应市场需求的产品方面更有优势。对于这些高新技术产业，择优型政策不再行得通，产业政策的任务应该是保证一个有活力的市场环境，扫除企业发展的障碍，帮助有发展前景的创业期企业解决融资问题，重视研发与创新并给予横向性的支持。② 就欧盟而言，虽然在高新技术产业的竞争力上落后于美、日，但是其技术水平和研发能力在总体上仍处于世界领先地位，欧盟发展高新技术产业的主要目标并不是要追赶美、日，而是尝试在技术发展的最前沿有所突破，力图打造自己的特色，与美、日平分秋色甚至取得领先优势。上述高新技术的特点及欧盟制造业技术研发的目标表明，空中客车公司的经验已很难再复制，欧盟产业政策采取择优型的部门政策的空间非常狭窄，而以横向政策为主，创造良好的市场环境，让企业依据对市场的判断自主决定技术开发的路径，似乎是一种基于客观现实的更为理性的选择。

欧盟制造业的第二个特点是以中小企业为主，这一特点决定了欧盟对中小企业的格外重视，也在很大程度上影响了欧盟产业政策的理念和实施方式。从企业数目上看，有超过 99% 的欧盟制造业企业是中小企业。从就业

---

① 此处的"成功"是针对是否实现技术领先的目标而言的，并不是基于对全社会的成本—收益分析。

② Emmanuelle Maincent & Lluis Navarro，"A policy for Industrial Champions：From Picking Winners to Fostering Excellence and the Growth of Firms"，*Industrial Policy and Economic Reforms Papers No. 2*，DG Enterprise and Industry，European Commission，April 2006.

人数上看，约有 60% 的制造业就业在中小企业。① 根据图 9 - 1，2003 年，意大利、西班牙、波兰等国的中小企业就业均超过 70%，德国、法国、英国三大国的中小企业就业也分别达到 47%、53% 和 58%。从产值上看，目前欧盟制造业增加值的 45% ~ 50%（依统计口径而定）由中小企业创造，这一比重虽未明显过半，但是中小企业的重要性已不容置疑。欧盟制造业以中小企业为主的特点决定了其研发与生产活动的高度分散性，也使得扩散导向型（diffusion-oriented）的产业政策实施方式更具现实可行性。扩散导向型产业政策的说法通常是相对于任务导向型（mission-oriented）产业政策而言的，大体上相当于本书反复提及的横向产业政策。任务导向型政策一般聚焦于数量不多的大型国家级项目，期望通过大项目达到技术突破和产业集聚的目的，是一种政府强力推动型的政策。扩散导向型政策则力图推动更广范围的产业的现代化，一般通过在企业、研究和知识传播机构之间建立网络的形式，促进技术和知识的广泛扩散来实施，目的在于促进大多数或所有产业的升级，并非局限于某一特定技术或产业。在政策实践上，无论是高新技术产业，还是传统产业，如果产业组织形式是以高度分散的中小企业为主，那么聚焦于个别企业的产业政策往往难以达到提升整体产业竞争力的目的。实际上，西欧各国对这两种类型的产业政策实施方式也存在明显的偏好差异，至少在 1990 年代初之前是这样。根据艾格斯（H. Ergas）的分析，法国和英国偏好于任务导向型的政策，例如法国的 CONCORDE 项目②和核反应堆项目等，而德国和一些小国（如丹麦）则有实行扩散导向型政策的传统。③从企业规模上看，二战后法国和英国曾长期实行大规模国有化，从而大型企业比重高，而德国实行社会市场经济，自由发展起来的中小企业（尤其是中型企业）比重高，这种企业规模的差异或许可以部分地解释各国在产业政策实施方式上的偏好差异。综上所述，欧盟产业政策的启动和发展需要立

① European Commission, "Implementing the Community Lisbon Programme: A Policy Framework to Strengthen EU Manufacturing—Towards a More Integrated Approach for Industrial Policy", COM (2005) 474, 2005, p. 4.

② CONCORDE 项目指 1960 年代初法国和英国联合研发超音速民用客机的项目。1963 年 1 月，时任法国总统戴高乐在一次演说中曾用"协和"（Concorde）一词来表述法、英两国的合作，后来于 1969 年研发成功的超音速飞机也以此命名，称为"协和式飞机"。

③ H. Ergas, "Does Technology Policy Matter?" in B. R. Guile & H. Brooks（eds.）, *Technology and Global Industry: Companies and Nations in the World Economy*, Washington, D. C.: National Academy Press, 1987.

足于其制造业以中小企业为主的客观基础，这使得采取市场导向的理念和以横向政策为主的实施方式更具有现实合理性。

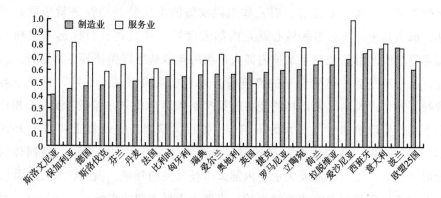

图 9 - 1　中小企业在欧盟制造业与服务业中的就业比重（2003 年）

资料来源：European Commission，"Think Small First: A Small Business Act for Europe"，SEC（2008）2101，2008，Fig. 2。

其次，我们来分析欧盟产业政策决策者面对的权限约束，这是另外一个重要的客观约束条件。就整个欧盟的经济治理而言，由于不同领域的一体化程度不同，欧盟层面在不同经济政策领域的行动空间也存在较大差异，不同政策因一体化程度的高低在欧盟经济政策结构中所处的地位也不同。这样，分析欧盟产业政策决策者的权限约束，就需要基于对该政策一体化程度的认识。同时，考虑到该政策一直强调不扭曲竞争的市场导向理念，将其与欧盟竞争政策联系起来进行分析也会有助于理解其权限约束。

王鹤在对欧盟经济政策结构的分析中，依据一体化程度的高低将欧盟现有的经济政策分为三大类：统一政策领域，密切协调的政策领域和协调形式相对较弱的政策领域。[①] 依照这一架构，欧盟产业政策应该是部分地属于第二类政策，部分地属于第三类政策，这两类政策都属于协调性的政策，在欧盟经济政策结构中的地位明显低于第一类政策。而竞争政策则不仅属于第一类政策的范畴，而且在欧盟经济政策的整体架构中居于首要地位。从实施时间上看，早在 1957 年，竞争政策就作为共同准则被写进了《罗马条约》中，是欧共体成立后实行的第一个共同经济政策。从一体化程度上看，自

---

① 有关欧盟经济政策结构的详细论述，参见王鹤《欧洲统一经济体评析》，《欧洲研究》2007 年第 1 期，第 18～20 页。

《罗马条约》生效至今的五十多年里，竞争政策经不断完善与改革已逐渐形成一套较为完备的竞争法律体系，并且一直是欧盟层面一体化程度最高的经济政策之一。从政策目的上看，如果说欧盟的本质是一个经济货币联盟的话，那么其中经济联盟的核心就是内部大市场（虽其建设目标远未实现），而竞争政策的目的就在于维护内部大市场的竞争秩序以保证其正常运转。因此，从欧洲经济一体化全局的高度看，竞争政策的"共同准则"地位不容置疑，其他涉及内部大市场的经济政策都必须遵循竞争政策的准则。① 相比之下，产业政策的情况则大为不同：一方面，欧盟产业政策正式始于1990年，当时《单一欧洲法案》已通过，内部大市场项目也已启动，共同体层面的产业政策无疑会涉及大量与内部大市场相关的领域，因此，其理念和实施方式必然要受到竞争政策的制约，也即要遵循不扭曲市场竞争的原则；另一方面，在启动欧盟产业政策的1990年通报中，辅助性就被确定为该政策的三个指导性原则之一，产业政策被确定为对成员国产业政策的必要补充和协调，其一体化程度远低于竞争政策，欧盟范围内的大部分产业政策权力仍在成员国政府手中。在政策实践上，欧盟产业政策也一直是遵循辅助性原则、作为成员国政策的补充而存在的，迄今为止欧盟层面对各成员国产业政策的协调还非常弱。② 上述两项政策在欧盟经济政策结构中的不同地位，在

---

① 值得一提的是，竞争政策在欧盟经济政策结构中的重要地位受到战后联邦德国秩序自由主义思想的影响。秩序自由主义思想由创立于1930年代的德国"弗赖堡法律和经济学派"提出，是战后联邦德国社会市场经济模式的直接理论来源。秩序自由主义认为，自由经济的秩序政策中首要的是竞争政策，从战后联邦德国的经济社会实践来看，竞争政策的确一直是其用以建立和保障"竞争秩序"的最重要手段。竞争政策在1957年就写进了《罗马条约》，也体现了秩序自由主义对欧洲经济一体化的影响，当然，这也可能是因为在欧共体创立和最初发展的时期正是德国社会市场经济模式大行其道的辉煌时期。参见王鹤《欧洲经济模式评析——从效率与公平的视角》，欧洲研究工作论文，2008年第1期，中国社会科学院欧洲研究所。

② 辅助性原则是规范共同体与成员国之间关系的原则。这一原则由《马约》列为共同体的规则之一（第3条B），但是辅助性在处理共同体内部关系中的实例已经体现在1976年的欧共体委员会的报告、1984年的《斯皮内利方案》、《单一欧洲法案》第130条R关于共同体环境政策行动的规定之中，甚至有人认为已经存在于《罗马条约》第235条（目前欧盟条约第352条）之中。1992年6月的里斯本欧盟理事会重申了辅助性原则的基本规则，具有法律约束力，是欧盟条约的组成部分。（参见〔德〕翁贝尔托·特留尔齐著《从共同市场到单一货币》，张宓、刘儒庭译，北京，对外经济贸易大学出版社，2008，第149页。）可见，虽然辅助性原则自《马约》签署后才正式得以确认，但是，这一原则作为划分共同体与成员国层面的政策权限的依据早已在发挥作用。实际上，竞争政策成为共同经济政策与这一原则也是相符的。

很大程度上决定了两者的关系。第一，竞争政策的"共同准则"地位决定了产业政策不能与之发生根本冲突，须遵循不扭曲竞争的基本理念，也就不能采取传统产业政策的各项直接干预措施。第二，两者不是非此即彼的矛盾关系，不仅如此，鉴于内部大市场的建设远未完善，竞争政策还是产业政策可以利用的"其他政策和行动"之一，甚至是产业政策最重要的实施手段之一。总之，由于启动时间偏晚、与内部大市场密切相关、一体化程度较低等几方面的原因，欧盟产业政策的政策权限（或者说行动空间）必然要受到竞争政策的制约。从而，与竞争政策的原则相一致，选择市场导向的理念和相应的实施方式，即使不完全是产业政策决策者的初衷，也不得不成为一种基于客观约束的现实选择。

另外，预算约束也是欧盟产业政策决策者面临的权限约束的另一个重要方面。虽然科技框架计划和结构基金都可以用于产业政策的目的，但是鉴于欧盟公共预算仅占其 GDP 约 1%，且其中相当大的比重用于共同农业政策（目前仍为 45%）的事实，欧盟层面针对制造业实行传统的直接干预型产业政策（往往采取直接或间接补贴的形式）的空间非常有限。

最后，如本书引言中提及的，1980 年代后期以来国际贸易的自由化进程和国际经济规制的日趋全面具体也使得各国实施传统的直接干预式产业政策的空间大大收缩。这无疑是欧盟产业政策决策时面临的重要的外部约束条件。但是，这一约束条件是世界各国所共同面对的，并非直接源自欧盟的"盟情"，此处不做详述。

三　主观约束条件：可选方案的范围

此处的"主观约束条件"指的是作为决策者的"欧盟层面"在决定产业政策的理念和实施方式时有什么样的主观倾向，这种倾向在很大程度上决定了决策者可选择的政策方案的范围，从而也可以理解为主观上的约束条件。对这一主观约束的分析，需要对"欧盟层面"这一决策者进行必要的分解，这里的分解并不是像第八章那样将"欧盟层面"分解为欧盟委员会、部长理事会和欧洲议会等不同机构，而是基于欧盟由经济结构和政策偏好各异的不同成员国组成的事实。欧盟产业政策的权力由《马约》授予，其基本理念和实施方式也写进了《马约》。鉴于欧盟层面获得任何一项政策权力都需相应的条约授予，而条约的签署又需要所有成员国一致同意，考察不同成员国的产业政策传统和偏好对于理解欧盟产业政策的理念和实施方式的形成确有必要。但是，这种分解并不意味着要——考察所有成员国的产业政策传统和偏好，这么做既不可行，也无必要。虽然 1990 年产业政策启动时欧盟已有 12 个成员国，如今已有 27 个成员国，但是，选择英国、法国和德国这三个在政策传统上有代表性并且在经济地位上有影响力的国家进行分析，就可以大致勾勒出欧盟产业政策决策者面对的众多可选方案的范围，进而能够对其选择的基本理念和实施方式给出某种程度的解释。下面将对二战结束后——尤其是 1980 年代中后期以来英、法、德三国的产业政策传统与偏好做简要评述。

英国是西欧自由主义经济思想的发源地。虽然二战结束后至 1970 年代末，英国政府实行了大规模的国有化，并采取诸多措施对产业进行强有力的直接控制，甚至在 1960 年代实行了一段时期的经济计划（虽然不像法国战后的经济计划那样具有强制性），但是，自 1980 年保守党上台执政之后，英国又出现了向自由主义的回归，实行所谓"新自由主义"，经济政策取向发生了根本性的变化，产业政策的理念和方式也由直接干预转向以市场为中心。[①] 至 1980 年代后期，英国已经是西欧最崇尚自由主义的国家之一，对几乎一切形式的国家干预都持敌对态度，甚至认为产业政策没有必要，不论是国家层面的还是共同体层面的。[②] 自 1990 年代初至今，英国一直保持着自由主义的传统，认为成功的政府政策只要尽可能地为私人部门创造最优的框架条件即可，无须更多。仅以近十多年来资本市场和企业并购的情况为例，足以说明英国政府崇尚自由主义（甚至接近自由放任）的态度。1995~2005 年的十年间，有超过 3000 亿英镑的外国直接投资进入英国，同时，金融时报 100 指数的企业中外资公司达 1/3。到 1990 年代末时，一些作为公益事业的电力和水供应公司也被外国公司收购，就连最大的国防电子设备供应商瑞卡尔计算机公司（Racal）也被卖掉。[③] 另外，与其他西欧国家迥异，英国的工会对外资收购本国企业也持温和或支持态度，认为外资收购后会比本土

---

① James Foreman-Peck and Leslie Hannah, "Britain: From Economic Liberalism to Socialism—And Back?" in James Foreman-Peck and Giovanni Federico (eds.), *European Industrial Policy: The Twentieth-Century Experience*, Oxford University Press, 1999, pp. 18 – 57.

② H. Ergas, "Does Technology Policy Matter?" in B. R. Guile & H. Brooks (eds.), *Technology and Global Industry: Companies and Nations in the World Economy*, Washington, D. C.: National Academy Press, 1987.

③ Patricia Wruuck, "Economic Patriotism: New Game in Industrial Policy?" Deutsche Bank Research Reports on European Integration, EU Monitor 35, June 14 2006.

企业投资更多并创造更多就业。

　　法国与英国形成强烈反差，是传统的直接干预式产业政策的强有力支持者和执行者，有着长期的部门干预和"择优"的传统。前文提到，不同国家对于"产业政策"概念的认识存在差异。在法国，"产业政策"一词一般是指针对制造业的某些部门的政策，特别是那些旨在打造产业专业化的政策。[①] 单单是对这一概念的认识，已经从一个侧面折射出了法国一贯的干预主义传统。二战结束后至1980年代中期，法国产业政策的措施可归为三大类：第一，实行经济计划和大规模国有化，将产业发展纳入政府制定的整体经济计划当中，并通过政府控制的国有企业来实施经济计划；第二，针对具有规模经济和高技术特征的产业制定部门发展战略，实施自上而下的"大项目"，这类产业政策往往被冠以"高技术科尔贝尔主义"（high-tech Colbertism）之名，[②] 在法国长期流行并被认为行之有效；第三，根据经济情况，非战略性地随机支持或保护一些产业，一般采取政府采购和补贴等方式。[③] 在上述三类政策中，"高技术科尔贝尔主义"往往被认为是法国产业政策的核心，甚至在某种程度上成为后者的代名词。[④] 虽然在1980年代中期之后，受到内外部条件的制约，"高技术科尔贝尔主义"的可行性已明显不如从前，法国产业政策也开始加强横向政策的作用，直接干预式政策有所弱化，[⑤] 但是，从主观态度上看，对待竞争、私有化和全球化的怀疑态度一直是法国政府和民众的主流意识。在经济全球化不断加速的今天，法国政府仍然非常不情愿将其工业暴露在市场力量和国际竞争之中，与其他西欧国家相比，其战略更具防御性，态度也更为保守，仍想保留由一批国家冠军企业

①　Elie Cohen，"Industrial Policy in France：The Old and the New"，*Journal of Industry, Competition and Trade*，Vol. 7，2007，p. 214.

②　"科尔贝尔主义"特指以国家干预主义和集中控制为特征的法国经济政策，因国王路易十四时期的经济改革家科尔贝尔（Jean-Baptiste Colbert，1619－1683）主张和推行这种做法而得名。

③　Jean-Pierre Dormois，"France：The Idiosyncrasies of Volontarisme"，in James Foreman-Peck and Giovanni Federico（eds.），*European Industrial Policy：The Twentieth-Century Experience*，pp. 58－97.

④　Karl Aiginger & Susanne Sieber，"The Matrix Approach to Industrial Policy"，*International Review of Applied Economics*，Vol. 20，No. 5，December 2006，p. 597.

⑤　就内部而言，由"大项目"扶持起来的法国大企业在走向国际化之后越来越倾向于根据市场情况自主做出生产决策，不愿再接受政府干涉；从外部来看，《单一欧洲法案》的通过和内部大市场建设的启动，使得法国部门干预的空间越来越有限。

基于政治保护和指导而形成一种紧密联合体的模式。① 值得注意的是，自 2004 年开始，出于对生产转移的担忧和对经济增长状况的不满，法国政府开始重新重视"大项目"，并提出了"竞争力极"（competitiveness poles）的概念，试图在能源、多媒体网络、清洁汽车等多个"技术核心领域"打造未来的"空中客车"。虽然由于诸多客观条件的限制，与 1980 年代中期之前相比，这一轮"大项目"在做法上有很大区别，但是，其主观意图显然是要在新环境下重新发挥"高技术科尔贝尔主义"的作用。呼吁重启"大项目"的贝法报告（Rapport Beffa）强调"路径依赖"，认为法国的未来不能依靠引进产业集群—纳斯达克模式，只能继续依赖包括国家冠军、公共研发支持和有责任感的公共机构等在内的国家传统。只有坚持之前的国家发展模式，方可塑造法国未来的竞争力。②

在自由主义与政府干预主义的取舍上，战后的德国（指联邦德国）选择了自由主义。但是与英国自 1980 年代初之后推行的"新自由主义"不同，德国追求的是一种有秩序的自由主义，即弗赖堡学派推崇的"秩序自由主义"，同时推行带有较强社会保护色彩的"社会市场经济模式"。秩序自由主义和社会市场经济模式在很大程度上决定了德国产业政策的理念及具体做法。就产业政策的理念而言，德国也主张政府为企业运营创造良好的框架条件。这一点与英国相似，但是其追求的首要措施是通过竞争政策来保证自由市场的竞争秩序，这又明显不同于英国的自由放任。同时，德国也不支持传统的针对特定部门和企业的国家援助措施，因此，德国不仅没有像法国那样的支持国家冠军的政策，而且严厉的反垄断措施使得超大规模企业很难产生，企业规模以中小型（尤其是中型）为主。虽然坚持市场导向的理念，但是，德国产业政策的具体措施也会受到经济环境变化的影响，也会出现与其理念不一致的做法，这主要体现为政府对对外贸易的直接干预。例如，在经济不景气，国内需求不足，某些部门由于外部竞争的冲击而出现较严重的失业问题时，德国政府经常会在社会压力下采取关税和数量限制等进口限制

---

① Jean-Pierre Dormois, "France: The Idiosyncrasies of Volontarisme", in James Foreman-Peck and Giovanni Federico (eds.), *European Industrial Policy: The Twentieth-Century Experience*, Oxford University Press, 1999, p. 92.

② Elie Cohen, "Industrial Policies in France: The Old and the New", *Journal of Industry, Competition and Trade*, Vol. 7, 2007, p. 224. 贝法报告是应时任法国总统希拉克的要求，由法国圣戈班玻璃公司总裁贝法（Jean-Louis Beffa）领导的一个由工业企业家、专家和工会主席组成的 12 人小组撰写，于 2005 年初完成。

措施，或者通过税收和出口保证等措施促进出口。① 在德国，政府偶尔也会对企业规模施加影响，如支持企业合并重组等，但是，这往往并不是出于干预经济的主观愿望，而是为挽救就业而被迫采取的救援措施。② 可以说，这些做法与社会市场经济模式对社会保护的重视不无联系。另外，值得注意的是，虽然德国的国家援助大都是横向性的，但是数量并不少，甚至可以说很慷慨，在西欧主要国家里是最多的（见图9-2）。③ 总之，从理念上看，德国的产业政策是自由主义导向的，与英国接近却又有差异；从实践上看，虽以创造良好的框架条件为主，但是一些政府干预的做法也时有发生。总之，在对待自由主义和政府干预的态度上，可以认为德国产业政策的理念和实施方式介于英国和法国之间，且更接近于英国。

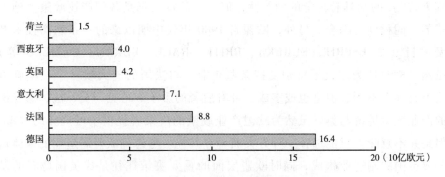

图9-2　西欧各国国家援助总额比较（2003年）

资料来源：Patricia Wruuck，"Economic Patriotism：New Game in Industrial Policy?" Figure 4。

上文对英、法、德三国产业政策传统与偏好的归纳大致勾勒出了欧盟产业政策决策者在确定政策理念与实施方式时可选择方案的范围。就理念而言，与法国长期实行的干预主义产业政策相比，欧盟产业政策更接近于英国和德国，是一种自由主义的市场导向型产业政策。具体而言，由于强调竞争

---

① Wilfried Feldenkirchen，"Germany：The Invention of Interventionism"，in James Foreman-Peck and Giovanni Federico（eds.），*European Industrial Policy：The Twentieth-Century Experience*，Oxford University Press，1999，p. 105.

② Patricia Wruuck，"Economic Patriotism：New Game in Industrial Policy?" Deutsche Bank Research Reports on European Integration，EU Monitor 35，June 14 2006.

③ 即便剔除因统一而发放给原东德地区的援助，德国国家援助的数量也是很大的。参见 Patricia Wruuck，"Economic Patriotism：New Game in Industrial Policy?" Deutsche Bank Research Reports on European Integration，EU Monitor 35，June 14 2006。

政策的优先地位，它又明显不同于英国的新自由主义，与德国的理念似乎更加接近。然而，考虑到法国一贯的政府干预主义传统以及欧盟层面决策的复杂性①，与其说是欧盟产业政策主动地选择了德国式的自由理念，倒不如说是德国的理念一方面具有一定的折中性（相对于英、法而言），另一方面作为一种宽松的自由理念也易为各国所接受。欧盟产业政策是依据辅助性原则存在的，这种宽松的自由主义理念即便不为法国和其他有政府干预传统的成员国所青睐，作为一种补充显然也是可接受的。就实施方式而言，欧盟产业政策也体现了各国偏好的不同程度的结合。市场导向的理念决定了欧盟产业政策以横向政策为主，部门政策也基本上不再采取传统的直接干预方式。目前的这种横向政策与部门政策相结合的实施方式（也即艾根格所说的"矩阵方式"）的确具有一定的创新性，但是，其本质仍是各国产业政策实施方式的不同程度的综合。另外，欧盟自 1980 年代中期以来的一系列高技术开发项目（如 ESPRIT、EUREKA、BRITE、RACE、EURAM、GALILEO 等）虽然以横向性为主，不特别支持某些企业，与法国的"大项目"在实施方式上有很多不同，但是也或多或少带有后者的影子。可见，英、法、德三国的产业政策传统与偏好虽然为欧盟产业政策的决策者提供了可选择的方案，但是并不意味着只能选择一种方案而舍弃其他。考虑到欧盟制造业的整体由各成员国的制造业构成，同时欧盟层面的重要决策往往是成员国博弈的结果，虽然欧盟产业政策的理念和实施方式与德国有诸多相似之处，但是，实际上体现了各国政策传统与偏好的不同程度的结合，解释为现实中各国产业政策理念与实施方式的折中与妥协似乎更为贴切。

上文从理性分析的视角对欧盟产业政策决策者的目标及其面对的重要客观与主观约束条件逐一做了评析，大体上勾勒出了该政策的理念与实施方式的形成原因和机制。简言之，欧盟产业政策从近二十年来经济学理论的新发展中汲取了大量营养，既是一种顺应时代潮流的主动行为，更重要的，也是由多方面主客观因素共同作用的"合力"推动所致（图 9 - 3 大致表示了这一"合力"机制）。这样，欧盟产业政策的理念与实施方式不仅体现了时代特征，而且带有明显的欧盟特色。

---

① 在布鲁塞尔，法德之间的产业政策之争长期存在。同时，除法国之外，意大利和西班牙也有较明显的政府干预经济的传统。参见 H. Ergas，"Does Technology Policy Matter?"in B. R. Guile & H. Brooks（eds.），*Technology and Global Industry：Companies and Nations in the World Economy*，Washington，D. C.：National Academy Press，1987。

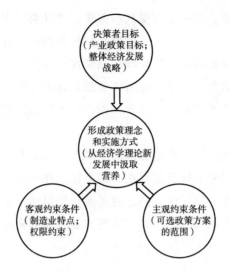

图 9 - 3　欧盟产业政策理念与实施方式形成的"合力"机制

第三节　小结

本章旨在分析欧盟产业政策的理念与实施方式的经济学理论基础，并结合欧盟的经济现实探讨其形成机制。这一工作采取了由一般到具体的分析方法，先梳理了支持产业政策的经济学理论，着重归纳近二十年来相关理论的新发展，突出了"技术、知识和创新效应理论"的政策启示，而后从理性分析的视角，通过对欧盟产业政策的决策者目标及其面对的重要客观和主观约束的逐一评析，探讨了该政策的理念与实施方式的具体形成机制。上述工作得出的基本结论是：欧盟产业政策的理念和实施方式一方面基于市场失灵论，另一方面，也是更重要的，受到近二十年来经济学理论新发展的重要影响。基于理性分析的视角对欧盟"盟情"进行考察的结果表明，正是欧盟的整体经济发展战略、制造业的发展状况与特点、欧盟层面在产业政策领域的权限、各成员国政策传统与偏好的差异与博弈等重要因素的"合力"作用，一方面使得该政策能够从经济学理论的新发展中积极地汲取养分，另一方面也使其理念和实施方式带有明显的欧盟特征。

必须说明的是，虽然欧盟产业政策一直坚持市场导向的理念，在实施方式上相应地以横向政策为主，近几年发展出来的部门政策也是基于横向政策，富有新内涵，但是，实践中的产业政策措施并不总是与经济学理论和相应的政策理念相一致，它还经常受到利益集团和社会压力等因素的影响。就欧盟产业政策来说，对于传统产业的贸易保护行为就有悖于其市场导向的理念和开放性的指导性原则。近年来欧盟频频在纺织服装、鞋类和钢铁等传统产业对从中国进口的产品采取反倾销措施就是这方面的典型例子。这种贸易保护行为并非基于什么明确的经济学理论，主要是出于保护就业和缓解社会压力的考虑。

总而言之，虽然经济学理论无法圈定产业政策实践的全部行动范围，其他非经济因素在现实中不仅总是存在，甚至还会在一些特殊时期形成重要影响。但是，经济学理论和相应的理念的关键作用仍然不可低估，它们决定着欧盟产业政策实施方式的主流。结合欧盟产业政策的实践，这一主流与支流的关系并不难理解。

第十章　国际金融危机冲击下的欧盟产业政策

2008 年下半年，发端于美国的次贷危机演变为席卷全球的金融风暴，其后更迅速发展成为战后影响范围最大、破坏力最强的国际金融危机。受其冲击，世界各大经济体的实体经济遭受重创，欧盟诸多成员国也纷纷陷入战后以来最严重的经济衰退之中。随着诸多制造业部门纷纷陷入困境乃至危机，欧盟及其成员国出台了一系列救助措施，其中不乏通过国家援助形式给予补贴等传统产业政策手段。根据前文的研究，总体而言，欧盟产业政策的理念是市场导向的，强调为提升工业竞争力和推动结构转型创造良好的环境，反对传统的部门干预。可以认为，自该政策 1990 年代初正式启动至此次国际金融危机爆发前，上述理念基本上得到了较好的贯彻。那么，欧盟在此番危机直接推动下实施的针对多个制造业部门的短期救助措施又具有何种性质？与欧盟产业政策的关系如何？另外，经过金融与经济危机的洗礼，在加强金融领域规制呼声高涨的背景下，欧盟产业政策的基本理念是否发生了明显变化？其关注重点、实施手段和方式有何值得关注的新进展？对于欧盟产业政策研究而言，无论是从理论还是实践的角度看，这些疑问都应当认真加以思考和分析。本章试图探讨上述问题的答案，这不仅对于加深有关欧盟产业政策基本理念的认识是必要的，而且也有助于把握该政策的中长期发展前景。

本章结构安排大致如下：第一节对欧盟工业受危机冲击的表现及欧盟的救助措施进行分析；第二节着重探讨短期救助举措与具有中长期性质的欧盟产业政策之关系，通过对汽车业的较为详尽的案例分析，旨在由具体到一般，进一步回答国际金融危机是否导致欧盟产业政策的理念与实施方式发生明显变化这一关键问题；第三节基于前两节的内容，重点分析国际金融危机爆发后欧盟产业政策的新发展。

第一节　金融危机冲击及欧盟的工业救助举措

一　欧盟工业遭受冲击的表现

作为实体经济中最核心也最具外向性的部分，欧盟工业不可避免地受到国际金融危机的强烈冲击，诸多行业在短期内因需求锐减、融资困难、产出下降等一系列连锁反应而迅速陷入困境乃至危机。

从整体上看，金融危机及随后的经济危机导致欧盟工业产出在 2008 年下半年至 2009 年初的短短几个月里大幅下滑，个别成员国工业产出的缩水幅度甚至达 1930 年代以来最高。图 10－1 给出了自 2000 年初至 2011 年初欧盟 27 国和欧元区 17 国工业生产指数的变化趋势，该指数在金融危机爆发后短短几个月内的大幅下滑趋势清晰可见。具体而言，欧盟 27 国的工业生产指数在 2008 年 1 月达到历史最高点后，便经历了持续 14 个月未间断的下滑态势，至 2009 年 4 月探底时，该指数相对于 2008 年 1 月已下滑了 19%，跌至 1990 年的水平；欧元区 17 国的工业生产指数也经历了类似的剧烈下滑，而由于主要工业大国在其整体经济的比重相对于欧盟而言更大，因此，该指数的下滑幅度也更大。[①]

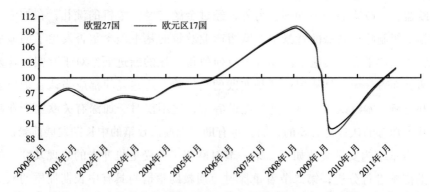

图 10－1　工业生产指数变化趋势（2000 年 1 月至 2011 年 1 月，2005 年为 100）

资料来源：Eurostat，"Industrial Output in the EU and Euro Area—An Analysis of the Industrial Production Index"，Statistics in focus 36/2011。

---

① Eurostat，"Industrial Output in the EU and Euro Area—An Analysis of the Industrial Production Index"，Statistics in focus 36/2011.

依照其产品在整个供应链和价值链中的位置，可以将所有工业部门大致划分为五个大的行业组别，即中间产品组、资本品组、耐用消费品组、非耐用消费品组和能源组。依据这种划分，可以进一步将工业生产指数细化，从而有助于更深入地观察不同类别的部门受危机冲击的程度差异。图 10 - 2 给出了欧盟 27 国自 2000 年初至 2011 年初上述五大行业组别的工业生产指数变化趋势。据该图不难发现，金融危机爆发后，由于市场需求的刚性，耐用消费品制造业以及与能源相关的生产活动受冲击影响相对较小。而同期其他三类部门受冲击则要大得多，其工业生产指数由 2008 年初的峰值降至 2009 上半年的谷底，下滑幅度均在 20% ~ 25%。值得注意的是，处于供应链中间位置的中间产品组的工业生产指数探底最深，这足以表明当时欧盟工业生产的整体低迷状态。

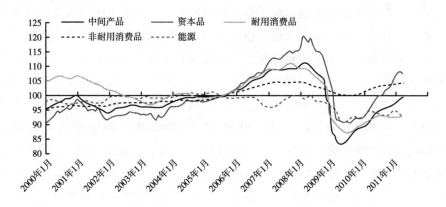

图 10 - 2 五大组别工业部门生产指数变化趋势（2005 年为 100）

资料来源：Eurostat，"Industrial Output in the EU and Euro Area—An Analysis of the Industrial Production Index"，Statistics in focus 36/2011。

为更进一步考察欧盟工业受危机冲击的情况，针对具体行业的分析必不可少。附录 10 - 1 给出了细化的欧盟 27 国工业部门生产指数的季度环比变化趋势，其中既包括前文提及的五大行业组别数据，还包括依据欧共体经济活动分类标准（NACE）划分的 30 个具体部门的数据，考察时期为 2009 年第一季度至 2011 年第一季度。可以发现，欧盟 27 国的绝大多数工业部门都受到危机的强烈冲击，2009 年第一季度，除制药业外，所有工业部门的生产指数都出现了环比负增长。与前文对五大行业组别的概括性分析一致，在 30 个工业部门中，尤以属于中间产品行业组别和属于资本品行业组别的部门受到的冲击最为严重，其中工业生产指数下降幅度最大的行业包括基础金融，机动车辆、拖车与半拖车制造，计算机、电子与光学产品业，机器与设备制造，金属制品业，采矿采石业，电子设备，纺织业，化学制品与化学产品业等，其中八个部门出现了两位数的负增长，基础金属行业的降幅甚至超过 20%。可见，在金融危机的冲击下，欧盟几乎所有工业部门的生产都在短期内迅速"跳水"，工业生产整体低迷。另外，从成员国层面看，同期各国工业生产指数自然也出现了大幅下滑：作为欧盟第一大工业国的德国，其工业生产指数在 2009 年第一季度环比下降了 12.5%，下滑幅度最大；法国、英国、意大利、西班牙等主要经济体的下降幅度分别为 7.4%、5.2%、11% 和 6.2%。[1]

在需求锐减、融资困难、产出大幅下滑的情势下，包括不少大型企业在内的大量制造业企业普遍出现了资金周转困难，有些甚至面临资金链断裂乃至破产的风险。对于企业来说，在产量被迫压缩的情况下，为竭力压缩运营成本，最直接有效的手段就是压缩工作时间和裁员。这就带来了另一个严峻的社会问题——失业大幅增加。鉴于工业——尤其是制造业就业密集，同时生产性服务业就业又高度依赖制造业，制造业衰退导致的失业问题远不止于其自身。根据 Eurostat 的数据，欧盟 27 国 2008 年第四季度的失业率为 8.9%，而 2009 年第一季度失业率猛升至 11.4%，同期欧元区 17 国的失业率更是由 9.9% 攀升至 13%。失业问题原本就被欧盟视为社会稳定的主要威胁之一，在金融和经济危机中，这种威胁的严重性更加引起欧盟及其成员国的高度警觉。

二 欧盟的危机救助措施

为了使工业部门尽快摆脱危机状态，重新步入正常的发展轨道，同时也是出于维护社会稳定的考虑，欧盟及其成员国迅速展开了针对各行业的救助。就欧盟层面而言，其作用主要可以归结为三个大的方面：一是通过欧盟财政渠道直接为一些在地区和社会层面具有重要意义的危机部门提供援助；二是立足于欧盟工业的整体处境，为成员国针对各具体部门的救助措施提出指导性方针与原则；三是立足于内部大市场的运转，为成员国的救助方案提

---

[1] Eurostat, "Industrial Output in the EU and Euro Area—An Analysis of the Industrial Production Index", Statistics in focus 36/2011.

供制度和规制性保障，并进行监督。上述三个方面并非相互割裂，而是融合在金融危机爆发后欧盟的一系列声明与行动之中。

在2008年11月公布的"欧洲经济复苏计划"中，欧盟提出了刺激经济复苏的"两个支柱"与"一个原则"。"两个支柱"分别是：向经济注入购买力，刺激需求，提振信心；引导短期救助措施的方向，使其有助于加强欧盟的长期竞争力。"一个原则"是加强团结与社会公正。① 这实际上也成为欧盟扶助工业渡过危机的支柱与原则。欧盟针对制造业各部门的危机救助措施主要是在经济复苏计划的框架下开展的。

为配合经济复苏计划的实施，欧盟于2008年底出台了"国家援助临时框架"，作为原有国家援助体系的重要补充。② 该临时框架为期两年（2009～2010年），赋予成员国以补贴性贷款、担保、以低碳经济为导向的专项补贴贷款等方式帮助企业缓解资金短缺的权力。在该框架下，各成员国依据其原则及自身实体经济受创的实际情况制定本国的国家临时援助计划后报欧盟委员会审批，一旦计划获批，成员国在其下采取的临时援助措施将无需再报委员会批准即可实施。③ 就欧盟层面的财政措施而言，及时调整欧洲全球化调整基金（the European Globalisation Adjustment Fund，EGF）和欧洲结构基金充实了救助举措的可用财源。欧洲全球化调整基金设立于2006年，旨在为在经济全球化进程中受冲击最大和最欠缺技能的工人提供帮助。其特点有三：第一，只面向受冲击的劳动者，不面向企业和机构；第二，与具有中长期战略目标的欧洲社会基金相比，它侧重于必要的一次性短期援助；第三，与属于成员国权限范围的失业救济金等社会保障措施不同，它通过积极的劳动力市场方式提供支持，包括就业指导、再谋职津贴、ICT技能及其他培训、小额贷款形式的创业支持等。金融危机爆发后，为了能更迅速地采取行动应对失业问题，欧盟专门对该基金的资助范围与条件做了调整：资助条件由之前仅限于对外贸易活动导致的失业扩展至经济危机导致的失业

---

① European Commission, "A European Economic Recovery Plan", COM（2008）800 final, Brussels, Nov. 2008.

② European Commission, "Temporary Framework for State Aid Measures to Support Access to Finance in the Current Financial and Economic Crisis", Official Journal of the European Union, C 16, January 22, 2009.

③ 欧盟出台上述国家援助临时框架的法律依据是欧盟条约第107条［Article 107（3）b］，该条款规定，"为矫正成员国经济的严重动荡"，允许欧盟委员会宣布符合内部市场规则的援助为合法。

人员；至 2011 年底前，资助上限由之前的 50% 上调至 65%；可申请资助的失业人数门槛由 1000 人下调至 500 人。[①] 另外，欧盟还专门对包括社会基金和地区发展基金在内的欧洲结构基金做了申请门槛和程序上的调整，使之明显简化。

值得关注的是，欧盟认识到并强调，金融危机引发的制造业危机不仅仅是短期因素所致，还进一步凸显了其中长期结构转型与升级的必要性和迫切性。这也是经济复苏计划提出将短期救助措施与中长期产业结构转型结合起来的主要原因。在该计划促进研发与创新的动议中，欧盟特别指出针对受危机冲击最严重的汽车业和建筑业的救助措施要充分考虑向"绿色经济"转型的需要，加快清洁技术领域的创新，并提出"欧洲绿色汽车"动议和"欧洲能效型建筑物"动议，计划分别耗资 50 亿欧元和 10 亿欧元。此外，为了帮助欧洲制造业加强技术基础，通过开发与整合面向未来的关键技术（如提高机器与生产工艺适应性的工程技术、信息通信技术、高级材料技术等）来应对全球竞争力的压力，还提出预算约为 12 亿欧元的"面向未来的工厂"动议。

第二节　短期救助与欧盟产业政策之关系
——以汽车业为例

要理清欧盟的制造业危机救助措施与欧盟产业政策的关系，进而探讨后者是否会因国际金融危机冲击而在理念和实施方式上发生较大的变化，仅有上一节对救助举措的笼统概括明显是不够的，还需要对救助措施的内容和性质有更加具体深入的把握。本节将选择汽车业做案例分析，力图更加详细地分析危机对欧盟制造业的冲击以及欧盟开展了哪些危机救助措施，进而将对汽车业救助措施与中长期产业政策之间关系的分析推而广之，得出有关欧盟产业政策的一般性结论。

之所以选择汽车业，主要原因有二：其一，无论从增加值还是就业上看，汽车业在欧盟制造业乃至整体经济中都占据重要地位，同时，金融危机爆发后，汽车业是受冲击最早且最严重的实体经济部门之一，欧盟及其成员

---

① European Commission, "Revision of the European Globalization Adjustment Fund（EGF）", MEMO/09/221, Brussels, 6 May 2009.

国的相关救助措施也相对更加具体全面，选择该行业具有相当的典型性；其二，作为前文案例分析的三个代表性行业之一，此处以汽车业为例便于与前文呼应，从而有助于更好地把握欧盟的制造业危机救助措施对中长期产业政策的影响及两者的关系。

一　欧盟汽车业受危机冲击的表现及原因

国际金融危机爆发后，欧盟汽车业迅速受到波及，几乎成为第一个因受冲击而陷入困境的实体经济部门。从数量上看，2008 年上半年，整个欧盟的新车销售同比仅微幅下滑 2%，然而，下半年的情况却急转直下，包括乘用车和商用车在内的几乎所有类型的汽车产品都遭遇需求"大跳水"。2008年第四季度，欧盟新车登记量同比下降 20.4%；[①] 更为严重的是，2008 年12 月，包括西班牙、爱尔兰、拉脱维亚和罗马尼亚等在内的多个成员国的新车登记量同比下降幅度甚至超过了 50%。[②]

就车型分类看，整个 2008 年，欧盟的乘用车登记量同比共减少 120 万辆（其中仅第四季度即减少 71.7 万辆），同比下降 7.8%，是 1993 年以来同比降幅最大的一年。2009 年初，形势更加严峻。2009 年 1 月，整个欧盟范围内的乘用车销售量同比锐减 34.2 万辆，降幅达 26.8%。[③] 相比之下，商用车企业受到的打击更为沉重。2008 年，欧盟商用车登记量同比减少23.4 万辆，其中仅第四季度即减少 15.6 万辆。2009 年 1 月，商用车登记量同比减少 7.9 万辆，降幅达 36.2%。其中重型车销售的下滑幅度更大（2008 年 1 月的订单总数为 3.8 万辆，到 2008 年 11 月降至仅为 600 辆）。[④]在此情况下，欧盟汽车业迅速陷入困境。虽然成员国间情况有所不同，但是，需求"跳水"几乎在所有成员国市场出现，同时，几乎所有重要的欧盟汽车企业都在短期内遭受了沉重打击。

附录 10 - 2 给出了 2008 年 5 月至 2009 年 1 月欧盟范围内的乘用车登记量及其同比变化百分比。附录 10 - 3 给出了同期欧盟商用车登记量及其同比变化百分比。据此可以很直观地观察到上述需求"跳水"效应。

需求锐减直接导致汽车企业资金周转困难，不得不压缩产量，进而引发

①　2007 年第四季度，欧盟的新车销售量为 4280965 辆，2008 年第四季度降至 3407503 辆。

②　以上数据来自 ACEA 网站。

③　2008 年 1 月，欧盟乘用车销售量为 1275384 万辆，而 2009 年 1 月则降至 933914 辆。

④　600 辆仅相当于一个平均规模的重型车企业日均产能的 2/3。

失业问题。最初受到波及的是临时雇员，之后受波及的雇员类型越来越多。例如，意大利菲亚特公司于 2009 年 1 月表示，基于对未来销量的预测，将在 2 月和 3 月减少产量并裁员 5000 人；另外，虽然该公司位于意大利的两家工厂已于 2008 年 12 月中旬和 2009 年 1 月中旬关闭，仍将有四家工厂将停产 2~4 周。根据欧盟委员会的统计，2008 年第四季度，欧盟汽车业工作岗位净流失 3.2 万个，2009 年第一季度的净流失为 2.1 万个。[①] 考虑到汽车业自身及相关产业就业人数之众，行业衰退引发的失业问题给欧盟及成员国政府造成了巨大压力。同时，汽车业的生产多以地区集聚为特点，大规模失业的地区负面影响亦不容忽视。随着形势恶化，不少汽车企业开始申请政府援助。突出的例子是 2008 年底欧宝（Opel）公司由于运转困难向德国政府申请援助，雷诺（Renault）和标致雪铁龙（PSA Peugeot Citroen）公司向法国政府请求援助，同时欧洲金属行业工人联合会也呼吁欧盟层面及成员国制定针对汽车业的救助措施。

从宏观经济上看，由于长期以来汽车一直是发达国家居民家庭支出中最重要的耐用消费品之一，其消费需求与经济周期密切相关，因此，在经济周期因金融风暴袭来而步入下行通道之初，美欧汽车消费需求迅速表现出相同的下滑趋势并不难理解。然而，具体到欧盟，其汽车业之所以首当其冲，还可从以下几个方面得到解释。

第一，大规模的信贷收缩和消费者信心受挫导致汽车消费需求在短期内锐减。在欧盟的新车购买行为中，消费信贷长期扮演着相当重要的角色。金融危机爆发前，欧盟新车购买的 60%~80% 是借助消费信贷的支持实现的，且往往通过汽车企业自身的信贷部门来进行。[②] 金融危机爆发后，一方面，信贷条件迅速收紧，消费者获得信贷的难度增大；另一方面，资产价格缩水，尤其是房地产价格大幅缩水，大大降低了消费者对自有财产的估值，加之全球经济环境突变导致的大范围的高度不确定性，都使得消费者信心极度受挫，购买力和消费意愿明显降低。两方面的共同作用导致汽车需求在短期内大幅下滑。

第二，金融危机使原已存在的汽车业产能过剩问题迅速凸显。第七章已

---

① 另据 ACEA 当时估计，此次行业危机最多将导致欧盟汽车业 15%~20% 的雇员失业。

② European Commission, "European Industry in a Changing World: Updated Sectoral Overview 2009", Commission Staff Working Document, SEC (2009) 1111final, p. 15.

述及，早在金融危机前，欧盟汽车业的整体产能利用率也只能达到80%。金融危机的爆发从两个方面对其造成冲击：首先，需求锐减使各成员国汽车业的产能利用率都出现不同程度的下滑，至2009年初，欧盟汽车业的整体产能利用率仅为65%，[①] 企业资金周转必然出现困难；其次，危机导致整体信贷条件收紧，同时受市场预期影响，多数大型汽车企业的信用等级被调低，大大增加了融资难度，两方面的共同作用将不少企业逼入困境甚至绝境。

第三，汽车业价值链长、环节多、上下游经济部门众多，这一特点决定了其受冲击严重，对整体经济造成的负面影响规模大且程度深，且陷入危机后复苏乏力。首先，需求锐减除直接影响制造商外，对上下游环节也造成明显冲击，反过来又直接影响制造商抓住机遇走出困境的能力。[②] 其次，汽车业大幅减产必然造成整个经济对金属制造、塑料、化学、电气电子等其上游产业的需求相应减少，从而使这些行业也陆续受到波及。[③] 反之，当这些行业受经济大环境影响而相继陷入困境后，汽车业复苏又会因多方掣肘而困难重重。

另外，美国和日本一直是欧盟汽车业对外出口的最重要市场。作为此次金融危机的发源地和重灾区，上述两国的汽车业也迅速受到重创，进口需求大幅下滑，从而直接导致欧盟对外出口严重受阻。内外部需求短期内双双"跳水"导致欧盟汽车业迅速陷入危机。

二　欧盟的汽车业危机救助措施

鉴于汽车业在欧盟经济中的重要地位及其最先受创的事实，欧盟层面及其成员国针对该行业的救助方案也出台最早。在2008年11月的"欧洲经济复苏计划"中，欧盟即提出了针对汽车业的救助计划的大致框架和政策导

---

① European Commission, "European Industry in a Changing World: Updated Sectoral Overview 2009", Commission Staff Working Document, SEC (2009) 1111final, p. 9.

② 据估算，在欧盟，平均每辆新车的75%的原始设备零件和技术都来自供应商，同时，每辆新车增加值的2/3是由供应商生产的。参见 European Commission, "European Industry in a Changing World: Updated Sectoral Overview 2009", p. 16。

③ 据估算，欧盟钢铁产量的20%和铝产量的36%都用于汽车及其零部件生产。2009年第一季度，欧盟钢铁消费量同比下降了30%，汽车生产萎缩是其重要原因之一。European Commission, "Responding to the Crisis in the European Automotive Industry", COM (2009) 104 final, Brussels, 25 Feb. 2009, p. 3.

向。随着汽车需求的急剧萎缩，2009 年 1 月 16 日，欧盟 27 国工业部长召开非正式会议，专门讨论如何帮助汽车业走出危机，并强调了快速行动的紧迫性和各国协调行动的必要性。在危机不断加重的情势下，2009 年 2 月 25 日，欧盟委员会又发布了一份"应对欧洲汽车业危机"的通报，旨在进一步细化欧盟层面的汽车业救助措施，同时为成员国的救助方案提供指导性建议。①

值得注意的是，不论"欧洲经济复苏计划"还是"应对欧洲汽车业危机"的通报都明确指出，汽车业救助方案具有短期与中长期的双重指向，尽可能地将短期救助措施与中长期发展战略相结合。一方面要帮助汽车业尽快摆脱危机，走出困境，另一方面要继续为提高其中长期竞争力提供政策支持。

基于汽车业陷入危机的表现及其自身特征，欧盟的救助举措主要从供给、需求与社会外部性三个方面着手展开。具体措施包括：为企业获得融资提供支持与便利，刺激短期需求，尽量降低社会成本。

（一）为汽车企业融资提供支持与便利

汽车业是典型的资本密集型行业，一旦出现资金骤然紧张且融资困难的状况，企业经营很快就会陷入困境，甚至会有破产风险。② 针对这一特点，为企业融资提供便利与支持成为欧盟针对汽车业供给方的首要救助措施。当然，解决汽车业融资问题的根本途径是支持作为危机源头的金融业的整体复苏与稳定。为此，欧盟陆续出台了诸多措施，其中一些即可为符合条件的汽车企业所用。③ 此外，欧盟及其成员国还专门出台了一系列汽车业融资类救助措施。就欧盟层面与成员国之间的分工而言，在上述救助措施中，两者总体上各司其职，互相配合与补充。由于救助措施大多需动用财政预算，因此，成员国是不容置疑的主角。④ 欧盟委员会的作用主要是为成员国的救助措施制定指导方针，提供规制性保障，协调成员国救助措施，同时对后者进行监督，以避免不正当竞争损害内部统一市场，避免救助行动破坏成员国间的团结。

---

① European Commission, "Responding to the Crisis in the European Automotive Industry", COM (2009) 104 final, Brussels, 25 Feb. 2009.

② 金融危机爆发后，美国三大汽车制造商短期内几近破产也说明了这一点。

③ 金融危机爆发后不久的 2008 年底和 2009 年初，欧盟即相继发布了两份旨在挽救金融业的政策通报，分别为："The Application of State Aid Rules to Measures Taken in Relation to Financial Institutions in the Context of the Current Global Financial Crisis", December 2008; "Recapitalisation of Financial Institutions in the Current Financial Crisis: limitation of the aid to the minimum necessary and safeguards against undue distortions of competition", January 2009。

④ 欧盟委员会负责工业与企业事务的副主席京特·费尔霍伊根（Günter Verheugen）在 2009 年初的一次讲话中明确表示，救助汽车业是各成员国政府的职责。

先看成员国层面。2009 年初，随着汽车业资金链趋紧，各成员国政府纷纷出台融资类举措。其举措主要通过以下两个渠道展开：第一，提高企业获得贷款的机会；第二，以国家援助方式支持企业的研发活动。根据表 10-1 归纳的欧盟主要汽车生产国的支持融资类举措，不难发现两个特点：首先，各国为挽救汽车业出资力度大；第二，具有前瞻性，特别引导企业将援助资金用于开发"绿色汽车"，旨在借此推动结构调整与升级。

表 10-1　欧盟部分成员国救助汽车业措施之一：为企业融资提供支持与便利

国别	出台时间	政策措施	主要内容
德国	2009 年 1 月	提供贷款担保	计划提供 1 亿欧元用于为汽车企业提供贷款担保
	2009 年 4 月	加大汽车研发投入	批准总额为 5 亿欧元的混合动力汽车研发支持,加大对电动汽车的研发投入
法国	2009 年 2 月	提供优惠贷款,重点支持大型汽车企业	向汽车制造商提供总额 78 亿欧元的资金支持。其中,分别向雷诺和雪铁龙提供 30 亿欧元优惠贷款,向汽车设备制造商提供 6 亿欧元贷款
英国	2009 年 1 月	出台汽车业援助计划	推出 23 亿英镑的援助计划:将通过欧洲投资银行项目提供 13 亿英镑的贷款担保,提供 10 亿英镑贷款用于投资生产"绿色汽车"
	2009 年 4 月	推动生产环保汽车	通过"绿色振兴计划"中的相应预算,推动电动车、混合燃料车批量生产;出台为期 5 年的电动汽车资助计划,旨在推动低碳汽车市场
西班牙	2009 年 2 月	发展新型汽车、开发电动汽车	提供 8 亿欧元用于发展新型汽车项目;投入 1000 万欧元开发电动汽车;2009~2010 年,在部分城市先行实施 2000 辆电动汽车上路试验
瑞典	2008 年 12 月	提供贷款担保	提供总额 280 亿克朗(约合 26 亿欧元)的资金,重点向身陷困境的企业提供贷款担保
		加大汽车研发投入	计划创办国有企业从事环保汽车技术研发
葡萄牙	2009 年 1 月	提供特殊贷款	提供总额达 2 亿欧元的特殊贷款用于支持汽车出口
		加大结构转型与创新投入	提供 1.5 亿欧元专项资金,用于促进汽车企业加大结构转型和科技创新投入

资料来源：根据中华人民共和国驻法国使馆网站数据及资料整理。

欧盟层面则主要发挥以下两方面的作用。第一，直接向汽车企业提供资金支持。2008 年底，欧洲投资银行通过新的"欧洲清洁交通工具"（European Clean Transport Facility）项目，将 2009 年和 2010 年针对汽车业的贷款额度均提高至 40 亿欧元，重点向生产环保型汽车的制造商提供援助性贷款。另外，还通过针对中小企业以及针对交通安全等其他横向性项目为汽车企业提供资金支持。第二，为成员国的相关措施提供制度与规制性支持，同时监督后者的救助行动。一方面，通过"国家援助临时框架"赋予成员国给予汽车业补贴性贷款、补贴性担保以及专门针对"绿色生产"的补贴性贷款等多种缓解本国企业资金短缺的手段。此外，成员国还可依据欧盟委员会于2008年10月提出的"支持银行部门的国家援助措施"[①] 为本国汽车企业的金融分支机构提供融资支持。总体而言，在危机期间，上述临时框架构成了对欧盟原有国家援助体系的重要补充。另一方面，为保证内部大市场的正常运转，欧盟委员会还承担着监督成员国国家援助的日常功能。各成员国的救助方案须报送欧盟委员会审批，当后者认为存在扭曲内部大市场的因素时，成员国必须做出澄清，直至获审批方可实行。例如，在法国、意大利和西班牙相继宣布汽车业救助计划后，欧盟委员会认为其计划构成了对其他成员国企业的歧视，要求上述各国政府澄清相关内容，直至各国对计划做了修改后，方于2009年3月获批。[②]

（二）刺激短期需求

为避免整个汽车市场陷于崩溃，除单纯的供给措施之外，还需配合必要的需求刺激方案。2008年底，西班牙和法国率先出台主要针对乘用车和轻型商用车的"旧车换新车计划"（scrapping schemes），由国家财政为消费者淘汰旧车购买新车提供补贴。随后，英国、德国、意大利等多国也纷纷出台类似计划。表10-2总结了欧盟若干成员国"旧车换新车计划"的主要内容，包括购买新车补贴额度、"旧车"使用年限、"新车"排放标准、补贴特点及总额、计划实施期限等。观察该表，可以发现两个特点：第一，基于对金融危机严重性的估量和对实体经济受创程度及复苏前景的预期，相对于其财政支付能力而言，各国"旧车换新车计划"的补贴力度可谓不小，补贴期限也相对较长，大多截至2009年底，西班牙和英国更延长至2010年；第二，出于推进结构升级的考虑，各国都对获补贴新车的排放标准作了严格规定，具有明显的"绿色"导向。对于"旧车换新车计划"，欧盟委员会持欢迎和支持态度，除专门组织成员国相互交流经验外，还于2009年2月专

① European Commission, "The Application of State Aid Rules to Measures Taken in Relation to Financial Institutions in the Current Global Financial Crisis", Official Journal of the European Union, OJ (2008) C 270/8, Brussels. Oct. 2008.

② 中华人民共和国商务部网站，2009年3月30日。

门发布了一份"旧车换新车计划"指南，旨在保证成员国计划的透明性及快速生效。该指南提出下述原则：不得限制新车产地，以免造成歧视；规避骗补行为；不得违背相关的共同体法，尤其是新车排放标准方面的。另外，为保证透明性，避免实施后出现问题，成员国计划须提交欧盟委员会批准，后者将在15个工作日内给予批复。①

表 10 - 2　欧盟部分成员国救助汽车业措施之二："旧车换新车计划"

国别	补贴额（欧元/辆）	"旧车"使用年限	"新车"排放标准	补贴特点及补贴总额	实施期限
奥地利	1500	13 年以上	不低于欧Ⅳ标准	- 补贴由经销商支付 50% - 总预算 4500 万欧元	2009.4.1 ~ 2009.12.31
德国	2500	9 年以上	不低于欧Ⅳ标准	总预算 15 亿欧元	2009.1.14 ~ 2009.12.31
法国	1000	10 年以上	- 二氧化碳排放不超过 160 克/公里 - 轻型商用车不低于欧 4 标准	总预算 2.2 亿欧元	2008.12.4 ~ 2009.12.31
葡萄牙	1000	10 年以上	- 二氧化碳排放不超过 140 克/公里	—	2009.1.1 ~ 2009.12.31
	1250	15 年以上			
西班牙	无息贷款（上限 1 万欧元）	10 年以上或总里程 25 万公里以上	- 二氧化碳排放不超过 140 克/公里 - 轻型商用车二氧化碳排放不超过 160 克/公里 - 适用于购买 5 年以内的二手车,总使用年限 15 年以上	- 新车价格不超过 3 万欧元	2008.12.1 ~ 2010.7.31
意大利	1500（小汽车）; 2500（轻型商用车）	9 年以上	- 不低于欧 4 标准,汽油车二氧化碳排放不超过 140 克/公里,柴油车不超过 130 克/公里 - 轻型商用车不低于欧 4 标准	—	2009.2.11 ~ 2009.12.31
英国	2200	9 年以上	—	—	2009.4.22 ~ 2010.3.31

资料来源：根据 European Commission，"Guidance on Scrapping Schemes for Vehicles"，annex 3 of "Responding to the Crisis in the European Automotive Industry"，COM（2009）104 final，Brussels 整理归纳。

① 欧盟委员会主要审议成员国的"旧车换新车计划"是否符合共同体第 98/34 指令中关于技术规制的内容。

在刺激需求方面，欧盟委员会还鼓励成员国尽量运用政府采购方式支持更清洁、更节能汽车的生产。同时，为配合上述需求刺激措施，部分成员国还批准了相应的基础设施投资。例如，为配合电动汽车的开发与试用，英国政府决定耗资 2000 万英镑改善和增加电动汽车充电设施，西班牙则计划 2009~2010 年建设 500 个充电站。

（三）降低社会成本

汽车业陷入危机的直接后果之一就是较大规模的失业，其中既有危机导致的突发性失业，也有长期产能过剩引起的结构性失业。为尽量缓和失业引起的社会和地区后果，除关注汽车业自身的供需双方外，欧盟的救助措施还特别重视降低由失业导致的社会成本。

欧盟层面的相关措施主要通过欧洲全球化调整基金和欧洲结构基金来实施。多年来，上述两个基金一直对推动汽车业结构调整发挥着重要作用。前文述及，金融危机爆发后，欧盟专门对两个基金做了申请门槛和程序上的调整，使之明显简化，目的也在于能够迅速应对实体经济危机。作为就业规模庞大且最先陷入危机的实体经济部门，汽车业在陷入危机后，在缓解失业问题上从上述两个基金受益很大，一方面降低了失业可能引发的社会与地区不稳定风险，另一方面也有助于保存最需要的技能型劳动力以应对未来的竞争。

就成员国层面而言，除在上述两个欧盟基金支持的项目下采取配套措施外，当发现汽车业失业将会产生严重的社会或地区后果时，还可以动用欧盟竞争政策许可范围内的一些措施给予适当支持。例如，在西班牙的汽车业救助计划中，就有帮助汽车制造商推迟缴纳社保分摊金和向其雇员提供失业补贴的内容。

三 汽车业危机救助与中长期产业政策的关系

从实施方式上看，欧盟批准的"国家援助临时框架"使得成员国手中的"国家援助"这一传统产业政策手段的适用范围和可用资金得以临时扩大，这种方式必然造成汽车业救助措施带有明显的干预市场运行的色彩。然而，这并不意味着欧盟针对汽车业的产业政策又重新回到了 1990 年代之前，也不意味着危机改变了欧盟汽车业产业政策的理念与性质。总结欧盟的汽车业危机救助措施，结合第七章对欧盟汽车业中长期产业政策的分析，可以得出一个基本结论，即从目的、性质、政策重点等各个方面看，两者并无实质性的冲突。

第一，从目的上看，救助措施旨在帮助汽车业尽快摆脱危机，进入正常的发展轨道，并非要挑战贯彻了近二十年的欧盟汽车业产业政策的基本理念。欧盟在"应对欧洲汽车业危机"通报中强调，无论欧盟层面还是成员国都尽量在横向政策的框架内行动，不违背内部统一市场规则，保持竞争中性（competitive neutrality），汽车业复苏与结构转型的关键在于产业自身，解决生产效率和产能利用率方面问题的主角是汽车企业，公共政策与救助措施只能起到引导与支持的作用。另外，欧盟还制定了与汽车业复苏相关联的救助退出计划，大多数救助措施都设定了退出时间表。这些声明与做法凸显了救助措施的辅助性和短期性，也表明了欧盟仍继续推行市场导向的产业政策的立场。

第二，从性质上看，与 1990 年中期之前的汽车业危机救助相比，欧盟此次救助方案强调将旨在"保存实力"的短期措施与旨在"提高竞争力"的中长期发展战略相结合。虽是不得已而为之的"被动"举措，但是，试图转"危"为"机"、为汽车业结构转型与升级创造契机的"积极主动"因素更为明显。一系列以"绿色"为导向的面向未来的救助措施即是这种"主动性"的表现，同时与欧盟汽车业产业政策的相关内容也是一致的。

第三，从政策内容和重点上看，在救助措施实施过程中，欧盟汽车业中长期产业政策仍然实施且部分内容有所加强。首先，救助措施特别重视保持研发活动，努力将救助与适应未来趋势的技术创新活动相结合。在经济危机时期，企业能够投入到研发活动的资金受到限制，但是，这一富于战略眼光的规划对于经济步入上行期后欧洲汽车企业仍处于有利地位至关重要。相应的，中长期产业政策中促进研发与创新的内容也得到加强，同时第七科技框架计划和技术创新平台这两个渠道在危机救助中仍发挥着重要的指导和协调作用。其次，努力降低社会成本的救助措施主要是通过中长期产业政策的相应渠道得以实施的，包括欧洲结构基金以及汽车业结构调整论坛等。再次，欧盟的相关环境与安全规制并未因行业困境而临时中断，甚至仍如期出台了被欧盟汽车制造商协会（ACEA）称为"有史以来最苛刻的环境立法"的乘用车二氧化碳排放新条例，其部分用意即在于转"危"为"机"，积极推动产业结构升级。这方面的规制无疑体现了欧盟贯彻其中长期产业政策的决心。[①]

---

① 欧盟此类规制的出台并非没遇到阻力。2008 年 12 月，欧洲议会和欧盟理事会批准了"关于乘用车二氧化碳排放的新条例"，该条例要求，到 2015 年，欧盟小汽车新车二氧化碳平均排放逐步降至 120g/km（2012 年完成减排额的 65%，2013 年完成 75%，2014 年完成 80%，2015 年完成 100%）。由于当时汽车制造商普遍资金链紧张，在新规制要求的技术创新上进行大规模投入无疑很困难，因此出现对新规制的广泛不满。欧洲汽车业制造商协会呼吁规制要综合考虑技术、经济与环境等多个方面，要兼顾汽车业竞争力，应适当推迟增加汽车企业成本的新规制。

四 制造业救助措施与欧盟产业政策关系之总结

上文以欧盟的重要支柱性产业——汽车业为例，用较大篇幅论述了欧盟的危机救助举措，并对危机救助与欧盟汽车业产业政策的关系做了简要探讨。鉴于汽车业的典型性，本小节试图在一定程度上将对该行业的研究结论推而广之，勾勒出欧盟针对整个制造业的危机救助与其产业政策间关系的大致轮廓。

首先，虽然救助措施带有明显的干预市场运行的色彩，但是它并非要挑战甚至改变产业政策的基本理念。救助的目的在于帮助制造业尽快摆脱危机，保存实力，回到正常发展的轨道，从而也为产业政策的继续有序推行创造条件。

其次，救助措施虽然是危机之下的不得已而为之，但是其任务并不止于"挽救"，而是尽量与制造业中长期发展战略相结合。其"积极主动"的成分与欧盟产业政策是一致的，其中的诸多措施也是通过后者的实施渠道得以推行的。

再次，欧盟产业政策并未因救助措施而临时中断，在危机的压力之下，相对于成员国产业政策的指导性和协调性作用反而得到提升，其中促进研发与创新、减少结构转型的社会成本等内容也得到加强。

总之，从实践上看，欧盟产业政策的基本理念和实施方式并未因金融危机的冲击而发生明显改变，而且目前看来欧盟也无意做出大的改变。从理论上看，还可以从以下两个大的方面加以解释。首先，虽然金融危机对欧盟经济造成了强烈冲击，进一步暴露了市场（尤其是金融市场）过度自由化的破坏力，但是欧盟却并未就此动摇对市场经济的信心，只是进一步认识到了维护"更有秩序的市场竞争"的重要性。鉴于此，包括产业政策在内的欧盟层面诸多经济政策的"市场导向"特点不会发生大的改变。其次，结合第九章对欧盟产业政策的理论探讨可以发现，影响该政策理念与实施方式具体形成机制的最重要变量（包括决策者目标及其面临的重要客观和主观约束条件等）都未因金融危机的冲击而发生明显变化。因此，其市场导向的基本理念和相应的实施方式也不致发生大的改变。

第三节 欧盟产业政策的新发展

虽然欧盟产业政策的基本理念和实施方式并未发生明显改变，但是，危机并非毫无影响。作为一项欧盟层面针对制造业且正在快速发展中的经济政策，经历金融和经济危机洗礼的欧盟产业政策面临着进一步完善的压力，也因而获得了继续向前发展的动力。

随着实体经济逐步走出金融危机爆发后的最低谷，欧盟再次将旨在提升制造业竞争力和推动结构转型的产业政策推至前台，并基于危机中显露出的中长期结构问题进一步发展了该政策。在 2010 年公布的"欧洲 2020 战略"中，欧盟专门在"可持续性增长"的核心任务下设定了"全球化时代的产业政策"的动议。在该项动议中，欧盟首先分析了其工业的整体发展状况，认为金融危机重创了工业尤其是中小企业，同时也进一步暴露了后者的结构性弱点。为了应对全球化的新挑战和实现向低碳经济转型的目标，当前几乎所有部门都面临着不断调整生产流程与产品结构的压力。具体而言，各部门的实际状况及应对挑战的能力存在较大差异，一些产业可能是机遇大于挑战，而另一些产业甚至需要"重生"性的深度改革。为此，该动议为欧盟产业政策的进一步发展设定了目标，即为保持和发展强大的有竞争力的多样化的欧洲工业基础营造最好的环境，同时支持制造业部门进一步优化能源与资源效率。[①]

为配合"欧洲 2020 战略"的实施，欧盟委员会于 2010 年 10 月发布了一份最新的产业政策通报，名为"全球化时代的综合性产业政策——将竞争力与可持续发展置于核心位置"。[②] 该通报旨在进一步更新欧盟产业政策的行动框架，同时也更加全面系统地给出了未来若干年该政策的主要内容与重点关注领域。与之前一系列产业政策通报相比，该通报有以下几个方面的新进展值得关注。

第一，制造业（和工业）对于欧盟经济社会的重要性得到进一步认可，从而产业政策的重要性也获得了进一步提升。该通报开篇即提出，"与以往任何时候相比，现在的欧洲都更加需要工业，而工业也更加需要欧洲的支持"。这是因为"金融与经济危机使人们又一次认识到，一个强大的有竞争力的和多样化的制造业对于欧盟竞争力和就业创造具有核心重要性"。[③] 显

①　European Commission, "Europe 2020—A Strategy for Smart, Sustainable and Inclusive Growth", COM（2010）2020, Brussels, March 2010.

②　European Commission, "An Integrated Industrial Policy for the Globalisation Era—Putting Competitiveness and Sustainability at Centre Stage", COM（2010）614, Brussels, Oct. 2010.

③　European Commission, "An Integrated Industrial Policy for the Globalisation Era—Putting Competitiveness and Sustainability at Centre Stage", COM（2010）614, Brussels, Oct. 2010, p. 1.

然，这是金融危机爆发后，欧盟及其成员国对工业与服务业、虚拟经济与实体经济的关系以及各部门在经济发展中的地位进行反思与重新审视的明确体现。① 相应的，欧盟产业政策的受重视程度进一步加强，政策规划与实施手段也更加系统详尽，尤其是对部门政策更加重视，提出将继续为各制造业部门"量身定做"适当的政策措施，但是仍未脱离"横向政策的部门适用"的性质，仍强调"所有部门都重要"，反对人为地扭曲部门间的资源配置。

第二，首次明确将中小企业视为产业政策的核心关注对象。虽然以往产业政策通报也都提及中小企业的重要性，但是并未将其明确地作为核心关注对象，这与中小企业并不局限于制造业，同时又是欧盟企业政策的针对对象不无关系。而 2010 年通报则明确提出，"促进中小企业创立、发展与国际化在未来产业政策中处于核心位置"，提出要切实改善中小企业的经营环境，持续贯彻"优先考虑中小企业"原则（Think Small First）及执行"中小企业宪章"。这表明欧盟今后将通过产业政策加大对制造业中小企业的支持力度，同时也似乎表明了欧盟未来将进一步整合其产业政策与企业政策的意图。

第三，首次在产业政策中明确提出推动制造业向低碳经济转型。欧盟产业政策一向特别重视节能减排对于制造业发展和竞争力提升的重要意义。2010 年通报则正式引入了欧盟近几年提出的"低碳经济"概念，提出支持其制造业在向低碳经济和能效型经济转型过程中处于世界领先地位，同时大力推动制造业向整体经济输送"低碳技术"，以期更好地配合"欧洲 2020 战略"的全面实施。这也是"欧洲 2020 战略"将产业政策置于"可持续性增长"核心任务之下的重要原因。

第四，特别强调制造业价值链的全球化，明确提出产业政策要有"全球思维"。通报多处强调，当今全球价值链已纵横交错成复杂的网络，对于政策制定与执行而言，抛开与其他部门和其他国家的联系，单纯地分析和讨论一国的某个产业部门已远远不够。欧盟产业政策今后将努力运用"全球思维"，尽可能地充分考虑整个价值链与供应链（自能源与原材料的获得至售后服务，再至原料的循环）。这不仅适用于横向政策，也适用于部门

---

① 金融危机爆发后，包括英国、西班牙等长期倚重服务业与虚拟经济的多个欧盟成员国都开始重新审视工业部门的经济地位，并纷纷提出要"再工业化"。

政策。

第五，欧盟产业政策在执行上也有值得关注的新进展。首先，受到"欧洲2020战略"的推动，开始切实重视与成员国之间的互动以及对成员国产业政策的协调。欧盟委员会将定期报告成员国产业竞争力及产业政策绩效，还将通过组织同行评议和交流经验等方式促进成员国间的政策协调。其次，开始尝试建立产业政策效果评估体系。通报选定了几个可以用于衡量产业政策收效的指标，欧盟委员会将长期跟踪。这些指标包括衡量欧盟国际竞争力的生产率与成本、工业与相关服务业（尤其是中小企业）的新创造就业、制造业（尤其是生态导向部门）的产出增长速度、中高技能部门在整体制造业中的比重等。

总体而言，2010年通报使得欧盟产业政策更加与时俱进，也更加务实具体。这一方面是出于配合欧盟中长期经济发展战略推进的考虑，另一方面也受到金融危机影响的直接推动。欧盟产业政策能否在未来若干年取得预期效果，为"欧洲2020战略"作出应有的贡献，一方面依赖于国际经济大环境及欧盟内部经济的中长期走向，另一方面则取决于欧盟自身能否切实推进该政策的执行，同时在治理完善与创新上（包括加强欧盟层面政策间的协调、加强欧盟层面与成员国政策间的协调，同时加强成员国产业政策间的协调）下工夫。

最后，就欧盟产业政策的地位及其中长期发展方向而言，还有两点与金融危机密切相关的内容值得关注。首先，从欧洲经济一体化的角度看，金融和经济危机揭示了一个重要事实，即不论金融部门还是实体经济，欧盟内部的经济融合程度已相当高，尤其是危机时期成员国相互间的负溢出效应已相当大。换言之，成员国间的经济融合虽尚未发展至"一荣俱荣"，但已足以"一损俱损"。作为一项超国家层面的旨在提升欧盟制造业整体竞争力的政策，欧盟产业政策的重要性应该会得到进一步提升。其次，从政策决策者面临的约束条件上看，随着金融危机、经济危机、债务危机的接踵而至，后危机时代必然伴随着欧盟及其成员国财政纪律的不断加强。这使得未来欧盟通过财政渠道支持制造业提高竞争力的空间越来越狭窄，而制度性手段将进一步受到重视。从这个意义上说，欧盟产业政策的"市场导向"的理念及相应的实施方式难以发生明显的变化。

第十一章 总结与评价

—— 兼论对中国的影响与启示

前十章对欧盟产业政策做了比较全面系统的论述，本章拟对该政策进行总结与评价，主要有两个任务：一是总结前文，给出欧盟产业政策的一个"整体形象"，并就与评估该政策相关的问题进行探讨；二是基于欧盟产业政策的"整体形象"，从中欧经贸关系和中国制定与实施产业政策的角度，探讨该政策对中国的影响与启示，并提出有待今后进一步深入研究的相关问题。

第一节 对欧盟产业政策的总结与评价

一 对欧盟产业政策的总结

通过第二章至第十章对欧盟产业政策的整体框架的研究（包括其定义、发展历程与新动向、政策内容、运行机制等），对三个代表性行业（ICT 产业、纺织服装业与汽车业）的案例研究，对该政策的理论探讨，以及对国际金融危机冲击下该政策新发展的论述，本书的主体研究任务已基本完成，回答与探讨了关于欧盟产业政策"是什么"和"为什么"的问题。本小节旨在基于前文，对欧盟产业政策的性质、行动能力、经济学理论基础、在欧盟经济政策结构中的地位等做出简要总结，从而描绘出该政策的"整体形象"。

第一，总体而言，欧盟产业政策是一种自由主义的市场导向型产业政策，也是一种面向未来的现代产业政策。从理念上看，它基本上放弃了传统的部门直接干预，强调市场导向原则，强调为工业提升竞争力和结构转型创造良好的环境，这也是它与传统的直接干预型产业政策的最明显区别。从实施方式上看，该政策以横向政策（跨部门政策）为主，强调为所有或大多数制造业部门创造有利的发展环境，而横向政策在各具体部门的应用又形成了富有新内涵的部门政策。伴随着内外部经济环境的变化，该政策的实施方式一直处于不断摸索和学习的过程当中，目前的横向政策与部门政策相结合的方式也是多年摸索的成果，可称得上是一种创新，但是尚不成熟，在可操作性上有待进一步完善。从政策重点上看，欧盟产业政策具有明显的前瞻性，特别强调技术、知识和创新活动对于制造业产业结构升级和竞争力提升的重要性，因此是一种面向未来的产业政策。

第二，欧盟产业政策有别于其他欧盟经济政策的一个重要特点是它没有独立的政策工具，必须借助于"其他政策和行动"得以实施，这在确定其法律基础的《马约》中即已明确。根据本书给出的欧盟产业政策定义，"由欧盟委员会实行的，针对欧盟内的工业部门，且主要目的在于提高工业竞争力各项政策之有机集合"，可以给出一个判断，即该政策的实质是从提高工业竞争力的目的出发，努力将原已存在的欧盟各项相关经济和社会政策更好地协调与整合的过程，虽然"整合"的程度至今还很低。这一特点还在很大程度上决定了该政策的行动能力和运行机制。一方面，由于要通过"其他政策和行动"实施，因此，欧盟在这些政策领域的行动能力直接决定了产业政策的行动能力。具体而言，从制度手段上看，在竞争政策和贸易政策等欧盟行动能力较强的领域，产业政策借助其实现自身目的的空间也相对较大，利用其他政策领域的空间则较小；从预算手段上看，虽然科技框架计划和结构基金都可以直接用于产业政策的目的，但是鉴于欧盟公共预算仅占其GDP约1%的事实，其行动能力的局限性可以想见。另一方面，借助于"其他政策和行动"的特点决定了欧盟产业政策运行机制的特殊性，其决策主体和决策过程比其他经济政策更复杂。另外，其互动过程是一种以多方交流协商为特点的"软"机制，强调公开性、协商性和开放性。当然，上述运行机制还不成熟，欧盟自身也在不断摸索以使其更加完善、更有效率。

第三，从理论基础上看，欧盟产业政策一方面基于市场失灵论，另一方面，也是更重要的，体现了近二十年来经济学理论新发展（即"技术、知识和创新效应理论"）的重要影响。该政策的基本理念和实施方式都体现了这两方面理论不同程度的结合与互补。基于欧盟"盟情"进行的理性分析表明，正是在欧盟的整体经济发展战略、制造业的发展状况与特点、欧盟层面在产业政策领域的权限、各成员国政策传统与偏好的差异与博弈等重要因素的"合力"推动下,欧盟产业政策才能基于自身的现实需要从经济学理论的新发展中汲取大量养分,使得其理念和实施方式既体现了时代特征,又带有明显的欧盟特色。当然,由于受到利益集团和社会压力等因素的影响,欧盟产业政策的实践并不总是与上述经济学理论相一致,贸易保护等有悖于其基本理念的行为也时有发生,然而这并不会改变该政策的主流。

第四,欧盟产业政策的另一个特点是强调尊重欧洲基本价值观与欧洲经济社会模式,注重制造业竞争力提升过程中的经济、社会和环境可持续性。无论是对该政策整体框架的研究,还是对具体行业的案例分析,都可以得出这一结论。根据第五章第三节的总结,虽然对于欧盟内部是否存在统一的经济社会模式始终存在争议,但是各不相同的子模式之间在一点上确有共识,那就是经济效率与社会公正、竞争力与社会包容是可以共存的。因此,欧洲经济社会模式一直特别重视社会公正与社会包容的价值。就欧盟产业政策的整体框架而言,社会政策和结构基金能够成为其可以借助的重要手段,正是欧盟在努力促进制造业结构转型和竞争力提升的同时反对社会排斥的重要体现。从部门政策上看,无论是 ICT 产业政策中的电子包容计划,还是纺织服装业产业政策强调的在不改变结构转型大方向前提下尽量保持稳定良好的劳资关系,乃至汽车业产业政策中注重产品安全和减少转型过程中的社会成本等内容,都明确体现了对社会公正和社会包容的重视。另外,欧盟产业政策对高新技术研发的支持特别注重提高公民生活质量和解决重要社会难题等方面的内容、注重在国际竞争中推行以产品质量取胜的战略、注重环保技术研发和制造业发展的环境可持续性等,都从不同侧面反映了欧洲基本价值观和欧洲经济社会模式的影响。这使得该政策具有了典型的"欧盟特色",值得关注与思考。

第五,对于产业政策在整个欧盟经济政策结构中的地位,可以从两个角度加以总结。其一,从与成员国产业政策的关系上看,欧盟产业政策既是一种必要的补充,也是一种重要的制约。一方面,欧盟产业政策是依据辅助性原则,作为成员国产业政策的一种必要补充、指导和协调而存在的,目前欧盟范围内大部分的产业政策权力仍在成员国手中。另一方面,欧洲经济一体化的不断深化使得欧盟层面和成员国产业政策的性质和范围都发生了深刻变化,欧盟产业政策越来越(主要通过竞争政策)成为对成员国产业政策的一种有力制约。另外,欧盟产业政策的实施在客观上的确起到了一定的协调成员国产业政策的作用，但是出于种种现实原因，"主动协调"刚刚启动，且并未很好实现，同时，欧盟层面与成员国产业政策之间的主动协调也非常欠缺。这都或多或少地会影响欧盟范围内产业政策整体效应的发挥。从这个意义上说，欧盟产业政策明显滞后于欧洲经济一体化的步伐和内部大市场发展的需求，未来仍有相当大的发展空间。其二，从实现欧盟整体经济发展战略的角度看，近几年来欧盟产业政策的地位明显提升。作为欧盟经济中最具外向性、最直接参与国际竞争的部门，制造业竞争力提升对于欧盟经济整体竞争力的提升有着至关重要的意义。相应的，产业政策也就成为实现里斯本战略和"欧洲2020战略"目标的重要手段之一。实际上，近年来欧盟产业政策受到的重视程度大大提高，同时也更加务实，在很大程度上正是出于配合上述两个战略的考虑。不难预见，随着欧盟对自身经济竞争力重视程度的不断提高，产业政策的地位将会进一步提升。另外，在金融危机之后，世界各国都更加注重推进经济与产业结构调整，欧盟也不例外，这对其产业政策也将会有进一步强化的影响。

总之，对于欧洲经济一体化的大部分领域而言，事先设计好完美的蓝图似乎总比不上实用主义的点滴推进更加现实。欧盟产业政策正是这种点滴推进的一个典型。虽然成员国并未将本国制定产业政策的权力让渡给欧盟机构，但是欧盟层面的产业政策已经作为一种必要的补充和指导而存在，且正在发挥越来越重要的作用。回顾其发展历程，毫无疑问，欧盟产业政策已经为欧洲经济一体化的深化作出了积极的贡献。而且可以预见，欧洲经济一体化的深化也必将推动它进一步向前发展。

二　与政策评估相关的问题

至此，欧盟产业政策的形象已经比较丰满和完整。可以说，前十章和上一小节的总结基本上回答了有关欧盟产业政策的"是什么"和"为什么"的问题，那么，"怎么样"的问题似乎也就顺理成章地进入了视野。换句话说，迄今为止，欧盟产业政策的绩效如何？是否实现了预期目标？能否对该政策进行定量评估？本小节将集中探讨这一问题。

对一项经济政策进行评估，有两个不同的重要角度：一是效率的评估，二是效果的评估。对于一国的宏观经济政策（货币政策和财政政策）而言，从这两个角度进行评估都是可行的，相关的文献近年来并不少见。但是，对既包括中观又包括微观经济措施在内的产业政策进行整体评估却历来是个具有高度挑战性的课题。以下分别从效率和效果两个方面对评估产业政策的难度做一般性考察。

首先，从效率的角度看，评估一项经济政策的核心工作是进行成本—收益分析。在这方面，主流经济学（新古典经济学）的相关理论文献很丰富，也早已给出了评判一项政策成功与否的明确标准：首先，要存在市场失灵；其次，如果通过实施一项经济政策能够纠正市场失灵，并且获得的社会总收益超过所投入资源的机会成本，那么这项政策就实现了资源的优化配置，就是成功的。但是，在产业政策领域，现实操作中的种种困难使得实际的政策评估工作与理论相比存在较大的差距和滞后性。一方面，要证明某种市场失灵的确存在并不容易；另一方面，即使确定了市场失灵的存在，要衡量失灵的程度和严重性也很难，从而也就很难确定具体的纠正措施将会对社会福利造成的实际影响。对于个别的产业政策措施（如贸易政策中的关税、配额和建立关税同盟等）来说，已经有了一些衡量其效率的方法，可运用竞争性市场的一般均衡模型或寡头市场的博弈模型等进行分析。但是，截至目前，针对大多数其他措施（如研发补贴、规制性措施等）收益的数量分析还非常不成熟。① 当要评估的产业政策等同于一项整体产业发展战略时，不仅在具体措施上纷繁复杂，而且不只局限于纠正市场失灵，那么，要对其效率做量化分析显然更加困难，甚至是不可能完成的任务。

其次，从效果的角度看，对一项经济政策进行评估就是看是否实现了预期的目标。从经济学理论的角度看，实际上，效果评估是在效率评估不可行情况下的一种次优选择。正是因为进行效率评估面临诸多难以逾越的客观困难，除了经济学家之外的人们（包括政治家、企业管理者、记者和公共舆论）才总是倾向于忽略成本和收益，转而依据更加直接可见的结果来评价一项产业政策。效果评估的逻辑相对简单得多：如果一项政策成功地实现了预期目标，那么就是成功的，而不论其具体目标是什么。依照这一逻辑，如果某个产业发展了，那么支持这一产业的措施就被认为是成功的（至少不是失败的），如果该产业在国际上有竞争力的话，那就是巨大的成功。类似的，依照这一逻辑，对一国的整体产业政策的效果评估则往往基于该国的经

---

① Lenihan, H., Hart, M. & Roper, S., "Introduction—Industrial Policy Evaluation: Theoretical Foundations and Empirical Innovations: New Wine in New Bottles", *International Review of Applied Economics*, Vol. 21, No. 3, 313–319, 2007.

济增长速度。[1] 效果评估的标准在具体操作和逻辑上都有明显的缺陷：其一，容易忽略政策执行的细节，世界各国的经历已经证明，类似的政策措施由不同素质和效率的政府执行，结果会有相当大的差异；其二，根据效果来评判政策实际上是一种"后此"（post hoc）推断法[2]，逻辑上的缺陷显而易见。后果是很容易忽略掉不属于产业政策范畴的其他重要因素的影响，如初始条件的差异和经济周期的影响等。鉴于产业政策自身措施繁多，同时又往往与其他许多政策纠结在一起的事实，要确定产业政策的范围，分离出它的独立效果，并进行较为准确的定量分析，其难度可想而知。这些重要缺陷使得对产业政策效果评估的实际可行性不容乐观，即便是做出了评估，其客观性和对于政策制定者的参考价值似乎也不大。

正是出于上述原因，截至目前，产业政策领域的绝大多数经验研究都集中于定性的描述，往往是对一国（或地区层面）在特定时期内所采取的各种类型的措施和项目做描述性分析，而相关的定量评估非常鲜见。[3] 可见，评估产业政策所面临的最大困难在于评估方法，也即如何评估的问题。近几年来，对旨在促进产业（和地区）发展的公共政策的评估引起了一些学者的兴趣，引发了一些相关争论，也相应地带动了这方面的研究活动。然而，这些评估基本上仍未超出对特定项目或计划的资源投入和影响范围进行分析这一初级阶段，在方法上没什么突破。虽然有个别学者也尝试着开发一种主流的（或者说标准化的）产业政策评估方法或量化评估体系，但是，这些方法要么因过于简单而现实意义不大，要么就是过于复杂，在实际操作中往往因缺乏必要的信息而无法真正加以应用。[4]

---

[1]　例如，二战结束后至 1970 年代之前法国的产业政策被认为是成功的，主要是因为法国的经济增长表现好；同期，因为英国工业的表现不尽如人意，英国的产业政策被认为是失败的；日本 1950年代、1960 年代的直接干预式产业政策被认为很成功，也主要是因为其出口和产值都实现了迅速增长（实际上，日本很多未获援助的行业，如缝纫机、照相机、自行车、摩托车等，至少与受援助的产业表现得同样好）。参见 Giovanni Federico and James Foreman-Peck, "Industrial Policies in Europe: Introduction", in James Foreman-Peck and Giovanni Federico (eds.), *European Industrial Policy: The Twentieth-Century Experience*, Oxford University Press, 1999, pp. 12 - 13。

[2]　"后此"推断法的逻辑是：后此，故因此。简单地说，就是如果乙事件发生在甲事件之后，即将乙事件归因为甲事件。

[3]　Patrizio Bianchi and Sandrine Labory, "Empirical Evidence on Industrial Policy Using State Aid Data", *International Review of Applied Economics*, Vol. 20, No. 5, December 2006, p. 603.

[4]　Helena Lenihan, Mark Hart & Stephen Roper, "Introduction—Industrial Policy Evaluation: Theoretical Foundations and Empirical Innovations: New Wine in New Bottles", *International Review of Applied Economics*, Vol. 21, No. 3, July 2007, pp. 313 - 314.

具体到本书的研究对象——欧盟产业政策，至少有以下三个方面的原因决定了对其进行整体效率和效果评估的难度。

第一，从实施方式和内容上看，欧盟产业政策以横向政策为主，并且借助于竞争政策、技术研究与发展政策、完善内部大市场的措施、共同贸易政策、社会政策和地区政策等多种其他政策得以实施，具有明显的广义产业政策的特征。前文已总结，欧盟产业政策的实质是立足于提高工业竞争力的目的，努力将原已存在的欧盟各项相关经济和社会政策更好地协调与整合的过程。这一性质使得无论从哪个角度对欧盟产业政策做整体评估都非常困难。一方面，如果将欧盟产业政策看做它所借助的各项政策的集合的话，那么评估产业政策的效率和效果就要分别评估其他各项政策的效率和在提升工业竞争力上的效果。由上文可知，目前针对这些政策中的大多数的评估工作还相当滞后，因此，从这一角度评估欧盟产业政策的难度可想而知。另一方面，如果将欧盟产业政策看做对其他各项政策的一种主动协调的话，那么这种协调的效率和效果则更难测度。这意味着，要想对欧盟产业政策实施的整体效率和效果进行评估，在操作上即便是可能的，其工作量和复杂性也是目前难以克服的。

第二，从一体化的程度上看，目前产业政策领域的大部分权力仍保留在成员国手中，欧盟产业政策是依据辅助性原则而与成员国产业政策并行存在的，是对后者的一种必要的补充与协调，虽然目前协调的功能尚很弱。尤其是从预算手段上看，欧盟产业政策只能作为成员国政策的补充而存在。这样，对欧盟产业政策进行效率和效果评估，实际上是对它所发挥的对成员国产业政策的补充和协调功能进行评估。具体而言，一方面要将欧盟产业政策与成员国产业政策分离开来以考察其补充功能，另一方面也要对成员国政策之间的联系进行必要的分析以考察其协调功能。这项工作的难度可以想见。撇开几无可能的效率评估不谈，欧盟在产业政策领域权力分配的复杂性使得进行简单的效果评估似乎也意义不大。虽然欧盟产业政策一开始就确定了提升工业（主要是制造业）竞争力的目标，而竞争力大体上可以用劳动生产率增长的变动情况来衡量，但是，采用简单的"后此"推断法，也即直接用 1990 年以来欧盟制造业劳动生产率增长的变动情况[①]作为标准来评估欧

---

① 第三章第二节给出了 1979～2001 年欧盟 15 国制造业劳动生产率增长的趋势图。近几年的制造业劳动生产率增长的准确数据尚不可得，但是，根据欧盟制造业各部门产值增长与就业变动的大致情况可初步判断，其整体劳动生产率增速并未有明显提高。

盟产业政策的成败，即使跳过这一方法在逻辑上的问题，在具体操作上也会因忽略掉很多其他重要因素而失去意义。从理论上看，要比较准确地衡量竞争力变动与欧盟产业政策之间的关系，就要测度制造业劳动生产率的增长在多大程度上是由欧盟产业政策拉动的。这就要求将欧盟产业政策相对于成员国政策的独立影响分离出来。在现实中，欧盟层面与成员国的产业政策是叠加、交织实施的，要单独分离出哪一方的具体影响都不太可能。如果将欧盟产业政策通过对成员国政策的带动与制约而间接地影响了欧盟整体工业竞争力的情况也考虑进来，确定其具体效果会变得更加困难。

第三，与欧盟层面的许多其他经济政策相比，欧盟产业政策形成和发展的时间并不长，是一项比较年轻的政策。虽然其市场导向的基本理念比较明确，但是，具体实施方式和运行机制一直处于不断摸索和发展的过程中，远未成熟。就实施方式而言，一方面，由1990年代的几乎压倒性的横向政策到近几年发展出富有新内涵的部门政策，其实施方式的可行性还有待进一步完善。另一方面，没有独立的政策工具，借助于"其他政策和行动"的特征决定了欧盟产业政策的主要任务是如何更好地从提升工业竞争力的角度协调各项其他政策。鉴于制定和执行各项政策的欧盟机构之间协商与沟通的复杂性，这项工作的难度相当大。就运行机制而言，欧盟产业政策也正在根据现实需要而不断摸索和进行调整。这些"不成熟"都明显增加了对该政策进行整体评估的难度。另外，根据前文的总结，虽然欧盟产业政策启动于1990年，但是在进入21世纪之后才真正加快了脚步。作为一项从属于欧盟长期经济发展战略的政策，欧盟产业政策旨在通过结构调整提升制造业竞争力，也带有中长期战略的性质。即便能对其效果做评估，目前似乎也为时尚早。

总之，无论从政策的实施方式和内容、一体化的程度，还是政策成熟度上看，要对欧盟产业政策进行整体的效率和效果评估都是非常困难的。也许正是出于上述原因，欧盟委员会从未发布过一份详细地评估1990年以来产业政策实施情况的报告。只是在最新的2010年产业政策通报中，首次提出尝试建立效果评估体系，并初步选定了一些指标，但是也强调了评估上的诸多困难（尤其是观察期不够长、政策效果不易分离等），而且至今未发布有关的评估结果。[①]

---

① 2007年的产业政策中期评估主要是对2005年通报确定的产业政策新实施方式的一个总体评价，认为2005年通报确定的政策的大方向是正确的，无需做大的改变。但是，并未针对之前产业政策的实施情况做定量评估。

另外，在近三年来欧盟经济遭受国际金融危机、经济危机、债务危机轮番冲击的背景下，要将欧盟产业政策的效果从经济周期和经济危机的影响中剥离出来进行评估，更是难上加难。鉴于上述诸多原因，本书暂不对欧盟产业政策实施的整体效率与效果进行专门评估。

虽然无法从整体上对欧盟产业政策做出恰当的效率和效果评估，但是选择个别项目或个别措施进行定量的效果考察仍然是有可能的。在第五、六、七章对 ICT 产业、纺织服装业和汽车业的案例研究中已穿插了一些相关的效果评估，如对欧盟电信业自由化改革和统一规制的效果评估，对纺织服装业以技术、知识和质量取胜战略对其国际竞争力的影响评估，以及对汽车业环保与安全规制的效果评估等。虽然依照上文的分析，这些针对个别行业或个别措施的效果评估尚缺乏足够的科学性，但是，至少可以描述出一个大致的情景。显然，这项工作还有待在今后的研究中进一步丰富和细化。

第二节　欧盟产业政策对中国的影响与启示

虽然欧盟产业政策并未取代成员国的产业政策，目前仍作为后者的补充、指导和协调而存在，但是，随着欧盟的整体经济地位越来越重要，该政策必然会对国际经济（包括投资、贸易等方面）及中欧经贸关系产生一定影响。鉴于欧盟是中国第一大贸易伙伴的事实，中国对这些影响应该有充分的认识，并做好积极的应对准备。同时，为了更好地适应经济全球化带来的更加开放的国际竞争环境，更有效地实现产业结构的持续优化升级，中国需要从世界各国的产业政策中获得启示，当然也包括欧盟。鉴于此，本节将从欧盟产业政策对中欧经贸关系的影响及对中国制定与实施产业政策的启示这两个大的方面做简要探讨，主要是提出几个值得关注和进一步考察的重要问题。由于这两个方面在实践中密切相关，因此，下文虽然分两小节进行探讨，但是，不少内容都是相互联系的。

一　对中欧经贸关系的影响

欧盟产业政策的目标是提升制造业的竞争力，这一目标及相应的政策措施必然会对欧盟制造业的对外贸易产生方方面面的影响。就中欧经贸关系而言，欧盟产业政策的不同措施也会产生程度不同的影响。下文仅就笔者认为值得特别重视的两个方面做简单探讨：一是欧盟对于制定国际贸易规则和国际工业技术标准的重视及取得的成果；二是近年来引人注意的中欧之间在传统产业的贸易摩擦。

首先，长期以来，欧盟特别注重参与国际贸易规则和国际工业技术标准的制定，应引起中国的高度重视。贸易政策是欧盟产业政策可借助的重要手段之一。由于属于共同政策的范畴，欧盟委员会在这一领域的活动空间较大，其积极参与国际贸易规则的制定正是通过这一渠道进行的。自从乌拉圭回合多边贸易谈判结束。建立 WTO 以来，欧盟一直特别强调在 WTO 框架下进行有关国际规制协定的谈判，劳工权利、知识产权、环境、社会政策、竞争政策和投资等都是其重点关注的领域。[①] 在 2010 年出台的名为 "贸易、增长与全球事务——作为 2020 战略核心要素的贸易政策" 的最新贸易政策通报中，欧盟进一步提出，在推进 WTO 多哈谈判议程中，除继续推进工业品和农产品的关税减让，推行国际标准将成为其努力的新重心之一。[②] 1999 年西雅图会议后 WTO 形成了事实上的 G2（美国和欧盟）管理结构，欧盟成为 WTO 决策体制中的 "双寡头" 之一，从而成为国际贸易规则的重要制定者之一。[③] 另外，欧盟还特别重视参与制定国际工业技术标准对提升工业竞争力的作用，例如，第二代移动通信技术标准 GSM 的制定就大大提升了欧洲电信业的国际竞争力。如今，美国和欧盟虽然只占世界 GDP 的 40%（按购买力平价计算），但是全球市场上的国际规则和标准的 80% 是由美国和欧盟两家制定的。[④] 从动机上看，欧盟积极参与国际贸易规则和国际工业技术标准的制定，实质上是将其内部大市场的规则和内部技术与产品标准向外部世界推广的过程。目的在于降低其制造业参与国际竞争的规制性成本，为自身产品争取更为有利的国际竞争环境。就双边贸易关系而言，欧盟是中国的第一大贸易伙伴，熟悉欧盟内部市场的规则和工业技术标准对于中国尤为重要。就多边贸易关系而言，自 2002 年底成为 WTO 的正式成员国起，中国必须依照 WTO 框架下的规则开展对外贸易，这就要求中国一方面要了解和熟知现存的国际贸易规则和技术与产品标准，另一方面也

① 〔比〕德克·德·比耶夫尔：《欧盟的规制性贸易议程及其对世界贸易组织的实施诉求》，孙彦红译，《欧洲研究》2006 年第 6 期，第 48、51 页。

② European Commission, "Trade, Growth, and World Affairs—Trade Policy as a Core Component of the EU's 2020 Strategy", COM（2010）612, 2010.

③ 参见王鹤《论欧盟的经济力量》，《欧洲研究》2008 年第 4 期，第 9～10 页。

④ André Sapir（ed.）, *Fragmented Power*：*Europe and the Global Economy*, Brussels, 2007, Chapter 1. 转引自王鹤《论欧盟的经济力量》，《欧洲研究》2008 年第 4 期，第 12 页。

要积极主动地参与相关规则和标准的制定，以争取国际贸易的主动权，提升工业竞争力。这两个方面都要求中国了解乃至熟悉欧盟的相关举措和做法。

其次，对于近几年中欧之间在传统产业上的贸易摩擦，中国需要有更加客观全面的认识。所谓"更加客观"的认识，是指要从欧盟传统产业发展现状和中欧贸易的现实出发，分析欧盟频频出台贸易保护措施的客观背景。从欧盟产业政策的角度看，贸易保护并不完全是其初衷，也并非基于什么经济学理论，更多的是在社会乃至政治压力下的不得已而为之，是一种实用主义的被动选择。从中欧贸易结构上看，欧盟的传统产业正处于转型的困难时期，劳动密集型生产环节的就业难以在短时期内迅速转移到其他生产环节和其他产业，而从中国进口的大多为低成本的劳动密集型产品，当进口的冲击足够大，或者内部经济形势困难时，贸易保护也就成为缓解社会压力的一种权益之计。另外，对于所谓"欧盟贸易保护主义抬头"这种流行说法似乎也应有更客观的认识。近几年中欧贸易摩擦（如纺织品、鞋类产品等）的增加，主要是国际贸易数量限制的解除或减少（如 WTO 取消配额等）和中国国际经济地位提升的一种反映，简单地认为是欧洲贸易保护主义的强化似有不妥。例如，在纺织服装业，2004 年底之前欧盟贸易保护的呼声不高，主要是因为有 MFA 规定的配额保护。从数量上看，欧盟针对中国的进口限制要明显高于 2005 年 6 月双边纺织品贸易协议达成之后的限制水平。换句话说，从贸易量上看，欧盟的保护主义是否加强了还有待进一步考证。笔者认为，近几年欧盟的贸易保护呼声高涨，针对中国的反倾销措施明显增加，很大程度上是中欧双方在传统产业方面的贸易自由化程度有所提高的反映。所谓"更加全面"的认识，是指除了关注贸易保护，还要从产业政策的角度更全面地分析欧盟针对传统产业转型的战略和具体措施。前文述及，针对大多数传统产业，欧盟产业政策的首要任务是推动其结构转型和升级，重点在于提高知识技术含量和产品质量，在避开与新兴经济体之间的低成本竞争的同时，努力创造更高层次的竞争优势。从这个角度看，对于欧盟的传统产业来说，中国除了是其劳动密集型生产环节的竞争对手，更是一个消费其中高档产品的非常有潜力的大市场。这样，欧盟在政策上不仅关注来自中国的进口，也非常重视向中国的出口。[①] 因此，可以预见，为了保障与中国开展

---

① 这一点在第六章对欧盟纺织服装业贸易政策的论述中已有体现。

贸易的整体利益，欧盟对传统产业的贸易保护应该不至于太极端，而 2008 年底金融危机爆发以来欧盟对传统产业的贸易保护更多的是"景气性"的短期行为，不至于成为一种明确趋势。从中国自身的角度看，无论是产业间分工，还是产业内分工，中国迄今所表现出来的相对于欧盟等发达国家的优势都在成本上，即劳动密集环节上，这也是"中国制造"频频引起国外反倾销措施的重要原因之一。实际上，无论在本国还是国际市场上，这种低层次的成本优势都很不稳固，比较容易丧失。从这个意义上说，目前中国还难以承载"世界工厂"的盛誉，至多仍是"世界加工厂"，离真正的贸易强国还有相当大的差距。2008 年下半年以来，受国际金融危机影响，中国广东、浙江、江苏一带的大批依靠低成本优势的加工制造企业（包括纺织品、玩具、鞋生产等）纷纷破产倒闭，也暴露了上述问题。为了在未来的国际竞争中争取更为有利和主动的地位，面对欧盟积极推动产业结构转型、不断提升传统产业的技术和知识密集环节的竞争力的努力，中国不能再满足于依赖劳动成本优势的现状，而是需要刻苦"修炼内功"。一方面，主动通过教育、培训等方式提高劳动者技能，使劳动力资源丰富的优势获得质的提升；另一方面，在科研开发和产品质量上多下工夫，持续不断地促进产业结构升级。

二　对中国制定和实施产业政策的启示

随着市场经济体制的逐步建立、产业结构的逐步升级和综合国力的迅速提高，近年来中国产业政策的理念和实施方式也在逐渐发生变化。为了更有效地推动产业结构的持续优化升级，中国需要从世界各国产业政策的经验和教训中获得启示。作为发达工业化国家的经济联合体，欧盟的经济发展阶段领先于中国，其产业政策的理念和实施方式对于中国产业政策的制定和实施具有一定的借鉴意义，值得重视。

就中国自身而言，产业政策的制定必须考虑两方面的重要因素：一是外部经济环境，包括经济全球化的特点和国际经济规则的制约等；二是自身的经济体制、发展阶段和产业结构特点。前者是世界各国制定产业政策的共同约束条件，决定了中国与欧盟在产业政策领域的共性，或者说相似之处。后者则更多地决定了中国的产业政策必须合乎自身的国情，具有"中国特色"。以下分别从政策理念和政策重点的角度，简要探讨欧盟产业政策对于中国制定和实施产业政策的启示。

　　首先，对于中国产业政策的制定而言，欧盟产业政策的市场导向的基本理念值得重视与思考。从外部经济环境上看，随着对外开放的迅速推进，尤其是 2002 年底正式加入 WTO，中国一方面越来越融入充满竞争与合作的世界经济大潮中，另一方面也越来越受制于以自由竞争为导向的形形色色的国际经济规则。这决定了中国采取传统的直接干预式产业政策的空间越来越有限，必须寻求基于开放竞争环境的更加有效的产业政策措施。这一点可以说是中国与欧盟在产业政策决策时所面对的共同的外部约束，决定了两者在政策理念上会有相似之处。从内部条件上看，由于经济发展阶段、自然与历史条件、经济体制不同，产业政策的概念、内容和实施方式在不同的地区、国家之间会有相当大的差别。因此，他国的产业政策，只有上升到经济理论的高度，才对我们制定与实施产业政策具有借鉴和参考意义。根据第九章的探讨，从理论基础上看，欧盟产业政策在强调弥补市场失灵的同时，又从近二十年来经济学理论的新发展中汲取了大量营养，是一种自由主义的市场导向型产业政策，也是一种面向未来的现代产业政策。中国的经济体制和经济结构具有独特性，正处于由初步工业化向重工业化升级的发展阶段，又面临着计划经济体制向市场经济体制转轨的重任，在发展阶段上明显落后于发达国家，在经济体制上也明显有别于其他的东亚新兴经济体。显然，欧盟产业政策的理念和相应的理论依据并不能完全适用于中国：一方面，中国的市场经济成熟度较低，以应对市场失灵为主要目的的产业政策无充足依据；另一方面，中国仍属于发展中国家，知识积累和技术研发能力有限，完全实行技术和创新导向型的"面向未来的现代产业政策"也不现实。即便如此，中国产业政策的制定仍可从欧盟获得重要的启示，特别是欧盟产业政策重视市场竞争、将竞争政策作为其重要实施手段的做法值得我们思考。中国的经济体制改革不断深化的过程，也是经济运行的协调方式由政府的直接干预逐渐被价格机制和竞争过程替代的过程。虽然目前市场经济的成熟度仍不高，但是，市场机制和竞争过程已经越来越成为优化资源配置、促进产业成长、推动经济结构和产业组织合理化的根本性机制。如今，在绝大多数经济领域，市场的力量日益发挥着主导性作用，即使在国有经济占主导地位的电信、航空运输等领域，也已初步形成了竞争机制。[①] 正是在市场经济逐步成熟的情况下，竞争政策作为规

---

　　① 参见张卓元著《新世纪新阶段中国经济改革》，北京，经济管理出版社，2004，前言。

范市场竞争秩序的重要手段才越来越受到重视。从 1993 年出台《反不正当竞争法》到 2008 年《反垄断法》的正式颁布实施，经过十几年的发展，中国的竞争政策正在不断走向系统化。当然，今后的执行效果如何仍有待进一步观察。① 基于这一现状，借鉴欧盟产业政策的做法，中国的产业政策也应更多地考虑竞争政策对于建立和完善公平有序的竞争秩序，进而推动技术进步与创新、有效提升产业竞争力的重要作用。

其次，欧盟产业政策特别重视技术的创新与应用，值得中国思考与借鉴。从政策重点上看，欧盟产业政策特别强调技术、知识和创新活动对于产业结构升级和提高竞争力的作用，是一种"面向未来的现代产业政策"。就中国自身而言，虽然在发展阶段上仍与欧盟存在明显差距，完全实行技术和创新导向型的产业政策尚不现实，但是，作为一个自然资源相对贫乏、人口众多的大国，近年来我们已越来越认识到技术创新——尤其是自主创新——的重要性。根据吕政的分析，当前我国工业盈利主要依赖资源和垄断等非经营性要素，工业盈利的基础还比较薄弱。我国经济发展已进入生产要素成本上升阶段，要素的低成本优势正在逐步减弱。要保持经济的持续快速增长，必须调整原有的低成本战略，努力培育起以技术创新为基础的新的竞争优势，实现竞争优势的转换。② 由于预算限制和内部大市场远未完善等，欧盟产业政策对技术创新的支持还只是成员国政策的补充，但是它的一些具体做法仍具有参考意义，特别是为私人部门的研发投入创造良好环境的相关做法。尤其值得注意的是，近年来欧盟一再强调，长期而言，其创新能力主要依赖高素质人力资本的持续可获得性，强调要使技术进步具有可持续性，培育一个良好的教育、培训和资质认证体系比政府的公共创新项目更加重要。这一点也值得我们思考与借鉴。

再次，欧盟注重在国际竞争中推行以产品质量取胜的战略，同时注重制造业发展的环境可持续性，值得我们借鉴。虽然目前欧盟在信息技术和

---

① 值得注意的是，与欧盟（和美国）不同，现阶段中国市场上的垄断势力并非主要源自私人部门的限制竞争行为，更多的是来自政府行为为了维护所属行业或所辖区域的企业利益滥用行政权力而形成的进入壁垒和市场分割。参见冯晓琦、万军《从产业政策到竞争政策：东亚地区政府干预方式的转型及对中国的启示》，《南开经济研究》2005 年第 5 期，第 70 页。

② 根据吕政在"2008 年中国经济形势与热点问题研讨会"上的发言总结，参见郭建宏《"2008 年中国经济形势与热点问题研讨会"综述》，刊登于中国社会科学院科研局网站 http：//kyj. cass. cn/Article/42. html。

生物技术等高新技术产业上落后于美国和日本，但是，在中—高技术含量的制造业部门的对外贸易中却明显居于优势地位。主要原因在于，在这些部门，欧盟将自身定位在依靠质量、品牌和相关服务获利的"高端市场"。据初步估计，目前世界市场总需求的大约 1/3 和欧盟出口的 1/2 可划归于这种"高端市场"，不仅局限于奢侈品，还包括从农业加工产品、中间产品、机器到运输设备在内的一系列制造业产品。① 这在一定程度上体现了近年来欧洲制造业针对全球市场变化调整自身战略所取得的成绩。与对质量和品牌的重视相适应，欧盟尤其重视对其产品知识产权的保护，这也是近年来中欧贸易关系中的一个重要话题。2004 年，欧盟启动了与中国之间的首次知识产权对话，双方建立了"知识产权对话机制"。另外，欧盟长期注重制造业发展的环境可持续性，并强调欧盟企业在环保上付出的短期成本将带来长期的竞争优势。如今，欧盟在这方面的努力已经取得明显成效，其环保产业和其他制造业部门的环保型产品在国际市场上"先行一步"的优势已逐步显现出来。在中国，自从党的十六届三中全会明确提出以全面协调可持续发展为基本要求的科学发展观以来，各级政府对经济发展的环境可持续性的重视程度明显提高。但是，总体上看，当前中国制造业企业对环保的重视程度还很不够，对于环保对制造业长期竞争力的影响，中国企业的认识也有待加强。欧盟在这些方面的理念和一些具体做法值得我们借鉴。

上文简要探讨了欧盟产业政策对中国的影响和启示，意在提出几个值得注意的重要问题。当然，从启示的角度看，欧盟的经验有其特殊性，中国的产业政策还必须立足于自身的国情进行积极的探索，任何他国的经验最终都只是他山之石，不能照抄照搬。就中国经济的整体状况而言，可以借用国内产业政策领域著名学者杨治的话来描述："一方面我们还是一个经济上相对落后的发展中国家，工业化的道路还远未走完，另一方面，我们又是一个经济发展十分迅速，具有相当大的而且是越来越大的综合国力和科技开发能力的国家，正在举国实施科教兴国战略，以迎接知识经济的到来。……昨天的路还没有走完，今天刚刚到来，却已开始走向未来。这或许是眼下中国经济

---

① European Commission, "Accompanying Document to the 'Mid-term Review of Industrial Policy: A Contribution to the EU's Growth and Jobs Strategy' [COM (2007) 374]", Commission Staff Working Document, SEC2007 (917), 04 July 2007, p. 5.

的写照。"① 虽然已时隔十年有余，但是，笔者认为，这段话所描述的中国经济的主要特征并未发生实质性的改变，在今天仍大致适用。在当前及未来相当长的一段时期内，中国产业政策的经济学理论基础应如何定位，产业政策的目标和重点应如何选择，产业政策的实施方式和力度应如何把握并适时调整？这将是国内产业政策理论和实证研究工作者不懈努力的最重要方向所在。

---

① 杨治著《产业政策与结构优化》，北京，新华出版社，1999，前言。

附　录

附录 2-1　产业政策定义简要汇总

作者及文献	产业政策定义
M. Sharp，"What is Industrial Policy and Why is it Necessary?" Prepared for TSER Project No PL97 1059 on Science，Technology and Broad，Industrial Policy，May 1998	宽泛定义"（产业政策）可以被定义为任何影响产业资源配置的政策，这样就既包括了宏观经济政策……也包括了一些传统的微观经济政策"
V. Curzon Price，"Industrial Policies in the European Community"，1981	"产业政策可以被宽泛地定义为政府旨在促进或抑制结构变革的任何措施或一系列措施"
H. Graham，"European Industrial Policy"，Croom Helm，London，1986	"产业政策指那些旨在通过某种方式影响制造业或服务业的政策"
Chalmers Johnson，"The Idea of Industrial Policy"，in Chalmers Johnson（ed.），*Industrial Policy Debate*，ICS Press，1984	"产业政策是指导和协调那些对提高整体经济以及特定产业部门的生产率和竞争力具有杠杆作用的政府活动"
Adams and Klein，"Industrial Policies for Growth and Competitiveness"，Lexington Books，1983	产业政策包括"有助于促进增长和竞争绩效的一切措施"
J. Breath，"UK Industrial Policy：Old Tunes on New Instruments?" *Oxford Review of Economic Policy*，Vol. 18，No. 2，2002	广义定义：产业政策包括"形成或影响一国企业和产业竞争力的任何政策"
Alexis Jacquemin，"Industrial Policies and the Community"，in P. Coffey & M. Nijhoff（ed.），*Main Economic Policy Areas of the EEC*，1983	产业政策"不得不针对和解决经济结构转型中的问题。其任务在于为必要的结构转型的推进创造最优的条件"
J. Forman-Peck and G. Frederico，*European Industrial Policy：The Twentieth-Century Experience*，Oxford University Press，1999	产业政策是"将产业作为经济中的特定部分从而施加影响的任何形式的国家干预"
P. A. Geroski，"European Industrial Policy and Industrial Policy in Europe"，*Oxford Review of Economic Policy*，Vol. 5，1989	产业政策是"多种旨在提高市场绩效的微观供给措施的集合，这些措施的实施方式往往并不一致"

续表

作者及文献	产业政策定义
Dani Rodrik, "Industrial Policy for the 21ˢᵗ Century", CEPR Discussion Paper, No. 4767, 2004	产业政策指"有利于增加经济活动活力的广义的结构调整政策,无论经济活动是工业或制造业本身的或在其范围之外"
Laura Tyson and John Zysman, "American Industry in International Competition: Government Policies and Corporate Strategies", 1983	"产业政策,(指针对特定产业部门的问题而主动或被动地实施的政府政策"
J. Breath, "UK Industrial Policy: Old Tunes on New Instruments?", *Oxford Review of Economic Policy*, Vol. 18, No. 2, 2002	狭义定义:产业政策是"将注意力限制在针对某特定企业和特定产业部门的政策"
P. Krugman and M. Obstfeld, *International Economics: Theory and Policy*, 1991	"产业政策是政府鼓励资源流向它认为对未来经济增长具有重要意义的特定部门的努力"
H-J Chang, "The Political Economy of Industrial Policy", St Martins's Press, 1994	产业政策"针对特定产业(及其内部的企业)而制定,以达到政府认为有利于提升整体经济效率的某种结果"
M. Sharp, "What is Industrial Policy and Why is it Necessary?", Prepared for TSER project No PL97 1059 on Science, Technology and Broad Industrial Policy, May 1998	狭义定义"产业政策经常局限于与补贴有关的政策"
Pierre Buigues and André Sapir, "Community Industrial Policy", 1993	产业政策是"政府采取的一套措施以应对结构转型进程,后者往往伴随着比较优势的变化。它既包括针对衰退产业的措施,也包括具有未来导向性的政策"
Jacques Pelkmans, *European Integration: Methods and Economic Analysis*, Addison Wesley Longman, Essex, 1997	产业政策包括"旨在通过影响生产动机、进入或退出某一特定产品市场的动机来影响产业变化的所有政府干预行为"
Jordi Gual, "The Three Common Policies: An Economic Analysis", 1995	产业政策是"政府通过对国内产品和生产要素的税收(或补贴)和规制,从而试图改变市场自由运行带来的国内资源配置格局的一套干预措施"
下河边淳、管家茂主编《现代日本经济事典》,转引自杨沐著《产业政策研究》,上海三联书店,1989	"产业政策是国家或政府为实现某种经济和社会目的,以全产业为直接对象,通过对全产业的保护、扶植、调整和完善,积极或消极参与某个产业或企业的生产、营业、交易活动,以及直接或间接干预商品、服务、金融等市场形成和市场机制的政策的总称"
小宫隆太郎著《日本的产业政策》,转引自杨沐著《产业政策研究》,上海三联书店,1989	"产业政策(狭义的)的中心课题,就是针对在资源分配方面出现的'市场失败'而进行的政府干预"

资料来源:参考 Karl Aiginger & Susanne Sieber, "Towards a Renewed Industrial Policy in Europe", 2005, Appendix 1.1 及其他相关文献整理。

附录 4-1 欧盟针对制造业部门的产业政策重点

大类	部门	提高知识技术含量				规制优化				与环境和能源相关的政策					贸易手段				结构转型
		促进研发创新	保护知识产权	技能	中小企业融资①	减轻行政管理负担②	内部市场	健康与安全	技术标准	气候变化	废物处理	水污染	空气污染	密集使用能源	市场准入	初级原料市场准入	贸易扭曲（补贴、反倾销）	规则问题	
食品与生命科学	食品、饮料和烟草	√				√					√	√			√	√			√
	化妆品	√	√				√	√							√			√	
	制药	√	√	√	√		√	√							√			√	
	生物技术	√	√	√	√	√		√											
	医疗设备	√	√		√		√	√											
机械与系统	信息通信技术③	√	√	√	√	√	√④		√		√				√			√	
	机械工程	√	√	√	√		√④								√				
	电气工程	√	√	√	√	√	√				√				√				
	机动车辆	√	√	√		√	√			√			√		√			√	√
	航天与航空	√	√														√		
	国防工业	√					√												
时尚与设计	造船	√		√											√				√
	纺织	√	√	√								√			√				√
	皮革与皮革制品	√	√	√							√	√			√	√			√
	制鞋	√	√	√											√				√
	家具	√	√	√											√				√

续表

部门	提高知识技术含量				规制优化				与环境和能源相关的政策						贸易手段			结构转型
	促进研发创新	保护知识产权	技能	中小企业融资①	减轻行政管理负担②	内部市场	健康与安全	技术标准	气候变化	废物处理	水污染	空气污染	密集使用能源	市场准入	初级原料市场准入	贸易扭曲（补贴，反倾销）	规则问题	
非能源提炼	√		√							√	√							
非铁金属									√	√		√	√		√			
水泥与石灰									√	√	√	√	√					
制陶		√							√	√		√	√	√		√		√
玻璃		√							√			√	√	√				
木及木制品	√		√					√	√	√				√	√			
纸浆、纸与纸产品	√								√	√	√		√		√			√
印刷与出版	√		√							√	√							√
钢铁	√		√						√	√	√	√	√		√	√		
化学、橡胶与塑料	√						√		√	√	√	√	√		√	√		√
建筑业	√		√		√		√	√		√	√	√						

行业分类：基础与中间产品

注：为突出各行业面临的政策挑战，表格中打"√"表示该产业当前急需的政策，未打"√"并不表示该项政策不重要，只是当前情况下并非最急迫。①指为创新型中小企业提供融资便利；②主要指简化立法的行政管理负担；③专指信息通信技术产业自身面临的政策挑战，其他制造业部门应用ICT的大缺失是另一个重要问题；④主要指加强对机械工程和电子工程行业的市场监管。

资料来源：根据European Commission，"Implementing the Community Lisbon Programme: A Policy Framework to Strengthen EU Manufacturing—Towards a More Integrated Approach for Industrial Policy"，COM（2005）474，2005，Annex1 制作。

附录 5 - 1　经济合作与发展组织（OECD）对 ICT 产业的定义（2002 年，
编号采用国际标准产业分类 ISIC 第三修订版）

ICT 制造业

ISIC	产品名称
3000	办公、会计、计算机设备
3130	绝缘线缆
3210	电子管与其他电子元件
3220	电视与广播发射机，有线电话与有线电报装置
3230	电视与广播接收机，声音、影像记录与复制设备和关联产品
3312	用于测量、检查、测试、导航等目的的仪器和设备，工业加工设备除外
3313	工业加工设备

ICT 服务业

ISIC	活动名称
5151	计算机、计算机外围设备及软件的批发
5152	电子和电信部件及设备的批发
6420	电信
7123	办公机械和设备（包括计算机）租赁
72	计算机相关活动

资料来源：OCED，*Measuring the Information Society 2002*，Annex 1，2002，p. 81。

附录 6 - 1　纺织服装业定义（编号采取国际标准产业分类 ISIC 第三修订版与
欧共体经济活动分类 NACE 对照的形式）

ISIC	NACE	
1711	17. 11 ~ 17. 17	纺织纤维的准备与纺纱（棉、羊毛、精纺、亚麻纤维的准备与纺纱，捻丝成线，合成丝线和人工丝线的纤维化，缝纫用线的制造，以及其他纺织纤维的准备与纺纱）
	17. 21 ~ 17. 25	纺织物编织（棉、羊毛、精纺、丝及其他织物编织）
1712	17. 30	纺织物整理
1721	17. 40	纺织物制成品制造，除服装外
1722	17. 51	地毯和垫子制造
1723	17. 52	绳索、线绳、麻线绳、网制造
1729	17. 53 ~ 17. 54	非编织及其制品制造，除服装外
1730	17. 60； 17. 71 ~ 17. 72	针织和钩织布及制品制造
1810	18. 10； 18. 21 ~ 18. 24	皮革衣物、工作服、其他外衣、内衣裤，以及其他穿戴衣物和附属物的制造
1820	18. 30	毛皮整理与染色；毛皮衣物的制造

资料来源：根据 Eurostat 的统计标准归纳整理。

附录 7-1 汽车产业定义（编号采取国际标准产业分类 ISIC 第三修订版
与欧共体经济活动分类 NACE 对照的形式）

ISIC	NACE	
	34	机动车辆、拖车、半拖车制造
341	34.1	机动车辆制造
3410	34.10	机动车辆制造
342	34.2	机动车车身制造；拖车和半拖车制造
3420	34.20	机动车车身制造；拖车和半拖车制造
343	34.3	机动车及发动机部件和零配件制造
3430	34.30	机动车及发动机部件和零配件制造

资料来源：根据 Eurostat 的统计标准归纳整理。

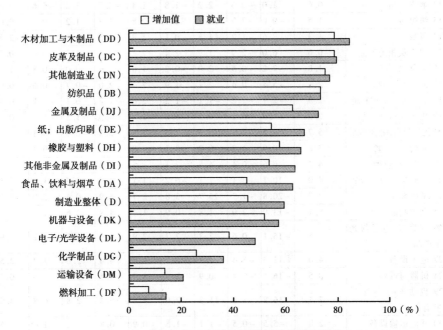

附录 8-1 中小企业在制造业各部门的增加值和
就业比重（欧盟 27 国，2005 年）

注：图中各部门名称后面的英文字母为该部门在欧共体经济活动分类 NACE 中的
类别代号，例如，D 代表制造业整体，DA 代表食品、饮料与烟草，DB 代表纺织品，
等等。

资料来源：Ulf Johansson，"The Main Features of the EU Manufacturing Industry"，
Eurostat Statistics in Focus，37/2008. Fig. 5。

附录 10－1　欧盟 27 国工业生产指数变化趋势（季度环比变化）

NACE 编号及名称	2005 年(占工业比重)	2009 年				2010 年				2011 年
		I	II	III	IV	I	II	III	IV	I
工业整体	100	－8.4	－1.3	2.3	1.0	2.4	2.3	1.2	1.5	1.1
中间产品	36.2	－11.0	－0.6	4.3	1.9	2.0	4.1	1.1	1.0	2.7
资本品	28.6	－12.3	－1.7	0.8	1.1	3.2	4.1	2.1	3.5	2.6
耐用消费品	3.3	－7.6	－1.9	0.8	1.9	2.0	1.8	0.0	－1.0	0.9
非耐用消费品	20.2	－1.5	0.1	0.1	0.1	2.1	0.5	0.5	0.2	0.3
能源	11.7	－2.7	－3.0	2.3	－0.8	3.5	－1.1	－0.7	1.2	－1.9
05 煤与褐煤开采	0.4	－4.8	－5.6	2.3	0.1	－0.9	0.1	－0.3	－5.9	2.8
06 原油与天然气开采	2.6	－3.4	－0.8	－0.3	－2.1	1.6	－0.9	－2.8	－3.5	－3.3
07 金属矿开采	0.2	－5.8	3.4	－8.6	2.9	－4.3	7.2	1.0	1.6	－1.1
08 其他开采与采石	0.8	－12.6	0.7	－1.5	－2.7	1.6	6.8	0.8	－5.2	7.0
09 支持采矿的服务	0.6	:	:	:	:	:	:	:	:	:
10 食品	8.4	－0.2	0.2	－0.1	－0.5	2.2	－0.1	0.5	0.7	－0.3
11 饮料	2.1	－1.1	0.5	1.1	－0.3	－1.7	－0.3	1.4	－1.4	2.4
12 烟草制品	0.6	－1.0	－0.6	－2.2	－1.8	1.4	－2.7	－3.2	－5.6	2.6
13 纺织品	1.5	－9.0	－2.9	5.4	1.7	2.8	1.7	1.2	0.8	0.0
14 服装	1.3	－7.6	－1.2	－1.3	－0.1	1.8	1.5	－1.8	－2.3	－2.3
15 皮革及相关产品	0.6	－6.0	－2.9	1.9	2.4	－2.1	3.7	1.1	－0.6	－0.7
16 木及木制品	1.8	－7.2	－0.5	2.0	－0.2	1.0	2.6	0.0	－0.8	1.3
17 造纸及纸制品	2.3	－5.4	－0.1	2.1	1.9	2.4	2.0	－0.7	0.0	0.9
18 印刷、记录媒体复制	2.3	－2.1	－2.2	－1.1	－1.2	2.6	1.2	0.1	－0.2	0.4
19 焦炭与石油产品	2.2	－4.9	0.1	－0.3	－1.6	－1.8	4.0	1.5	－1.7	－0.1
20 化学制品、化学产品	5.7	－8.5	4.1	6.6	2.4	1.5	2.2	0.6	－0.1	2.3
21 制药	3.8	0.9	1.2	－0.3	0.7	4.0	0.0	2.4	－0.4	1.2
22 橡胶与塑料	4.2	－6.6	0.1	4.5	2.1	1.5	2.0	0.5	2.7	3.1
23 其他非金属矿产品	4.0	－10.1	－3.1	1.1	－0.2	－1.1	4.6	1.7	－1.3	3.5
24 基础金属	4.0	－20.8	－1.2	15.7	3.8	2.7	5.9	0.6	2.0	3.3
25 金属制品	8.4	－13.0	－2.9	1.8	0.9	1.1	4.8	2.6	1.3	2.4
26 计算机、电子与光学产品	4.5	－15.1	0.6	2.3	2.7	2.9	4.0	1.7	3.2	2.9
27 电子设备	4.0	－11.3	－5.4	1.5	3.5	4.0	4.4	2.0	1.3	2.5
28 机器与设备	8.5	－16.5	－9.4	－0.9	2.3	3.7	4.5	5.7	4.0	0.7
29 机动车辆、拖车与半拖车	7.4	－16.8	8.8	11.3	2.0	3.8	5.3	2.8	6.8	3.9
30 其他运输设备	2.0	－5.5	－0.5	－1.1	－1.5	－0.9	0.8	－2.2	1.0	2.5
31 家具	1.9	－6.6	－3.8	－1.0	0.7	0.2	－0.2	0.0	0.2	1.5
32 其他制造业	1.9	－4.1	－1.2	0.6	1.1	5.3	1.2	1.6	0.1	0.9
33 修理/安装机器设备	3.1	－4.7	－2.1	－2.7	－0.3	3.3	1.6	0.9	1.6	－0.9
35 电、气、蒸汽与空气调节	9.0	－2.0	－3.0	3.5	－1.4	4.9	－0.9	－0.8	2.3	－2.7

资料来源：Eurostat, "Industrial Output in the EU and Euro Area—An Analysis of the Industrial Production Index", Statistics in focus 36/2011。

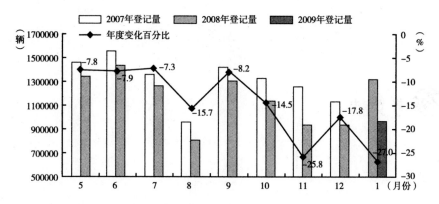

附录 10 - 2　欧盟乘用车登记量及同比变化百分比

资料来源：ACEA，"New Passenger Car Registrations"，press release，Feb. 2009。

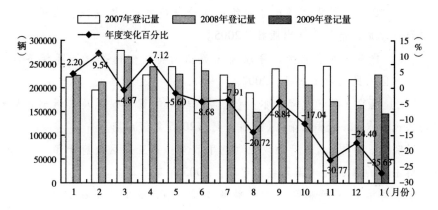

附录 10 - 3　欧盟商用车登记量及同比变化百分比
（2008 年 1 月 ~ 2009 年 1 月）

资料来源：ACEA，"New Passenger Car Registrations"，press release，Feb. 2009。

参考文献

中文文献：

〔美〕奥兹·夏伊著《产业组织：理论与应用》，周战强、王子健、危结根译，北京，清华大学出版社，2005。

〔美〕保罗·克鲁格曼、茅瑞斯·奥伯斯特法尔德著《国际经济学》，北京，中国人民大学出版社，2002。

〔比〕德克·德·比耶夫尔：《欧盟的规制性贸易议程及其诉诸世贸组织的实施诉求》，孙彦红译，《欧洲研究》2006年第6期。

冯晓琦、万军：《从产业政策到竞争政策：东亚地区政府干预方式的转型及对中国的启示》，《南开经济研究》2005年第5期。

干春晖编著《产业经济学：教程与案例》，北京，机械工业出版社，2007。

〔美〕理查德·R·纳尔逊、悉尼·G·温特著《经济变迁的演化理论》，胡世凯译，北京，商务印书馆，1997。

林毅夫著《论经济学方法》，北京大学出版社，2005。

凌志成等编著《现代汽车与汽车文化》，北京，清华大学出版社，2005。

〔美〕刘易斯·卡布罗著《产业组织导论》，胡汉辉、赵震翔译，北京，人民邮电出版社，2002。

〔美〕迈克尔·波特著《国家竞争优势》，李明轩、邱如美译，北京，华夏出版社，2002。

欧洲共同体官方出版局编《欧洲联盟法典》（第一卷至第三卷），苏明忠译，北京，国际文化出版公司，2005。

〔美〕平狄克、鲁宾费尔德著《微观经济学》（中文版），北京，中国人民大学出版社，1997。

王鹤：《欧洲统一经济体评析》，《欧洲研究》2007 年第 1 期。

王鹤：《欧洲经济模式评析——从效率与公平的视角》，《欧洲研究工作论文》2008 年第 1 期。

王鹤：《论欧盟的经济力量》，《欧洲研究》2008 年第 4 期。

〔意〕翁贝尔托·特留尔齐著《从共同市场到单一货币》，张宓、刘儒庭译，北京，对外经济贸易大学出版社，2008。

吴弦：《从"共同贸易政策"看"欧洲模式"——谈谈一体化中的"欧洲化"取向及其法律保障体系》，《欧洲研究》2008 年第 1 期。

夏大慰、史东辉著《产业政策论》，上海，复旦大学出版社，1995。

〔荷〕雅克·佩克曼斯著《欧洲一体化：方法与经济分析》（第二版），吴弦、陈新译，北京，中国社会科学出版社，2006。

杨逢珉、张永安编著《欧洲联盟经济学》，上海，华东理工大学出版社，1999。

杨治著《产业政策与结构优化》，北京，新华出版社，1999。

张卓元著《新世纪新阶段中国经济改革》，北京，经济管理出版社，2004。

周振华著《产业政策的经济理论系统分析》，北京，中国人民大学出版社，1991。

朱金周著《电信转型：通向信息服务业的产业政策》，北京，北京邮电大学出版社，2008。

英文文献：

ACEA（European Automobile Manufacturers Association）（2009），*The European Automobile Industry Report 2009/2010*.

ACEA（2010），*The Automobile Industry Pocket Guide 2010*.

Aiginger, K. & Sieber, S.（2005），"Towards a Renewed Industrial Policy in Europe", as Chapter 1 for the Background Report of the Competitiveness of European Manufacturing 2005, European Commission, DG Enterprise and Industry.

Aiginger, K. & Sieber, S.（2006），"The Matrix Approach to Industrial

Policy", *International Review of Applied Economics*, Vol. 20, No. 5, 573 – 601.

Allen, C., Herbert, D., & Koopman, G-J. (2006), "The European Commssion's New Industrial Policy", *EIB papers*, Vol. 11, No. 2, 134 – 143.

Bianchi, P. and Labory S. (eds.) (2006), *International Handbook on Industrial Policy*, Cheltenham, UK · Northampton, MA, USA: Edward Elgar.

Bianchi, P. and Labory S. (2006), "Empirical Evidence on Industrial Policy Using State Aid Data", *International Review of Applied Economics*, Vol. 20, No. 5, 603 – 621.

Buigues, P., Jacquemin, A. and Sapir, A. (eds.) (1995), *European Policies on Competition, Trade and Industry: Conflict and Complementarities*, Edward Elgar Publishing Company.

CARS21 (2006), "A Competitive Automotive Regulatory System for the 21st Century", final report, DG Enterprise and Industry, European Commission.

Cohen, E. (2007), "Industrial Policy in France: The Old and the New", *Journal of Industry, Competition and Trade*, Vol. 7, 213 – 227.

Colonna di Paliano, G. (1969), "Industrial Policy: Problems and Outlook", Bulletin EC, 2 – 1969, Office for Official Publications, Luxembourg.

Dancet, G. & Rosenstock, M. (1995), "State Aid Control by the European Commission: the Case of the Automobile Sector", on: http://europa. eu. int/comm/competition/speeches/text/sp1995_043_ en. html.

Darmer, M. and Kuyper, L. (eds.) (2000), *Industry and the European Union: Analysing Policies for Business*, Cheltenham, UK · Northampton, MA, USA: Edward Elgar.

Ergas, H. (1987), "Does Technology Policy Matter?" in B. R. Guile & H. Brooks (eds.), *Technology and Global Industry: Companies and Nations in the World Economy*, Washington, D. C. : National Academy Press.

European Commission, "The European Community's Industrial Strategy", COM (81) 639, Nov. 3, 1981.

European Commission, "Towards a Dynamic European Economy-Green Paper on the Development of the Common Market for Telecommunications Services and Equipment", COM (87) 290, 1987.

European Commission, "Industrial Policy in an Open and Competitive

Environment: Guidelines for a Community Approach", COM (90) 556, Oct. 16, 1990.

European Commission, "Europe's Way to the Information Society", COM (94) 347, 19 July 1994.

European Commission, "An Industrial Competitiveness Policy for the European Union", COM (94) 319, Sep. 14, 1994.

European Commission, "Action Programme to Strengthen the Competitiveness of European Industry", COM (95) 87, 1995.

European Commission, "The Impact of International Developments on the Community's Textile and Clothing Sector", COM (95) 447, 6 October 1995.

European Commission, "Simplifier Legislation for the Internal Market", COM (96) 559, 1996.

European Commission, "Plan of Action to Increase the Competitiveness of the European Textiles and Clothing Industry", COM (97) 454, 29 October 1997.

European Commission, "Public Procurement in the European Union", COM (98) 143, 1998.

European Commission, "Structural Change and Adjustment in European Manufacturing", COM (99) 465, 1999.

European Commission, "eEurope 2005: An Information Society for All, Action Plan", COM (2002) 263, June 2002.

European Commission, "Action Plan-Simplifying and Improving the Regulatory Environment", COM (2002) 278, June 2002.

European Commission, "Industrial Policy in an Enlarged Europe", COM (2002) 714, 2002.

European Commission, "eEurope 2002 Final Report", COM (2003) 66, Feb. 2003.

European Commission, "Investing in Research: An Action Plan for Europe", COM (2003) 226, 2003.

European Commission, "Internal Market Strategy: Priorities 2003 – 2006", COM (2003) 238, May 2003.

European Commission, "The Future of the Textile and Clothing Sector in the Enlarged European Union", COM (2003) 649, 29 October 2003.

European Commission, "Some Key Issues in Europe's Competitiveness-Towards an Integrated Approach", COM (2003) 704, 2003.

European Commission, "Fostering Structural Changes: An Industrial Policy for an Enlarged Europe", COM (2004) 274, 2004.

European Commission, "A Pro-active Competition Policy for a Competitive Europe", COM (2004) 293, 20 April 2004.

European Commission, "The Directorate General for Enterprise and Industry: Activities and Goals, Results and Future Directions", April 2004.

European Commission, "Textiles and Clothing after 2005-Recommendations of the High Level Group on Textiles and Clothing", COM (2004) 668, 13 October 2004.

European Commission, "Facing the Challenge: the Lisbon Strategy for Growth and Employment", report from the High Level Group chaired by Wim Kok, November 2004.

European Commission, "Working Together for Growth and Gobs: A New Start for the Lisbon Strategy", COM (2005) 24, 2005.

European Commission, STATUS REPORT *Development of Technology Platforms*, by a Commission Inter-Service Group on Technology Platforms, Feb. 2005.

European Commission, "State Aid Action Plan", COM (2005) 107, 7 June 2005.

European Commission, "i2010-A European Information Society for Growth and Jobs", COM (2005) 229, June 2005.

European Commission, "Proposal for a Council Directive on Passenger Car Related Taxes", COM (2005) 261final, Brussels. July 2005

European Commission, "Implementing the Community Lisbon Programme: A Policy Framework to Strengthen EU Manufacturing-Towards a More Integrated Approach for Industrial Policy", COM (2005) 474, 2005.

European Commission, "More Research and Innovation-Investing for Growth and Employment: A Common Approach", COM (2005) 488, 12

October 2005.

Euroepan Commission, "Creating an Innovative Europe", Report of the Independent Expert Group on R&D and Innovation chaired by Mr. Esko Aho, January 2006.

European Commission, *European Competitiveness Report 2006*, DG Enterprise and Industry, 2006.

European Commission, "Effects of ICT Production on Aggregate Labour Productivity Growth", DG Enterprise and Industry, staff papers, Brussels, 13 July 2006.

European Commission, "European Textiles and Clothing in a Quota Free Environment-High Level Group Follow-up Report and Recommendations", Sept. 18, 2006.

European Commission, "Global Europe: Competing in the World-A Contribution to the EU's Growth and Jobs Strategy", COM (2006) 567 final, October 2006.

European Commission, "Fostering the Competitiveness of Europe's ICT Industry", EU ICT Task Force Report, November 2006.

European Commission, "The EU's Automotive Sector: New Challenges, Responsibilities and Opportunities", MEMO/07/47, Brussels, Feb. 7, 2007.

European Commission, "Mid-term Review of Industrial Policy: A Contribution to the EU's Growth and Jobs Strategy", COM (2007) 374, 2007.

European Commission, "Final Report of the Study on the Specific Policy Needs for ICT Standardisation", ENTR/05/59, 2007.

European Commission, "Think Small First: A Small Business Act for Europe", SEC (2008) 2101, 2008.

European Commission, "The Application of State Aid Rules to Measures Taken in Relation to Financial Institutions in the Current Global Financial Crisis", Official Journal of the European Union, OJ (2008) C 270/8, Brussels. Oct. 2008

European Commission, "A European Economic Recovery Plan", COM (2008) 800 final, Brussels, Nov. 2008.

European Commission, "Responding to the Crisis in the European Automotive Industry", COM (2009) 104 final, Brussels, 25 Feb. 2009.

European Commission, "Revision of the European Globalization Adjustment Fund (EGF)", MEMO/09/221, Brussels, 6 May 2009.

European Commission, "European Industry in a Changing World: Updated Sectoral Overview 2009", Commission Staff Working Document, SEC (2009) 1111final, 2009.

European Commission, "Guidance on Scrapping Schemes for Vehicles", annex 3 of "Responding to the Crisis in the European Automotive Industry", COM (2009) 104 final, Brussels.

European Commission, "Europe 2020-A Strategy for Smart, Sustainable and Inclusive Growth", COM (2010) 2020, Brussels, March 2010.

European Commission, "A European Strategy on Clean and Energy Efficient Vehicles", COM (2010) 186 final, Brussels, Apr. 28, 2010.

European Commission, "Trade, Growth, and World Affairs-Trade Policy as a Core Component of the EU's 2020 Strategy", COM (2010) 612, 2010.

European Commission, "An Integrated Industrial Policy for the Globalisation Era-Putting Competitiveness and Sustainability at Centre Stage", COM (2010) 614, Brussels, Oct. 2010.

Eurostat, "Industrial Output in the EU and Euro Area-An Analysis of the Industrial Production Index", Statistics in focus 36/2011.

Foreman-Peck, J. and Federico, G. (eds.) (1999), European Industrial Policy: The Twentieth-Century Experience, Oxford University Press.

Friedewald, M., Hawkins, R., Lengrand, L. et al. (2004), "Benchmarking National and Regional Policies in Support of the Competitiveness of the ICT Sector in the EU", final report prepared for European Commission under Contract FIF 20030871.

IMD (2010), World Competitiveness Yearbook 2010.

IMF (2007), World Economic Outlook Database.

Interview with Günter Verheugen, vice-president and commissioner for enterprise and industry, http://www. euractiv. com/en/innovation/interview – gunter – verheugen – vice – president – commissioner – enterprise – industry/article – 143183.

ISTAG (Information Society Technologies Advisory Group) (2006),

"Shaping Europe's Future through ICT".

Johansson, U. (2008), "The Main Features of the EU Manufacturing Industry", Eurostat Statistics in Focus, 37/2008.

Johnson, C. (ed.) (1984), *The Industrial Policy Debate*, ICS Press.

Juergens, U. (2003), "Characteristics of the European Automotive System: Is There a Distinctive European Approach?" WZB Discussion Paper SP III 2003 – 301.

Krugman, P. and Obstfeld, M. (1983), *International Economics: Theory and Policy*, Glenview, IL.

Lenihan, H., Hart, M. & Roper, S. (2007), "Introduction-Industrial Policy Evaluation: Theoretical Foundations and Empirical Innovations: New Wine in New Bottles", *International Review of Applied Economics*, Vol. 21, No. 3, 313 – 319.

Lucas, R. E. (1988), "On the Mechanics of Economic Development", *Journal of Monetary Economics*, Elsevier, Vol. 22, No. 5, 3 – 42.

Maincent, E. and Navarro, L. (2006), "A Policy for Industrial Champions: From Picking Winners to Fostering Excellence and the Growth of Firms", *Industrial Policy and Economic Reforms Papers No. 2*, Enterprise and Industry Directorate-General, European Commission.

Marxusson, M. (2006), "Effects of ICT Capital on Economic Growth", staff papers, DG for Enterprise and Industry, European Commission.

Meijers, H., Dachs, B. et al. (2006), "Internationalisation of European ICT Activities", Study commissioned by European Commission, Directorate-General Joint Research Centre, Institute for Prospective Technological Studies, Seville.

Navarro, L. (2003), "Industrial Policy in the Economic Literature: Recent Theoretical Developments and Implications for EU Policy", Enterprise Papers No. 12, DG Enterprise and Industry, European Commission.

Nicolaides, P. (ed.) (1993), *Industrial Policy in the European Community: A Necessary Response to Economic Integration?* Martinus Nijhoff Publishers, Dordrecht/Boston/London.

OECD (1992), *Industrial Policy in OECD Countries-Annual Review 1992*.

OCED (1999), *Boosting Innovation: The Cluster Approach*, OECD

Proceedings.

OECD（2002），*Measuring the Information Economy*.

Pilat, D. （2004），"The Economic Impacts of ICT-A European Perspective", paper prepared for conference on IT Innonvation, Hitotsubashi.

Rodrik, D. （2004）, "Industrial Policy for the Twenty-first Century", paper prepared for UNIDO.

Romer, P. M. （1986），"Increasing Returns and Long-run Growth", *Journal of Political Economy*, Vol. 94, No. 5, 1002 – 1037.

Spencer, B. J. & Brander, J. A. （1983），"International R&D Rivalry and Industrial Strategy", *Review of Economics Studies*, Vol. 50 （4）, 707 – 722.

The Treaty Establishing the European Community （Consolidated Version）, http: // eur – lex. europa. eu/ en/ treaties/ dat/ 12002E/ htm/ C _ 2002325EN. 003301. html#anArt158.

Välilä, T. （2006），"No Policy is an Island-on the Interaction between Industrial and Other Policies", *EIB papers*, Volume11, No. 2, 8 – 33.

van Ark, B. and Inklaar, R. （2005），"Catching up of Getting Stuck? Europe's Troubles to Exploit ICT's Productivity Potential", No. GD – 79 of GGDC Research Memorandum, Groningen Growth and Development Centre, University of Groningen.

van Ark, B. （2008），"Performance 2008: Productivity, Employment, and Growth in the World's Economies", Research Report of the Conference Board.

Verheugen, G. （2008），"Innovation, Research and Skills Keys to Competitiveness of European Clothing and Textiles Industry", speech at conference "European Fashion and Innovation in Tandem with EU Values: A Win-Win Formula", Milan.

Vernon, R. （1966），"International Investment and International Trade in the Product Life Cycle", *Quaterly Journal of Economics*, Vol. 80, 190 – 207.

Wruuck, P. （2006），"Economic Patriotism: New Game in Industrial Policy?" Deutsche Bank Research Reports on European Integration, EU Monitor 35.

Zysman, J. and Tyson, L. （eds. ）（1983），*American Industry in International Competition: Government Policies and Corporate Strategies*, Cornell University Press, London.

后 记

　　本书旨在对欧盟层面的一项"年轻"的经济政策——产业政策进行较为全面、系统、深入的研究，有两个具体目标：一是试图对欧盟产业政策进行系统的实证研究和较为深入的理论探讨，从而给出这一政策的比较丰满的形象，尝试从产业及产业政策角度为国内欧洲经济研究添砖加瓦；二是从产业角度为我国把握中欧经贸关系提供背景分析，同时为我国在日益开放竞争的国际环境下制定与实施产业政策搬来一块儿"他山之石"。当然，上述目标实现与否还取决于读者的评价。

　　笔者对于欧盟产业政策的关注与研究已近七载。期间首先要感谢中国社会科学院欧洲研究所罗红波教授的精心指导。从选题、逐章研究撰写、反复修改到定稿的整个过程，罗老师都给予了认真、严格、深入的指导，并给予了作者克服困难的莫大鼓励。她的言传身教将使作者终生受益。在研究过程中，欧洲研究所的裘元伦教授、王鹤教授和吴弦教授，中国现代国际关系研究院的孙晓青教授，对外经济贸易大学的史世伟教授等诸位师长分别提出了中肯的意见和有益的建议，使作者受益良多。德国弗莱堡大学财政金融与货币经济研究所前所长弗兰克（Hans-Hermann Francke）教授及其同事尼茨（Harald Nitsch）教授也在本书研究过程中给予了热心的指导与帮助，在此致以诚挚的谢意。另外，笔者还要感谢欧盟委员会企业与产业总司官员佩尔施克（Wawrzyniec Perschke）先生，他曾就欧盟产业政策与笔者进行过多次探讨，并为笔者提供了若干有关该政策的宝贵的第一手资料。

　　本书部分章节的研究先后得到中国社会科学院青年科研启动基金、中国社会科学院欧洲研究所课题、王鹤教授主持的中国社会科学院重大课题"东扩后的欧洲经济增长"等项目的资助，在此一并表示衷心感谢。笔者还要感谢欧洲研究所所领导的支持和所里诸位同仁的帮助，他们的支持与帮助使得本书的研究工作得以较为顺利地完成，继而成功申请到中国社会科学院创新工程学术出版资助并付梓出版。此外，非常感谢社会科学文献出版社编译中心祝得彬主任对本书的大力支持，特别要感谢段其刚编辑的出色工作。

我要特别感谢我的丈夫黄学军先生，没有他多年来的支持与鼓励，我很难如期完成这项艰苦的研究工作。最后，还要感谢我刚刚两岁多的儿子，抚育他的过程令我比从前更有效率地管理宝贵的时间，也得以从更丰富的角度与层次思考人生。

本书研究主题的跨度对笔者的学识提出了挑战，笔者在深刻把握主题上还有诸多欠缺，因此，本书必定还存在许多不足乃至不当之处，恳请学界同仁批评指正。对于书中的错误，笔者理当承担一切责任。

孙彦红
2012 年 3 月 12 日

社会科学文献出版社网站

www.ssap.com.cn

1. 查询最新图书　　2. 分类查询各学科图书
3. 查询新闻发布会、学术研讨会的相关消息
4. 注册会员，网上购书，分享交流

本社网站是一个分享、互动交流的平台，"读者服务"、"作者服务"、"经销商专区"、"图书馆服务"和"网上直播"等为广大读者、作者、经销商、馆配商和媒体提供了最充分的互动交流空间。

"读者俱乐部"实行会员制管理，不同级别会员享受不同的购书优惠（最低 7.5 折），会员购书同时还享受积分赠送、购书免邮费等待遇。"读者俱乐部"将不定期从注册的会员或者反馈信息的读者中抽出一部分幸运读者，免费赠送我社出版的新书或者数字出版物等产品。

"网上书城"拥有纸书、电子书、光盘和数据库等多种形式的产品，为受众提供最权威、最全面的产品出版信息。书城不定期推出部分特惠产品。

咨询 / 邮购 电话：010-59367028　　邮箱：duzhe@ssap.cn

网站支持（销售）联系电话：010-59367070　　QQ：1265056568　　邮箱：service@ssap.cn

邮购地址：北京市西城区北三环中路甲 29 号院 3 号楼华龙大厦　社科文献出版社　学术传播中心　邮编：100029

银行户名：社会科学文献出版社发行部　　开户银行：中国工商银行北京北太平庄支行　　账号：0200010009200367306

图书在版编目(CIP)数据

欧盟产业政策研究/孙彦红著. —北京:社会科学文献出版
社,2012.4
ISBN 978 - 7 - 5097 - 3088 - 1

Ⅰ.①欧…　Ⅱ.①孙…　Ⅲ.①欧洲国家联盟 - 产业政策 -
研究　Ⅳ.①F150.0

中国版本图书馆 CIP 数据核字 (2011) 第 282390 号

欧盟产业政策研究

著　　者 / 孙彦红

出 版 人 / 谢寿光
出 版 者 / 社会科学文献出版社
地　　址 / 北京市西城区北三环中路甲 29 号院 3 号楼华龙大厦
邮政编码 / 100029

责任部门 / 编译中心 (010) 59367004　　责任编辑 / 段其刚
电子信箱 / bianyibu@ ssap. cn　　　　　责任校对 / 刘晓静
项目统筹 / 祝得彬　　　　　　　　　　　责任印制 / 岳　阳
总 经 销 / 社会科学文献出版社发行部 (010) 59367081　59367089
读者服务 / 读者服务中心 (010) 59367028

印　　装 / 三河市尚艺印装有限公司
开　　本 / 787mm×1092mm　1/16　　　印　　张 / 14.5
版　　次 / 2012 年 4 月第 1 版　　　　　字　　数 / 249 千字
印　　次 / 2012 年 4 月第 1 次印刷
书　　号 / ISBN 978 - 7 - 5097 - 3088 - 1
定　　价 / 49.00 元